梁晓声

谈中国

系　列

梁晓声谈中国人

梁晓声 著

中央党校出版集团　大有书局

图书在版编目（CIP）数据

梁晓声谈中国人 / 梁晓声著 . —北京：大有书局，2024.2

（梁晓声谈中国）

ISBN 978－7－80772－147－5

Ⅰ. ①梁… Ⅱ. ①梁… Ⅲ. ①故事-作品集-中国-当代 Ⅳ. ①I247.81

中国国家版本馆 CIP 数据核字（2023）第 199190 号

书 名	梁晓声谈中国人
作 者	梁晓声 著

出版统筹	严宏伟
策 划	淡 霞
责任编辑	淡 霞 侯文敏
绘 图	赵婉琦
装帧设计	薛 宇
责任校对	李盛博
责任印制	袁浩宇
出版发行	大有书局
	（北京市海淀区长春桥路 6 号 100089）
综 合 办	（010）68929273
发 行 部	（010）68922366
经 销	新华书店
印 刷	北京博海升彩色印刷有限公司
版 次	2024 年 2 月第 1 版
印 次	2024 年 2 月第 1 次印刷
开 本	880 毫米×1230 毫米 1/32
印 张	11.25
字 数	251 千字
定 价	59.00 元

本书如有印装问题，可联系调换，联系电话：（010）68928947

目 录

关于青年和新中国的杂感（代序）

关于青年和新中国的杂感（代序）

　　将每年的五月四日定为青年节，是中华人民共和国成立当年之事。

　　众所周知，这是为了纪念五四运动。五四运动起先是一场文化运动，后来是一场政治运动。起先由秉持不同文化立场的知识分子们主导着话语场，后来被爱国的青年学生们之反对"丧权辱国"的政治口号所取代，于是论战犹酣的纸现场演变成了血染黄沙的广场。死伤皆青年学生，平均年龄当不足二十岁。再后来，革命风云兴起，一九一九年五月四日遂成中国"青年运动"的端点，正如斯蒂芬·霍金认为宇宙大爆炸是时间的端点，此后之中国，青年和政治被紧系在一起。功功过过，莫衷一是，纠结不清。

　　古今今分，世界上发生过各种各样的革命。不同的革命付出不同的代价，尤以政治革命的代价最大；因为它革的是政权的命，而政权又是最不情愿也最不容易被革命的。此类革命，不流血不死人的情况还没有过，少流血少死人已属大幸。并且，一个革命伦理前提乃是流什么人的血死什么人的命。是的，我认为革命也应有其伦理原则，其一当以少流血少死人为正确，其二尤当以少流青年们的血少死青年们的命为正确。倘以上两点不在革命发动者掌控之下，革命当缓。除了抢救人的生命和应对灾难的紧迫关头，世上其实没有多少事是刻不容缓的；革命也不例外。

五四运动以降，中国人有一个思想误区，或曰有一个思想上的坏毛病，即每当盼望社会进步心切，往往首先抱怨青年们的无动于衷。仿佛推动社会进步的责任，理所当然地应由青年们来肩起。倘需有人流血牺牲，也理所当然地应由青年们义无反顾地站在视死如归的前列。嘴上不这么说，心里往往也是这么想的。

这是中国人诸种最坏的毛病之一。

五四运动后来是现代特征显著的政治运动。由现代特征很显著的政治运动，而遗传下了很坏的一味试图依赖着青年的思想毛病，这是发人深省的。

我认为，一个社会好还是不好，透明还是不透明，公平还是不公平，大多数人满意还是不满意，主张必须实行变革似乎仍可忍受：变革又该以什么样的方式来变——这一切都向来取决于中年人是一批批怎样的中年人。并且，首先取决于中年人中的知识分子。若需有人承受政治打压，付出悲惨代价，那么首先应该是中年人，而不是青年。进言之，一个国家当下现实怎样，将来前途怎样，当首先由这个国家的中年人尤其是中年人中的知识分子来负起责任和使命。倘这些人并不真的打算将忧国忧民促推社会进步当成义不容辞之事，那么，便没有资格批评青年们的社会责任感如何如何，教诲他们本应怎样怎样了。

须知——李大钊写下"铁肩担道义"五个字时，三十六七岁矣，是中年。那五个字，既是自勉，也主要是与中年知识分子同道共勉的。

谭嗣同血洒菜市口，想来他首先要唤醒的，也主要是实行改良之能力大于青年的中年人。

鲁迅诗曰"我以我血荐轩辕"，首先是一种自我激励的继续战斗之精神的孤独表达。

孙中山号召："革命尚未成功，同志仍须努力。"毋庸置疑首先是寄希望于中年群体的。

国有怎样的中年，便有怎样的青年。

一个中年中英杰辈出、垂范者众的时代，它的青年们总体上大抵是不至于精神迷乱沉沦的。中国近代史上曾有过那么一段中年知识分子群体争相为国家民主之社会进步发光发热的时代，那样的时代早已离我们远矣，甚至使今人有遥远之感。那样的一列列知识分子的身影在我们今人眼中已越来越模糊。

我认为，相比于中国当代青年，恐怕令人失望的是中国的中年人，或许中国的中年知识分子更多。因为，先贤们的精神遗产，不可能跨越当下中年知识分子，而直接在中国当下青年身上发扬光大。一个国家、一个民族的可贵之精神营养自然应该获得传承；但一个道理是那么明白，中年人不传，青年们何所承耶？依我想来，扫描中国当代青年并评三论四的时候，实在是该未开品而颇觉惭愧的。何况，是在五四青年节的月份里。故以上诸感想，是必须说在前边的。纵使接下来言辞尖刻了，也完全是为着当下青年四五十岁以后，无论是对自己，对那时的青年，对同代中的弱势群体，还是对社会之公平和正义，所作所为都比现在的我们要强……

第 一 章

小 人 物

看自行车的女人

想为那个看自行车的女人写下一篇文字的念头，已萌生在我心里很久了。事实上我也一直觉得还会见到她，果而那样，我就不写她了。却再也没见到。北京太大，存自行车的地方太多，她也许又到别处做一个看自行车的女人去了。或者，又受到什么欺辱，憋屈无人可诉，便回家乡去了？总之我没再见过她……

而我第一次见到她，是在北京一家牙科医院前边的人行道上：一个胖女人企图夺她装钱的书包，书包的带子已从她肩头滑落，搭垂在她手臂上。她双手将书包紧紧搂于胸前，以带着哭腔的声音叫嚷着："你不能这样啊，你不能这样啊，我每天挣点儿钱多不容易啊！……"

那绿色的帆布的书包，看上去是新的。我想，她大约是为了在北京找到的这份看自行车的工作才买的。从前的年代，小学生们都背着那样的书包上学。现在，城市里的小学生早已不背那样的书包了，偶尔可见摆地摊的街头小贩还卖那样的书包，一种赖在大城市消费链上的便宜货。看自行车的女人四十余岁，身材瘦小，脸色灰黄。她穿着一套旧迷彩服，居然还戴着一顶也是迷彩的单帽，而足下是一双带扣绊儿的旧布鞋，没穿袜子，脚面晒得很黑。那一套迷彩服，连那一顶帽子，当然都非正规军装。地摊上也有卖的，十元钱可以都买下来。总之，她那么一种穿戴，使她的模样看上去不伦不类，怪怪的。单帽的帽舌卡得太低，压住了她的双眉。帽舌下，那看自行车的女人的两只眼睛，呈现着莫大而又无助的惊恐。

我从围观者们的议论中听明白了两个女人纠缠不休的原因：那人高马大的胖女人存上自行车离开时，忘了拿放在自行车车筐里的手拎袋，匆匆地从医院里跑回来找，却不见了，丢了。她认为看自行车的外地女人应该负责任。并且，怀疑是被看自行车的外地女人藏匿了起来。

"我包里有三百元钱，还有手机，你丫挺的敢说你没看见！难道我讹你不成?!……"

胖女人理直气壮。

看自行车的女人可怜巴巴地说："我确实就没看见嘛！我看的是自行车，你丢了包儿也不能全怪我……你还兴许丢别处了呢……""你再这样说，我就抽你！"——胖女人一用力，终于将看自行车的女人那书包夺了去，紧接着将一只手伸入包里去掏，却只不过掏出了一把零钱。五六十辆一排自行车而已，一辆收费两毛钱，那书包里钱再怎么多，也多不过十几元啊。

"当"的一声，一只小搪瓷碗抛在看自行车的女人脚旁，抢夺者骑上自己的自行车，带着装有十几元零钱的别人的书包，扬长而去。我想，那与其说是经济的补偿，毋宁说是图一种心理平衡的行为。我居京二十余年，第一次听一个北京的中年妇女口中说出"丫挺"二字。我至今对那二字的意思也不甚了了，但一直觉得，无论男女，无论年龄，口中一出此二字，其形其状，顿近痞邪。

看自行车的女人，追了几步，回头看着一排自行车，情知不能去追，也情知是追不上的，慢慢走到原地，捡起自己的小搪瓷碗，瞧着发愣。忽然，头往身旁的大树上一抵，呜呜哭了。那单帽的帽舌，压折在她的额和树干之间……

我第二次见到她，是在北京的一家书店门外。那家书店前一天在晚报上登了消息，说第二天有一批处理价的书卖。我的手，和一只女人的黑黑瘦瘦的手，不期然地伸向了同一本书——《英汉对照词典》。我一抬头，认出了对方正是那个看自行车的女人，不由得将伸出的手缩了回来。我家小阿姨莲花嘱我替她捎买一本那样的书，不知那看自行车的女人替什么人买。看自行车的女人那天没再穿那套使她的样子不伦不类的迷彩服，也没戴迷彩单帽，而穿了一条洗得干干净净的蓝布衫裤。我的手刚一缩回，她赶紧将那本书拿在手中，急问卖书人多少钱。人家说二十元，她又问十五元行不行。人家说："一本新的要卖四十元呢！你买不买？不买干脆放下，别人还买呢！"看自行车的女人就将一种特别无奈的目光望向了我，她的手却仍不放那词典。我默默转身走了。

我听到她在背后央求地说："卖给我吧，卖给我吧，我真的就剩十五元钱了！你看，十五元六角，兜里再一分钱也没有了！我不骗你，你看，我还从你们这儿买了另外几本书哪！……"

又听卖书的人好像不情愿似的："行行行，别啰唆了，十五元六角拿去吧！"

……

后来，那女人又在一家商场门前看自行车了。一次，我去那家商场买蒸锅，没有大小合适的，带着的一百元钱也就没破开。取自行车时，我没想到看自行车的人会是她，歉意地说："忘带存车的零钱了，一百元你能找得开吗？"我那么说时表情挺不自然，以为她会朝不好的方面猜度我。因为一个人从商场出来，居然说自己兜里连几角零钱都没有，是不大可信的。她望着我愣了愣，似乎要回忆起在哪儿见过我，又似乎仅仅是由于我的话而发愣。也不知她是否回忆起什么，总之她一笑，很不好意思地说："那就不用给钱了，走吧，走吧！"——她当时那笑，给我留下很深的印象。我们许多人，不是已被猜度惯了吗？偶尔有一次竟不被明明有理由猜度我们的人猜度，于我们自己反倒是很稀奇之事了。每每地，竟至于感激起来。我当时的心情就是那样。应该不好意思的是我，她倒那么不好意思。仅凭此点，以我的经验判断，在牙科医院前的人行道上发生的那件事中，这外地的看自行车的女人，是毫无疑问地被欺负了……这世界上有多少事的真相，是在众目睽睽的情况之下被掩盖甚至被颠倒了啊！这么一想，我不禁替她不平……

　　我第二次去那家商场买到了我要买的那种大小的蒸锅，付存车费时我说："上次欠你两毛钱，这次付给你。"我之所以如此主动，并非想要证明自己是一个多么诚信的人。我当时丝毫也没有这样的意识。倒是相反，认为她肯定记着我欠她两毛钱存车费的事，若由她提醒我，我则会尴尬。不料她又像上次那样愣了一愣。分明地，她既不记得我曾欠她两毛钱存车费的事，也不记得我和她曾要买下同一本词典的事。可也是，每天这地方有一二百人存自行车取自行车，她怎么会偏偏记得我呢？对于那个外地的看自行车的女人，这显然是一份比牙科医院门前收入多的工作。我看出她脸上有种心满意足的表情。那套迷彩服和那顶迷彩单帽，仿佛是她看自行车时的工作装，照例穿戴着。依然赤脚穿着那双旧布鞋，依然用一只绿色的帆布小书包装存车费。

"不用啊，不用啊。"她又不好意思起来，硬塞还给了我两毛钱。我觉得，她特别希望给在这里存自行车的人一种良好的印象。我将装蒸锅的纸箱夹在车后座上，忍不住问了她一句："你哪儿人？"

"河南。"她的脸，竟微微红了一下；我于是想到了那是为什么，便说："我家小阿姨也是河南人。"她默默地，有些不知说什么好地笑着。"来北京多久了？""还不到半年。""家乡的日子怎么样呢？""不容易过啊……再加上我儿子又上了大学……"她将"大学"两个字说出特别强调的意味，顿时一脸自豪。"唔？在一所什么大学？"她说出了一个我陌生的河南城市的名字。我知近年某些省份的地级城市的师范类专科学院，也有改挂大学校牌的，就没再问什么。

我推自行车下人行道时，觉得后轮很轻。回头一看，见她的一只手替我提起着后轮呢。骑上自行车刚蹬了几下，纸箱掉了。那看自行车的女人跑了过来，从书包里掏出一截塑料绳……

北京下第一场雪后的一天晚上，北影一位退休的老同志给我打电话，让我替他写一封表扬信寄给报社。他要表扬的，就是那个河南的看自行车的女人。他说他到那家商场去取照片，遇到熟人聊了一会儿，竟没骑自行车走回了家，拎兜也忘在自行车车筐里了……

"拎兜里有几百元钱，钱倒不是我太在乎的。我一共洗了三百多张老照片啊！干了一辈子摄影，那些老照片可都是我的宝呀！

吃完晚饭天黑了我才想起来，急急忙忙打车去存车那地方，你猜怎么着？就剩我那一辆自行车了！人家看自行车的女人，冷得受不了，站在商店门里，隔着门玻璃，还在看着我那辆旧自行车哪！而且，替我将我的拎兜保管在她的书包里。人心不可以没有了感动呀，是不是？人对人也不可以不知感激，是不是？……"

北影退休的摄影师在电话里恳言切切。我满口应承照办。然而过后事一多，所诺之事竟彻底忘了。不久前我又去那家商场买东西，见看自行车的人已经换了，是一个外地的男人了。我问原先那个看自行车的女人呢。他说走了。我问她为什么走了。他说，还能为什么，她不称职呗！我们外地人在北京干这一份工作，那也是要凭竞争能力的！我心黯然，替那看自行车的女人。并且，也有几分替她那在一所默默无闻的大学里读书的儿子……我想问她到哪里去了，张张嘴，却什么也没有再问。我不知她从农村来到城市，除了看自行车，还能干什么。如果她仍在北京的别处，或在别的城市里做一个看自行车的人，我祈祝她永远也不会再碰到什么欺负她的人，比如那个抢夺了她书包的胖女人。

阳光底下，农村人，城市人，应该是平等的。弱者有时对这平等反倒显得诚惶诚恐似的，不是他们不配，而是因为这起码的平等往往太少，太少……

2003 年 12 月末于北京

小垃圾女

我第一次见到她，是在元月下旬的一个日子，刮着五六级风。房子对面，元大都遗址上的高树矮树，皆低俯着它们光秃秃的树冠，表示对冬季之厉色的臣服。偏偏上午十点左右，商场来电话，通知安装抽油烟机的师傅往我家出发了……

前一天我就将旧的抽油烟机卸下来丢弃在楼门外了。它已为我家厨房服役十余年，油污得不成样子。我早就对它腻透了。一除去它，上下左右的油污彻底暴露，我得赶在安装师傅到来之前刮擦干净。洗涤灵去污粉之类难起作用，我想到了用湿抹布滚粘了沙子去污的办法。我在外边寻找到一些沙子用小盆往回端时，见一个十一二岁的女孩儿，站在铁栅栏旁。我丢弃的那台脏兮兮的抽油烟机，已被她弄到那儿。并且，一半已从栅栏底下弄到栅栏外；另一半，被突出的部分卡住。

女孩儿正使劲踩踏着。她穿得很单薄，上衣和裤子旧而且小。脚上是一双夏天穿的扣绊布鞋，破袜子露脚面。两条齐肩小辫，用不同颜色的头绳扎着。她一看见我，立刻停止踩踏，双手攥一根栅栏，双脚蹬在栅栏的横条上，悠荡着身子，仿佛在那儿玩的样子。那儿少了一根铁栅，传达室的朱师傅用粗铁丝拦了几道。对于那女孩儿来说，钻进钻出仍是很容易的。分明，只要我使她感到害怕，她便会一下子钻出去逃之夭夭。而我为了不使她感到害怕，主动说："孩子，你是没法弄走它的呀！"——倘她由于害怕我而仓皇钻出时刮破了衣服，甚或刮伤了哪儿，我内心肯定会觉得不安。

她却说："是一个叔叔给我的。"——又开始用她的一只小脚踩踏。

果而有什么"叔叔"给她的话，那么只能是我。我当然没有。

我说："是吗？"

她说："真的。"

我说："你可小心……"

我的话还没说完，她已弯下腰去，一手捂着脚腕了。破裂了的塑料是很锋利的。我说："唉，扎着了吧？你要这么脏兮兮的东西干什么呢？"她说："卖钱。"其声细小。说罢抬头望我，泪汪汪的。显然是疼的。接着低头看自己捂过脚腕的小手，手掌心上染血了。我端着半盆沙子，一时因我的明知故问和她小手上的血而呆在那儿。她又说："我是穷人的女儿。"——其声更细小了。她的话使我那么始料不及，我张张嘴，竟不知再说什么好。而商场派来的师傅到了，我只有引领他们回家。他们安装时，我翻出一片创可贴，去给那女孩儿，却见她蹲在那儿哭，脏兮兮的抽油烟机不见了。我问哪儿去了。

她说被两个蹬手板车收破烂儿的大男人抢去了。说他们中一个跳过栅栏，一接一递，没费什么事儿就成他们的了……我问能卖多少钱。她说十元都不止呢，哭得更伤心了。我替她用创可贴护

那儿少了一根铁栅，传达室的朱师傅用粗铁丝拦了几道。对于那女孩儿来说，钻进钻出仍是很容易的。分明，只要我使她感到害怕，她便会一下子钻出去逃之夭夭。

上了脚腕的伤口，又问："谁教你对人说你是穷人的女儿？"她说："没人教，我本来就是。"我不相信没人教她，但也不再问什么。我将她带到家门口，给了她几件不久前清理的旧衣物。她说："穷人的女儿谢谢您了，叔叔。"我又始料不及，觉得脸上发烧。我兜里有些零钱，本打算掏出全给了她的。但一只手虽已插入兜里，却没往外掏。那女孩儿的眼，希冀地盯着我那只手和那衣兜。我说："不用谢，去吧。"她单肩背起小布包下楼时，我又说："过几天再来，我还有些书刊给你。"听着她的脚步声消失在外边我才抽出手，不知不觉中竟出了一手的汗。我当时真不明白我是怎么了……

事实上我早已察觉到了那女孩儿对我的生活空间的"入侵"。那是一种诡秘的行径。但仅仅诡秘而已，绝不具有任何冒犯的意味，更不具有什么危险的性质。无非是打算送给朱师傅去卖，暂且放在门外过道的旧物，每每再一出门就不翼而飞了。左邻右舍都曾说撞见过一个小小年纪的"女贼"在偷东西。我想，便是那"穷人的女儿"无疑了……

四五天后的一个早晨我去散步，刚出楼口又一眼看见了她。仍在第一次见到她的地方，她仍然悠荡着身子在玩儿似的。她也同时看见了我，语调亲昵地叫了声"叔叔"。而我，若未见她，已将她这一个"穷人的女儿"忘了。

我驻足问："你怎么又来了？"她说："我在等您呀，叔叔。"——语调中掺入了怯怯的、自感卑贱的成分。我说："等我？等我干什么？"她说："您不是答应再给我些您家不要的东西吗？"我这才想起对她的许诺，搪塞地说："挺多呢，你也拎不动啊！""喏。"——她朝一旁翘了翘下巴，一个小车就在她脚旁。说那是

"车"，很牵强，只不过是一块带轮子的车底板。显然也是别人家扔的，被她捡了。我问她脚好了吗，她说还贴着创可贴呢，但已经不怎么疼了。之后，一双大眼瞪着我又强调地说："我都等了您几个早晨了。"

我说："女孩儿，你得知道，我家要处理的东西，一向都是给传达室朱师傅的。已经给了几年了。"——我的言下之意是，不能因为你改变了啊！

她那双大眼睛微微一眯，凝视我片刻说："他家里有个十八九岁的残疾女儿，你喜欢她，是不是？"我不禁笑着点了一下头。"那，一次给她家，一次给我，行不？"——她专执一念地对我进行说服。我又笑了。我说："前几天刚给过你一次，再有不是该给她家了吗？"她眨眨眼说："那，你已经给她家几年了。也多轮我几次吧！"我又想笑，却怎么也笑不起来了。心里一时觉得酸楚，替眼前花蕾之龄的女孩儿，也替她那张能说会道的小嘴儿。我终不忍令她太过失望，第二次使她满足……我第三次见到那女孩儿，日子已临近春节了。我开口便道："这次可没什么东西打发你了。"女孩儿说："我不是来要东西的。"——她说从我给她的旧书刊中发现了一个信封，怕我找不到着急，所以接连两三天都带在身上，要当面交给我。那信封封着口，无字。我撕开一看，是稿费单及税单而已。她问："很重要吧？"我说："是的，很重要，谢谢你。"她笑了："咱俩之间还谢什么。"她那窃喜的模样，如同受到了庄严的表彰。而我却看出了破绽——封口处，留下了两个小小的脏手印儿。夹在书刊里寄给我的单据，从来是不封信封口的。好一个狡黠的"穷人的女儿"啊！她对我动的小心眼令我心疼她。"看。"——她将一只脚伸过栅栏，我发现她脚上已穿着一双新的棉鞋，摊儿上卖的那一种。并且，她一偏她的头，故意让我瞧见她的两只小辫已扎着红绫了。我说："你今天真漂亮。"她悠荡着身子说："我妈妈决定，今年春节我们不回老家了。""爸爸是干什么的？"她略一愣，遂低下了头。我正后悔自己不该问，她抬起头说："叔叔，初一早晨我会给您拜年。"我说不必。她说一定。我说我也许会睡懒觉。她说那她就等。说我不会初一一整天不出家门的呀。说她连拜年的话都想好了："叔叔，马年吉祥，恭喜发财！""叔叔，我一定来给你拜年！"说完，猛转身一蹦一跳地跑了。两只小辫上扎的红绫，像两只蝴蝶在她左右肩翻飞……

初一我起得很早。倒不是因为和那"穷人的女儿"有个比较郑重的约会，而是由于年三十夜晚看一本书看得失眠了。我是个越失眠反而越早起的人。却也不能说与那个比较郑重的约会毫无关系。其实我挺希望初一一大早走出家门，一眼看见一个一身簇新、手儿脸儿洗得干干净净、两条齐肩小辫扎得精精神神的小姑娘快活地大声给我拜年："叔叔，马年吉祥，恭喜发财！"——尽管我不相信那真能给我带来什么财运……

一上午，我多次伫立窗前朝下望，却始终不见那"穷人的女儿"的小身影。下午也是。到今天为止，我再没见过她，却时而想到她。每一想到，便不由得在内心默默祈祷：小姑娘，马年吉祥，恭喜发财！……

玻璃匠和他的儿子

二十世纪八十年代以前，城市里每能见到一类游走匠人——他们背着一个简陋的木架走街串巷，架子上分格装着些尺寸不等、厚薄不同的玻璃。他们一边走一边招徕生意："镶——窗户！……镶——镜框！……镶——相框！……"

他们被叫作"玻璃匠"。

有时，人们甚至直接这么叫他们："哎，镶玻璃的！"

他们一旦被叫住，就有点钱可挣了。或一角，或几角。总之，除了成本，也就是一块玻璃的原价。他们一次挣的钱，绝不会超过几角去。一次能挣五角钱的活，那就是"大活儿"了。他们一个月遇不上几次大活儿的。一年四季，他们风里来雨里去，冒酷暑、顶严寒，为的是一家人的生活。他们大抵是些由于这样或那样的原因而被拒在"国营"体制以外的人。按今天的说法，是些当年"自谋生路"的人。有玻璃匠的年代，城市百姓的日子都过得很拮据，也特别仔细。不论窗玻璃裂碎了，还是相框玻璃或镜子裂碎了，那大块儿的，是舍不得扔的，专等玻璃匠来了，给切割一番，拼对一番。要知道，那是连破了一只瓷盆都舍不得扔，专等铜匠来了给铜上的穷困年代啊！……

　　玻璃匠开始切割玻璃时，每每吸引不少好奇的孩子围观。孩子们的好奇心，主要是由玻璃匠那一把玻璃刀引起的。玻璃刀本身当然不是玻璃的。玻璃刀看上去都是样子差不多的刀具，像临帖的毛笔。刀头一般长方而扁，其上固定着极小极小的一粒钻石。玻璃刀之所以能切割玻璃，完全靠那一粒钻石。没有那一粒小之又小的钻石，一把玻璃刀便一钱不值了。玻璃匠也就只得改行，除非他再买一把玻璃刀。而从前一把玻璃刀要卖一百几十元，相当于一辆新自行车的价格，对于靠镶玻璃养家糊口的人，谈何容易！并且，也极难买到。因为在从前，在中国，钻石本身太稀缺了。所以，从前中国的玻璃匠们，用的几乎全是新中国成立前的玻璃刀，大抵是外国货。那时的中国还造不出玻璃刀来。将一粒小之又小的钻石固定在铜或钢的刀头上，是一种特殊的工艺。可想而知，玻璃匠们是多么爱惜他们的玻璃刀！与侠客对自己的兵器的爱惜程度相比，也是不算夸张的。每位玻璃匠都一定为他的玻璃刀做了套子，像从前的中学女生都会为自己心爱的钢笔织一个笔套。有的玻璃匠，甚至为他的玻璃刀做了双层的套子。一层保护刀头，另一层连刀身都套进去，再用一条链子系在内衣兜里，像系着一块宝贵的怀表似的。当他们从套中抽出玻璃刀，好奇的孩子们就将一双双眼睛瞪大了。玻璃刀贴着尺子在玻璃上轻轻一划，随之出现一道纹，再经玻璃匠的双手有把握地一掰，玻璃就沿纹齐整地分开了，在孩子们看来那是不可思议的……

　　我的一位中年朋友的父亲，便是从前年代的一名玻璃匠。他的父亲有一把德国造的玻璃刀。那把玻璃刀上的钻石，比许多玻璃刀上的钻石都大，约半个芝麻粒儿那么大。它对于他的父亲和他一家，意味着什么，不必细说。

有一次，我这位朋友在我家里望着我父亲的遗像，聊起了自己的父亲曾是玻璃匠，聊起了他父亲那一把视如宝物的玻璃刀。我听他娓娓道来，心中感慨万千。

他说他父亲一向身体不好，脾气也不好。他十岁那一年，母亲去世了，从此他父亲的脾气就更不好了。而他是长子，下边有一个弟弟，一个妹妹。父亲一发脾气，他就首先成了出气筒。年纪小小的他，和父亲的关系越来越紧张，也越来越冷漠。他认为他的父亲一点儿也不关爱他和弟弟妹妹。他暗想，自己因而也有理由不爱父亲。他承认，少年时的他，心里竟有点儿恨自己的父亲……

有一年夏季，父亲回老家去办理祖父的丧事。父亲临走时，指着一个小木匣严厉地说："谁也不许动那里边的东西！"——他知道父亲的话主要是说给他听的，同时猜到，父亲的玻璃刀放在那个小木匣里。但他毕竟是个孩子啊！别的孩子感兴趣的东西，他也免不了会对之产生好奇心的呀！何况那东西是自己家里的，就放在一个没有锁的、普普通通的小木匣里！于是父亲走后的第二天他打开了那小木匣，父亲的玻璃刀果然在内。但他只不过将玻璃刀从双层的绒布的套子里抽出来欣赏一番，比画几下而已。他以为他的好奇心会就此满足，却没有。第三天他又将玻璃刀拿在手中，好奇心更大了。找到一块碎玻璃试着在上边划了一下，一掰，碎玻璃分为两半，他就觉得更好玩了。以后的几天里，他也成了一名小玻璃匠，用东捡西拾的碎玻璃，为同学们切割出了一些玻璃的直尺和三角尺，大受欢迎。然而最后一次，那把玻璃刀没能从玻璃上划出纹来，仔细一看，刀头上的钻石不见了！他这一惊非同小可，心里毛了，手也被玻璃割破了。他怎么也没想到，使用不得法，刀头上那粒小之又小的钻石，是会被弄掉的。他完全搞不清楚是什么时候掉的，可能掉在哪儿了。就算清楚，又哪里会找得到呢？就算找到了，凭他，又如何安到刀头上去呢？他对我说，那是他人生中面临的第一次重大事件。甚至，是唯一的一次重大事件。以后他所面临过的某些烦恼之事的性质，都不及当年那一件事严峻。他当时可以说是吓傻了……由于恐惧，那一天夜里，他想出了一个卑劣的方法——第二天他向同学借了一把小镊子。将一小块碎玻璃在石块上仔仔细细捣得粉碎，夹起半个芝麻粒儿那么小的一个玻璃碴儿，用胶水粘在玻璃刀的刀头上了。那一年是一九七二年，他十四岁……

三十余年后，在我家里，想到他的父亲时，他一边回忆一边对我说："当年，我并不觉得我的办法卑劣。甚至，还觉得挺高明。我希望父亲发现玻璃刀上的钻石粒儿掉了时，以为是他自己使用不慎弄掉的。那么小的东西，一旦掉了，满地哪儿去找呢？即使找不到，哪怕怀疑是我搞坏的，也没有什么根据。只能是怀疑啊！……"

他的父亲回到家里后，吃饭时见他手上缠着布条，问他手指怎么了。他搪塞地回答，生火时不小心被烫了一下。父亲没再多问他什么。

翌日，父亲一早背着玻璃箱出门挣钱去，才一个多小时后就回来了。脸上阴云密布。他和他的弟弟妹妹吓得大气儿都不敢出一口。然而父亲并没问玻璃刀的事，只不过仰躺在床上，闷声不响地接连吸烟……

下午，父亲将他和弟弟妹妹叫到跟前，依然阴沉着脸却语调平静地说："镶玻璃这种营生是越来越不好干了。哪儿哪儿都停产，连玻璃厂都不生产玻璃了。玻璃匠买不到玻璃，给别人家镶什么呢？我要把那玻璃箱连同剩下的几块玻璃都卖了。我以后不做玻璃匠了，我得另找一种活儿挣钱养活你们……"

他的父亲说完，真的背起玻璃箱出门卖去了……

以后，他的父亲就不再是一个靠手艺挣钱的男人，而是一个靠力气挣钱养活自己儿女的男人。他说，之后他的父亲做过临时搬运工，做过临时仓库看守员，还做过公共浴堂的临时搓澡人；居然还放弃一个中年男人的自尊，正式地拜师为徒，在公共浴堂里学过修脚……

而且，他父亲的暴脾气，不知为什么竟一天天变好了，不管在外边受了多大委屈和欺辱，再也没回到家里冲他和弟弟妹妹宣泄过。那当父亲的，对于自己的儿女们，也很懂得问饥问寒地关爱着了。这一点一直是他和弟弟妹妹们心中的一个谜，虽然都不免奇怪，却并没有哪一个当面问过他们的父亲。

到了我的朋友三十四岁那一年也就是二十世纪九十年代初，他的父亲因积劳成疾，才六十多岁就患了绝症。在医院里，在曾做过玻璃匠的父亲的生命之烛快燃尽的日子里，我的朋友对他的父亲孝敬倍增。那时，他们父子的关系已变得非常深厚了。一天，趁父亲精神还可以，儿子终于向父亲承认，二十几年前，父亲那一把宝贵的玻璃刀是自己弄坏的，也坦白了自己当时那一种卑劣的想法……

不料他父亲说："当年我就断定是你小子弄坏的！"

儿子惊讶了："为什么，父亲？难道你从地上找到了……那么小那么小的东西啊，怎么可能呢？"

他的老父亲微微一笑，语调幽默地说："你以为你那种法子高明啊？你以为你爸就那么容易受骗呀？你又哪里会知道，我每次给人家割玻璃时，总是习惯用大拇指抹抹刀头。那天，我一抹，你粘在刀头上的玻璃碴子，扎进我大拇指肚里去了。我只得把揣进自己兜里的五角钱又掏出来退给人家了。我当时那种难堪的样子就别提了，好些个大人孩子围着我看呢！儿子你就不想想，你那么做，不是等于要成心当众出你爸爸的洋相吗？……"

　　儿子愣了愣，低声又问："那你，当年怎么没暴打我一顿？"

　　他那老父亲注视着他，目光一时变得极为温柔，语调缓慢地说："当年，我是那么想来着。恨不得几步就走回家里，见着你，掀翻就打。可走着走着，似乎有谁在我耳边对我说，你这个当爸的男人啊，你怪谁呢？你的儿子弄坏了你的东西不敢对你说，还不是因为你平日对他太凶吗？你如果平日使他感到你对于他是最可亲可爱的一个人，他至于那么做吗？一个十四岁的孩子，那么做成是容易的吗？换成大人也不容易啊！不信你回家试试，看你自己把玻璃捣得那么碎，再把那么小那么小的玻璃碴粘在金属上容易不容易？你儿子的做法，是怕你怕的呀！……我走着走着，就流泪了。那一天，是我当父亲以来，第一次知道心疼孩子。以前呢，我的心都被穷日子累糙了，顾不上关怀自己的孩子们了……"

　　"那，爸你也不是因为镶玻璃的活儿不好干了才……""唉，儿子你这话问的！这还用问吗？……"我的朋友，一个三十几岁的儿子，伏在他老父亲身上，无声地哭了。几天后，那父亲在他的两个儿子一个女儿的守护之下，安详而逝……我的朋友对我讲述完了，我和他不约而同地吸起烟来，长久无话。那时，夕阳照进屋里，洒了一地，洒了一墙。我老父亲的遗像，沐浴着夕照，他在对我微笑。他也曾是一位脾气很大的父亲，也曾使我们当儿女的都很惧怕。可是从某一年开始，他忽然判若两人，变成了一位性情温良的父亲。

我望着父亲的遗像，陷入默默的回忆——在我们几个儿女和我们的老父亲之间，想必也曾发生过类似的事吧？那究竟是一件什么事呢？——可我没有我的朋友那么幸运，至今也不知道。而且，也不可能知道了，将永远是一个谜……

羊皮灯罩

此刻，羊皮灯罩拎在女人手里，女人站在灯具店门外，目光温柔地望着马路对面。过街天桥离地不远横跨马路。天桥那端的台阶旁是一家小小的理发铺。理发铺隔壁，是一间更小的板房，也没悬挂什么牌匾，只在窗上贴了四个红字"加工灯罩"。窗子被过街天桥的台阶斜挡了一半，从女人所伫立的地方，其实仅可见"加工"二字。

女人望着的正是那扇窗，目光温柔且有点儿羞赧，还有点儿犹豫不决。她已经驻足观望了一会儿了。她似乎无视马路上的不息车流，耳畔似乎也听不到都市的喧杂之声。分明地，她不但在望着，内心里也在思忖着什么。

这一天是情人节。

女人另一只手拿着一枝玫瑰。

太阳在天空的位置刚刚西偏。一个难得的无风的好天气。春节使过往行人的脚步变得散漫了，样子也都那么悠闲。再过几天，就是这女人二十九岁生日了。在城市里，尤其大都市里，二十九岁的女人，倘容貌标致，又是大公司的职员，正充分地散发着

"白领丽人"既妩媚又成熟的魅力。

这二十九岁的来自乡下的女人，虽算不上容貌标致，却幸运地有着一张颇经得住端详的脸庞。那脸庞上此刻也呈现着一种乡下水土所养育的先天的妩媚，也散发着城市生活所造就的后天的成熟。只不过她这一辈子怕是永远与"白领丽人"四字无缘了。因为她在北京这座全中国生存竞争最为激烈的大都市拼打了十余年，刚刚拼打出一小片属于自己的天地——一个雇了两名闯北京的乡下打工妹的小小包子铺。在那两名打工妹心目中，她却是成功人士，是榜样。她的业绩对她们的人生起着她自己意想不到的鼓舞作用。

她今天穿的是她平时舍不得穿的一套衣服。确切地说，那是一套咖啡色的西服套装。对于一个二十九岁的女人，咖啡色是一种既不至于使她给人以轻浮印象，也不至于看上去显得老气的颜色。而黑色的弹力棉长袜，使她挺拔的两条秀腿格外引人注目。她脚上穿的是一双半高跟的靴子，脸上化着淡淡的妆。总之在北京二月这一个朗日，在知名度越来越高且影响着中国人的情人节的下午，这一个左手拎着羊皮灯罩，右手拿着一枝红玫瑰，目光温柔且羞赧地望着马路对面那扇窗的，开一家小小包子铺雇两名乡下打工妹的二十九岁的女人，要踏上离她不远的过街天桥"解决"一件对女人来说无比重大的事情。那件事有的人叫作"爱"，有的人叫作"婚姻"。

其实她并不犹豫什么，也对结果抱着感觉特别良好的预期。她并非一个脱离现实的女人。北京对她最有益的教诲就是：任何时候任何情况之下，都千万别变成一个脱离现实的人而自己懵懂不悟。她那一种感觉特别良好的预期，是马路对面那扇窗内的一个男人，不，一个青年的眼睛告诉给她的。尽管她比他大五岁，她却深信他们已心心相印。那是一双怎样的眼睛啊！充满自尊，也有点忧郁。对于那样一双眼睛，爱是无须用话语表达的。

灯具店的售货员要将她买了的羊皮灯罩包起时，她说不用。

"拎到马路对面去进行艺术雕刻吧？"

她点了一下头，一时脸色绯红。

"凡是到我们这儿买这一种羊皮灯罩的，十有六七都拎到马路对面去加工。那小伙子特有艺术水平，不愧是专科艺术院校的学生。唉，可惜了，要不哪会沦落到那种……"

她怕被售货员姑娘看出自己脸红了，拎起羊皮灯罩赶紧离开。

一男一女从那小屋走出，女人所拎的和她买的是一模一样的羊皮灯罩。女人将灯罩朝向太阳擎举起来，转动着，欣赏着。男人一会儿站在女人左边，一会儿站在女人右边，一会儿又站在女人背后，也从各个角度欣赏。隔着马路，她望不到人家那羊皮灯罩上究竟刻着什么图案或字。却想象得到，对着太阳的光芒欣赏，一定会给人一种比灯光更美好的效果。艺术加工过的羊皮灯罩，内面是衬了彩纱的。或红，或粉，或紫，或绿，各色俱全，任凭选择。那男人一手搂在女人肩上，当街在女人颊上吻了一下。她想，如果他们不满意，是不会当街有那么情不自禁的举动的。于是她内心替那扇窗里的青年感到欣慰，甚而感到自豪。望着那一对男女坐入出租车，她不再思忖什么，迈着轻快的步子踏上了天桥台阶……

半年前的某日她到税务局去交税，路过马路对面那扇窗。突然，玻璃从里边被砸碎了，吓了她一大跳，紧接着传出一个男人的叫嚷声："你算什么东西？你怎么敢不经我们的许可给加了一个顿号?! 你今天非得用数倍的钱赔我这灯罩不可! 因为我的精神也受损失了! ……"

于是很多行人停住了脚步。她也停住了脚步,但见小屋内一个衣着讲究的男人,对面坐在桌后的是气势汹汹的青年。男人身旁是一个脂粉气浓的女人,也挑眉瞪眼地煽风点火:"就是,就是,赔! 至少得赔五倍的钱……"

男子镇定地望着他们,语调平静而又不卑不亢地说:"赔是可以的。赔两个灯罩的钱也是可以的。但是赔五个灯罩的钱我委实赔不起,那我这一个月就几乎一分不挣了……"

同是外乡闯北京之人,她不禁同情起那青年来,也被那青年清秀的脸和脸上镇定的不卑不亢的神情吸引。在北京,在她看来,许许多多男人的脸,都不同程度地存在着酒色财气浸淫和污染的痕迹,有的更因权力、金钱而满脸傲慢和骄矜,有的则因地位较低而连同形象也一块儿猥琐了,或因心术不正欲望邪狞而样子可恶。她对大都市里的形形色色的男人形形色色的脸已极富经验,但那青年的脸是多么清秀啊! 多么干净啊! 是的,清秀又干净。她只有小学五年级文化。"清秀"和"干净"这两个词,是她头脑中所存有的对人的面容的最高评语。她认为她动用了那最高评语是恰如其分的。

人们渐渐地听明白了——那一对男女要求那青年在他们的羊皮灯罩上完完整整地刻下苏轼的一首什么似花非花的词,而那青年把其中一句用标点断错了。一位老者开口为青年讨公道。他说:"没错。苏轼这一首词的'恨西园、落红难缀'一句,中间自古以来就是断开的。"

那青年说:"我就是这么告诉他们的。"语调仍平静得令人肃然起敬。

那男人指着老者说："你在这儿充什么大瓣蒜，一边儿去。没你说话的份儿！"——他口中朝人们喷过来阵阵酒气。

老者说："我不是大瓣蒜。我是大学里专教古典诗词的教授。教了一辈子了。"

那女人说："我们是他的上帝！上帝跟他说话，他连站都不站起来一下！一个外地乡巴佬，凭点儿雕虫小技在北京混饭吃，还摆什么臭架子！"

这时，理发铺里走出了理发师傅。理发师傅说："刚才我正理着发，离不开。"说着，他进入小屋，将挡住那青年双腿的桌子移开了。那青年的两条裤筒竟空荡荡的⋯⋯

理发师傅又说："他能站得起来吗？他每天坐这儿，是靠几位老乡轮流背来背去的！他怕没法上厕所，整天都不敢喝口水！⋯⋯"在众人谴责目光的咄咄盯视之下，那一对男女无地自容，拎上灯罩悻悻而去。有人问："给钱了吗？"青年摇头。有人说："不该这么便宜了他们！"青年笑笑，说跟一个喝醉了的人，有什么可认真的呢？⋯⋯她从此忘不掉青年那一张清秀而又干净的脸了。后来她就给自己制造借口，经常从那扇窗前过往。每次都会不经意似的朝屋里望上一眼⋯⋯再后来，每天中午，都会有一名打工妹，替她给他送一小笼包子。她亲手包的，亲手摆屉蒸的⋯⋯再后来，她亲自送了。并且，在他的小屋里待的时间越发长了⋯⋯终于，他们以姐弟亲昵相称了⋯⋯二十九岁的这一个女人，因为迟迟还没结婚，已经有点儿缺乏回家乡的勇气了。二十九岁的这一个女人，虽然迟迟还没结婚，却有过十几次性的经历了。某种情况之下是自己根本不情愿的，某种情况之下是半推半就的。前一种情况之下是为了生意得以继续，后一种情况是由于心灵的深度寂寞……

现在，她决定结婚了。她不在乎他残疾，深信他也不会在乎她比他大五岁。她此刻柔情似水。踏下天桥，站在那小屋门外时，却见里边坐的已不是那青年，而是别的一个青年。

人家告诉她，他"已经不在了"。他在大学三年级时不幸患了骨癌，截去了双腿。他来到北京，就是希望减轻家里的经济负担，靠自己的能力医治自己的病，可癌细胞还是扩散了……

人家给了她一盏羊皮灯罩，说是他留给她的，说他"走"前，撑持着为她也刻下了那首什么似花非花的词……

二十九岁的这一个外省的乡下女人，顿时泪如泉涌……

不久，她将她的包子铺移交给两名打工妹经营，只身回到乡下去了；很快她就结婚了，嫁给了一个四十多岁的二茬光棍。在她的家乡那一农村，二十九岁快三十岁的女人，谈婚论嫁的资本是大打折扣的。一年后她生了一个男孩儿，遂又渐渐变成农妇。刻了什么似花非花词的羊皮灯罩，从她结婚那一天起，一直挂着，却一直未亮过。那村里的人都舍不得拿钱交电费，电业所把电线绕过村引开去了……

那羊皮灯罩已落满灰尘。

又变成农妇的这一个女人，与村里所有农妇不同的是，每每低吟一首什么似花非花的词。只吟那一首，也只知道世上有那么一首词。吟时，又多半是在奶着孩子。每吟首尾，即"似花还似非花，也无人惜从教坠"和"细看来，不是杨花，点点是离人泪"二句，必泪潸潸下，滴在自己乳上，滴在孩子小脸上……

王妈妈印象

写罢《茶村印象》，意犹未尽，更想写友人的母亲王妈妈。

王妈妈今年七十七岁了。

我第一次见到她，是在她家门口。当时是傍晚，她蹲着，正欲背起一只大背篓到茶集去卖茶。

茶集不过是一处离那个茶村二里多远的坪场，三面用砖墙围了。朝马路的一面却完全开放，使集上的情形一目了然。茶集白天冷冷清清，难见人影。傍晚才开始，附近几个茶村的茶农都赶去卖茶，于是熙熙攘攘，热闹得很。通常一直热闹到晚八点以后，天光黑了，会有许多灯点起来，以便交易双方看清秤星和钱钞。那一条路说是马路，其实很窄，一辆大卡车就几乎占据了路面的宽度；但那路面，却是水泥的，较为平坦。它是茶农们和茶商共同出资铺成的，为的是茶农们能来往于一条心情舒畅的路上。所幸很少有大卡车驶过那一条路。但在茶农们卖茶的那一段时间里，来往于路上的摩托车、自行车或三轮车却不少。当然更多的是背着满满一大背篓茶叶的茶农们。他们都是些老人，不会或不敢骑车驮物了，只有步行。一大背篓茶对于年轻人来说并不太重，二三十斤而已。但是对于老人和妇女，背着那样一只大背篓走上二三里地，怎么也算是一件挺辛苦的事了。他们弯着腰，低着头，一步步机械地往前走。遇到打招呼的人偶尔抬起头，脸上的表情竟是欣慰的。茶村毕竟也是村，年轻人一年到头去往城市里打工，茶村也都成了老人、孩子和少数留守家园的中年妇女的村了。这一点和中国其他地方的农村没什么两样。见到一个二三十岁的男人或女人，人们反觉稀奇……

事实上，当时王妈妈已将背篓的两副背绳套在肩上了，她正要往起站，友人叫了她一声"妈"。

她一抬头，身子没稳住，坐在了地上。

我和友人赶紧上前扶她。自然，作为儿子的友人，我随即从她背上取下了背篓。她看着眼前的儿子，笑了。微微眯起双眼，笑得特慈祥。

她说："我儿回来啦！"——将脸转向我，问："是同事？"

友人说："是朋友。"

她穿一件男式圆领背心，已被洗得破了几处洞；一条草绿色的裤子，裤腿长不少，挽了几折，露出半截小腿；而脚上，是一双扣绊布鞋，一只鞋的绊带就要断了，显然没法相扣了，掖在鞋帮里。那双鞋，是旧得不能再旧了，也挺脏，沾满泥巴（白天这地方下了一场雨）。并且呢，两只鞋都露脚趾了……

我说："王妈妈好。"——打量着这一位老母亲，倏忽间思想起我自己的母亲来。我的老母亲已过世十载了，在家中生活最困难的时期，那也还是会比友人的这一位老母亲穿得好一些。何况采茶又不是什么脏活，我有点儿不解这一位老母亲何以穿得如此不伦不类又破旧……

然而友人已经叫起来了："妈，你这是胡乱穿的一身什么呀？我给你寄回来的那几套好衣服为什么不穿？我上次回来不是给你买了两双鞋吗？都哪儿去了？……"

友人的话语中，包含着巨大的委屈，还有难言的埋怨。显然，他怎么也没想到他的母亲会以那么一种样子让我看到，他窘得脸红极了。须知我这一位友人也是大学里的一位教授，而且是经常开着"宝马"出入大学的人。

他的母亲又笑了，仍笑得那么慈祥。

她说："都在我箱子里放着呢。"

"那你怎么不穿啊？"

当儿子的都快急起来了，跺了下脚。

"好，好，好，妈明儿就穿，还不快请你的朋友家里坐啊！……我先去卖茶啊……"

我对友人说："咱俩替老人家去卖吧！"

但是王妈妈这一位老母亲却怎么也不依。既不让我和她的儿子一块儿去替她卖那一大背篓茶叶，也不许她的儿子单独去替她卖。我和我的友人，只得帮老人家将背篓背上，眼睁睁地看着身材瘦小的老人家像一只负重的虾米一样，一步步缓慢地离开了家门前……

友人问我："你觉得有多少斤？"

我说："二十几斤吧。"友人追问："二十几斤？"

我说："二十五六斤吧。"

他家门前，有一块半朽未朽的长木板，一端垫了一摞砖，一端垫了一块大石头，算是可供人在家门前歇息的长凳。

友人就在那木板上坐下去了，默默吸烟。我知他心里难受，大约也是有几分觉得难堪的，就陪他坐下，陪他吸烟。

这时，友人的脸上淌下泪来了。

他说："上个月我刚把她接到我那儿去，可住了不到十天，她就闹着回来，惦记着那不到一亩的茶秧。她那么急着回来采茶，我不得不给她买机票，坐飞机能当天就回来啊！可从广州到成都，打折的飞机票也要九百多元啊！还得我哥到成都机场去接她，再乘长途汽车到雅安，再从雅安坐出租车到村里，一往一返，光路费三千元打不住。她那几分地的茶秧，一年采下的茶才卖两千多元。她就不算算账！这不，回来了，又采上茶了，才活得有心劲儿似的……"

我说："那你就给老人算一算这笔账嘛。"

他回答："当然算过，白算。我们算这一种账，在我母亲那儿根本就不走脑子。关于钱，一过千这么大的数，她就没意识了。她只对小数目的钱敏感，而且一笔笔算起来清清楚楚，从没糊涂过，谁想蒙她不容易。还对小数目的钱特亲。比如这个月茶价多少钱一斤，下个月多少钱一斤，那么这个月几天没采茶，等于少挣了多少钱……"说到此处，苦笑。

我说："那你以后就把花在路费方面的钱寄回呗。"

友人说，那寄回来的钱对于他的老母亲就只等于一个数字，她会直接把钱存在银行里，连过手都不过手。友人说自己当教授了，住上宽敞的房子了，有了私家车了，不将老母亲接到城市里享享福，内心不安。说他老母亲第一次到深圳的日子里，他曾驾车带着他老母亲到海滨路上去度周末，也像别人一样将塑料布铺于绿地，摆开吃的喝的，和老母亲共同观海景、聊天。可老母亲却奇怪于城里人为什么偏偏将那么一大片地植树了，种草了，而不栽上茶秧？栽茶秧那能解决多少人的挣钱问题啊！进而大为不满地批评城里人罪过，不知土地宝贵，浪费大片大片的土地简直像不在乎一张纸一样。又觉得城里人太古怪，难以理解，待在家里多舒服，干吗都一家家一对对跑到海边傻坐着？海边再凉快，还能比有空调的家里凉快吗？说那一次老母亲在他那儿住的日子还长久些，因为在大都市里发现了生财之道——一个空塑料瓶两分钱，易拉罐三分钱，纸板三角钱一斤，她觉得比采茶来钱容易多了。说那是老母亲唯一愿意向城市人学习的地方，也是对大都市的唯一好感。还因为捡那些东西，和"同行"发生了口角。而他，只得向老母亲耐心解释，捡那些东西的人，是划分了街区领地的。在别人的街区领地捡那些东西，就是侵犯了别人的利益。别人对你提出抗议，抗议得有理。你跟别人吵，吵得没理。老母亲却振振有词地反问，他有政府发的证书吗？如果没有，凭什么说那些街区是他的"领地"呢？依她想来，既然拿不出类似政府发给农民的土地证一样的证书，凭什么只许自己捡，不许别人捡呢？而他就只得更加耐心地向老母亲解释，尽管对方并无证书，但那是"潜规则"。"潜规则"相互也是要遵守的。解释来解释去，最后也没能使老母亲明白究竟什么是"潜规则"、为什么"潜规则"对人也具有约束性……老母亲离开的前一天，他家阳台上已堆满了空塑料瓶等废弃物。他想通知收废品的人上门来收走，可老母亲不许，因为人家上门来收，一个塑料瓶就变成一分钱了，废纸也变成两角一斤了。在老母亲那儿，账算得"倍儿"清——一个塑料瓶等于卖亏了百分之五十；一斤废纸板等于卖亏了百分之三十；合计卖亏了百分之八十！他说："妈，账你也不能这么算，并不是你原本该卖得十元，结果亏掉了八元，就剩两元了。"

老母亲说："你别跟我拌嘴！百分之五十加百分之三十，怎么就不是亏了百分之八十呢？你当儿子的，不能拿我的辛苦不当辛苦，我捡了那么一阳台我容易吗？"于是伤心起来。我的朋友，这个当儿子的，只得赶紧认错。接下来乖乖地将阳台上的废品弄出家门，塞入他那辆刚买的"广本"，再带上老母亲，分两次卖到废品收购站去。老母亲点数总计二十来元钱，顿觉是一笔大收入，这才眉开眼笑……

友人问我："如果请收废品的上门来收走，是等于卖亏了百分之八十吗？"

我说："当然不是。百分之百减去百分之三十剩百分之七十，加上塑料瓶的百分之五十，是百分之一百二十……"

友人奇怪了："少卖钱是肯定的，怎么也不会成了百分之一百二十吧？"

我愣了，自知我的算法也成问题，陪着苦笑起来……

友人的老母亲卖茶叶回来了，一脸不快。当儿子的问她卖了多少钱，她说："儿子你还不知道吗？这个季节大叶子茶更不值钱了，才卖了九元三角钱；辛苦了一白天，到手的钱居然还不够一个整数。"她怏怏不乐。

吃晚饭时，老人家在自家的太阳能洗浴房里冲过了澡，翻箱倒柜，换上了一身体面的衣服。我的友人，他的哥哥嫂子都说，老人家纯粹是为我这一位远道而来的客人才那样的。

老人家说是啊是啊，多次听晓鸣（我的友人的名字）跟她谈到过我，早知我们情同手足。说好朋友要长久。她相信我和她儿子会是天长地久的朋友，替我们高兴。老人家不断为我夹菜，口口声声叫我"声仔"。

友人对我耳语："我母亲叫你'声仔'，那就等于拿你当儿子一样看待了。"

我也耳语，问："要不要将我装在红信封里的五百元钱立刻就从兜里掏出来，作为见面礼奉上？"友人却摇头。第二天，友人陪我到镇上去，将五张百元钞换成了一百余张小面额的钱，扎成厚厚两捆，在他老母亲高兴之时，暗示我抓住机遇。

我就双手相递，并说："王妈妈，我希望您能认下我这个干儿子。这些钱呢，我也不知是多少，算是我这个干儿子的一份心意，您一定要收下。"

老人家顿时笑得合不拢嘴，连说："好啊好啊，我认我认，我收我收！……"她接过钱去，又说："看我声儿，孝敬了我这么多钱！真多真多……"友人心理不平衡地嘟哝："那就多了？才……有好几次我一两千元地给你寄，你也没夸过我一句！"老人家批评道："你动不动就挑我的理，看我这么也不对那么也不顺眼，他怎么就不说？"我趁机讨好："干妈，以后他再对您那样，我这儿先就不依！"晚上，我和友人照例同床。那是他父亲生前睡的床，如今是他母亲的床，也是家中最宽大的床，却哪儿哪儿都松动了，我俩不管谁一翻身，那床都发出嘎吱嘎吱的响声。老人家为了我们两个小辈儿睡得好，把那床让给了我俩，她自己睡在客厅里的旧沙发上。

友人向我讲起了他的父亲，以及他父亲和他母亲的关系。他的父亲曾是乡长，极体恤农民的一位乡长，故也备受农民的敬重；不幸罹患癌症，四十几岁就去世了。他父亲生前，和他母亲的关系一向不好，几乎谈不上有什么夫妻感情可言。自然，也就有过几次和别的女人的暧昧关系，母亲甚至因此寻过短见。父亲去世以后，母亲一个人拉扯着四个儿女，日子变得朝不保夕。他的妹妹，由于小病没钱治，拖成了大病。水灵灵的一个少女，临死想换一身新衣服美一下，都没美成……

友人嘱咐我，千万不要提他的妹妹，那是他母亲心口永远的痛；也千万不要提他的父亲，那似乎是他母亲永远的怨……

他说："我听过不少父亲为儿女卖血的事，在我们家里，为供我们几个儿女读书，卖血的却是我母亲。而且像许三观①一样，在一个月里卖过两次血。上苍让我母亲活到今天，实在是对她本人和对我们儿女的眷顾……"

茶村的夜晚，万籁俱寂。友人的话语，流露着淡淡的忧悒、绵长的思念，令我的心情也忧悒起来了；并且，令我也思念起了我那没过上几天好日子的老父亲和老母亲……

第二天，王妈妈打发晓鸣到另一个茶村去看望他二姐，却要我留了下来。她不采茶了，让我陪她在村里办点事。

我陪她去了几户茶农的家里，显然是茶村生活仍很贫穷的人家。她竟是一家一户去送钱，有的送一百元，有的送五十元。

"看你，又送钱来，别总操心我们的日子了，我们还过得下去……"

每户人家的人都说类似的话；家家户户的人的话中，却都有"又送钱来"四个字。

那"又送钱来"四个字，令我沉思不已。

她老人家却说："晓鸣的爸又给我托梦了，是他牵挂着你们，嘱咐我一定来看看。"

---

① 许三观是余华小说《许三观卖血记》里的主人公。

或者指着我说："看，我认了个干儿子，和我晓鸣一样，也是教授。都是正的。他们都是每个月开五六千元的人，以后我是不缺钱花的一个妈了。周济周济你们，还不应该的？……"

我陪着在茶村认的这一位干妈，去给她的女儿、她的丈夫扫了坟。两坟相近，扫罢以后，她跪了很久。

她面对这座坟说："他爸，儿女们以为我还怨你，其实我早就不怨你了。我还替你做了些事情，那是你生前常做的事情。其实我一直记着你说过的一句话——为人处世，心里边还是多一点儿善良好。你要是也不嫌弃我了，那就给我托梦，在梦里明说。要是不好意思跟我明说，给儿女们托梦说说也行。那么，我死后，就情愿埋在你旁边……"

又对那一座坟说："幺女啊，妈又来看你了。妈这个月采了二百多元的茶。现在女孩儿家也该穿裙子了，过几天，妈亲自到乐山去给你买一件漂亮的裙子。听你二姐的女儿说，乐山有一家服装店专卖女孩子穿的衣服，样式全都是时兴的……"

对第一座坟说话时，她的语调很平静；对第二座坟说话时，她忽然泣不成声……

在回家的路上，干妈对我说："声儿，记着，以后找机会告诉晓鸣，他说的不对。一个塑料瓶子不是两分钱，是一角二分钱。硬铁皮的才两分钱，易拉罐八分钱，顶数塑料瓶子值钱。一斤纸板也不是一角几分钱，是三角钱……"

我诺诺连声而已。不知为什么，那一天这一位友人的老母亲，竟令我心生出几许肃然来……

后来我和我的干妈又聊过几次。

她问我："如果一个老人生了癌症，最长能活多久，最短又能活多久？"

我以我所知道的常识回答了以后，她沉默良久，又问："活得越久，岂不是越费钱？"

我一时不知该如何回答，尤其是对这样一位七十七岁了还辛劳不止采茶攒钱的老母亲。

她语调平静地又说："晓鸣他爸生了癌症，才半个多月就走了。晓鸣寄给我的钱和我自己挣的，加起来快一万元了。现在治病很费钱，不知道一万元够治什么样的病？……"

我更加不知如何回答才好，只有摇头。

于是她自问自答："我死，也许不会因为病。就是因为病，估计也不会病得太久。我加紧再挣点儿钱，攒够一万元，估计怎么也够搪病的了。我可不愿拖累儿女们，儿女们各有各的家，也都不容易……"

我装出并没注意听的样子。

不料她突然问："你们城里的老人，如果还挺能吃，就表明还挺能活，是吧？"我回答："是。"她说："我们农村的老人，如果还挺能干，才表明挺能活。你看干妈，是不是还挺能干的？"我又回答："是。"……当我离开茶村时，我和我的干妈，相互都有些依依不舍了。我又明白了我自己一些——都五十七八的人了，居然还认起干妈来；实不是习惯虚与委蛇，而是由于在心理上，仍摆脱不了那一种一心想做一个好儿子的愿望。

因为我从来就不曾好好地做过儿子。那是需要一些愿望以外的前提的。对于我，前提以前没有。现在，前提倒是有了，父母却没了。我也更明白了——为什么我的某些同代人，一提起自己过世的父母就悲泪涟涟。我是那么羡慕我的好友晓鸣教授。他的老母亲认下了我这一个干儿子，我觉得格外幸运。而我尤其幸运的是，我的远在一个小小茶村里的干妈，她是一位要强又善良的老人家。至于她爱捡废品的"缺点"，那是我能理解的，也是我觉得有趣的……

老 妪

那一个老妪是一个卖茶蛋的老妪。在十二月的一个冷天。在北京龙庆峡附近。儿子须作一篇"游记",我带他到那儿"体验生活"。

卖茶蛋的皆乡村女孩儿和年轻妇女。就那么一个老妪,跻身于她们中间,并不起劲儿地招徕。偶发一声叫卖,嗓音是沙哑的。所以她的生意就冷清。茶蛋都是煮的。老妪锅里的蛋未见得比别人锅里的小。我不太能明白男人们为什么连买茶蛋还要物色女主人。

老妪似乎自甘冷清,低着头,拨弄煮锅里的蛋。时时抬头,目光睃向眼前行人,仿佛也只不过因为不能总低着头。目光里绝无半点儿乞意。

我出于一时的不平,一时的体恤,一时的怜悯,向她买了几个茶蛋。活在好人边上的人,大抵内心会生发这种一时的小善良,并且总克制不了这一种自我表现的冲动。表现了,自信自己仍立足在好人边上,便获得一种自慰,和证明了什么的心理安泰感和满足感……

老妪应找我两毛钱，我则扯着儿子转身便走，佯装没有算清小账。儿子边走边说："爸，她少找咱们两毛钱。"我说："知道。但是咱们不要了。大冷的天她卖一只茶蛋挣不了几个钱，怪不易的……"于是我向儿子讲，什么叫同情心，人为什么应有同情心，以及同情心是一种怎样的美德……两个多小时后，我和儿子从公园出来，被人叫住——竟是那老妪，袖着双手，缩着瘦颈，身子冷得佝偻着。"这个人，"她说，"你刚才买我的茶蛋，我还没找你钱，一转眼，你不见了……"

　　老妪一只手从袖筒里抽出，干枯的一只老手，递向我两毛钱，皱巴巴的两毛钱……儿子仰脸看我。我不得不接了钱。我不知自己当时对她说了句什么……而公园的守门人对我说："人家老太太，为了你这两毛钱，站我旁边等了那么半天……"

　　我和儿子又经过卖茶蛋的摊行时，见一老叟，守着他那煮锅。如老妪一样，低着头，摆弄煮锅里的蛋。偶发一声叫卖，嗓音同样是沙哑的。目光偶向眼前行人一睃，也只不过是任意的一睃，绝无半点儿乞意。比别人，生意依旧冷清……

　　人心的尊贵，一旦近乎本能的，我们也就只有为之肃然了。我觉得我的类同施舍的行径，对于老妪，实在是很猥琐的……

瘦 老 头

A君是我朋友，一位环保专家。二十世纪九十年代初，他以博士身份从国外甫一归来，便为国内的环保问题四处奔走，大声疾呼。可以说，他是中国最早的一位能以专业头脑传播环保思想的人。现在，他任职于某大学，成为博士生导师，业已桃李满天下矣。中国之环保领域中，其弟子多多，皆是有贡献者。他也经常飞往国外参加各种环保会议，向世界宣讲中国之环保现状……

我第一次见到他，是在区人大组织的代表学习活动中。屈指算来，六七年前的事了。他作为专家，向二十几名区人大代表介绍世界环保经验。中午吃饭时，我恰坐于他的旁边。主食是米饭，也有面条。他要了一碗米饭，持箸端碗之际，叫住服务员姑娘，望着一桌羹肴小声问："有榨菜吗？"

服务员姑娘摇头后说，有泡菜，有食堂自腌的小咸菜，有南方辣菜，还有腐乳，就是没有榨菜。他却说："怎么可以没有榨菜呢？榨菜，必然应该有的啊！"服务员姑娘说："那，就只能为您现去买一小袋了。"众人都看得分明，人家服务员姑娘那么说，显然等于软软地"将"了他一"军"，使他认清形势，能在没有榨菜的特殊情况下，顺利地将一碗米饭吃下去。不料他赶紧说："那多谢了，那多谢了！"服务员姑娘愣了愣，不乐意地离去。他见众人都在费解地望他，神色颇不自然，连道："见笑见笑，对我来说，米饭还是就着榨菜才香。毛病，毛病……"众人都未接言，默默赔笑而已。我心里暗想，当然是毛病！我觉得众人心里，肯定与我同感。他呢，则干脆垂手而坐，直等到人家服务员姑娘为他买来了一小袋榨菜；于是撕开，全部抖在碗中，拌一拌，大快朵颐起来。

后来，我又在别的场合见到过他几次，竟成朋友。对于他的经历，尤其他与榨菜的亲密关系，渐渐了解。

Ａ君原本是北方林区的一个孩子，他上小学四年级时，逢"文革"。像Ａ君那样一些当年的北方林区的孩子，用Ａ君的话说，是"从早到晚，一心只想着怎么玩儿"。

"对于孩子，我们林区有意思的事太多了呀！那个年代，我们快玩疯了。我的四年级同学中，居然有识字不足一百个的，还居然有背不下乘法口诀的。别说我们这些个孩子认为读书无用了，连我们的父母差不多也都这么认为啊！我们的小学校，在林场的场部。我们结伴从家里走到场部去，得走一个多小时。即使离开家门时，都是打算不逃课的，但半路一发现吸引我们的事，比如一个马蜂窝、一个鸟巢、一只大个儿的青蛙，或一只蜻蜓王，便又集体逃课没商量了。因为坚持上学的学生越来越少，老师们都找借口调离了学校。我四年级还没读完，学校就合并到县城去了。这么一来，我们上学更远，便都索性辍学了。家长们懒得管我们，不是家长的大人们对我们的种种玩法、淘法也早已司空见惯，我们仿佛成了林区的一群小野生动物，整天纠结在一起东游西逛，为了满足心理快感，也干点儿坏事。比如偷几串张家院子里晒的蘑菇，悄悄挂到李家的院子里去，看两家的人因而吵起来了，我们大为开心。又如见谁家院子里的花啦菜啦长得好，没招虫，我们就活捉一罐头瓶毛虫，隔着板障子，将罐头瓶扔进谁家院子……"

在三十多年后，在冬季的一个下午，在我家里，A君将臂肘架在窗台上，缓缓地吸着烟，不动声色地向我讲着他小时候所干的种种坏事。虽然是在冬季，但那一天下午的阳光却很好，照进屋里一大片，也照在我和他的身上。是的，他起初是不动声色的，开始讲到"瘦老头"的时候，表情和语调，才使我觉得有了忏悔的意味……

"某一天，我们五六个最野的小伙伴的视野中，出现了一个陌生的瘦老头。连大人们也不知道他从前是干什么的，只互相传说他是从南方被发配到我们那处北方林场的，姓张。还传说，连他的姓也是有关方面按在他头上的，并非他的真姓。家长们嘱咐我们，千万不要做什么辱害他的事，因为他已经患了晚期癌症，活不了多少日子了。之前有些话，即使家长们千叮万嘱，我们也还是会当成耳旁风。但是那一回，我们都把家长们的话记在心里了。辱害将死之人，是必会受到老天惩罚的，林区的大人孩子都深信此点。何况，瘦老头确实瘦得令人可怜，又高又瘦。他的脸，几乎是一张皮包骨的脸，所以就显得眼睛挺大的。但是他的背，却挺得很直，起码我们每次见到他时他都是那样子。他被指定住在一处路口的小木板房里，从林区往外运原木的卡车必然经过那个路口，他的工作就是负责登记车牌号、驾驶证号、运出的是何种原木。他一在那小木板房住下，便开始清理周围的垃圾，铲平土堆，围小园子。当时是春季，他在小园子里翻地，培垄，埋种。我们远远地望着，都困惑不已。依我们看来，他肯定活不过夏季的，大人们也都这样认为。那么，他所做的一切，不是毫无意义吗？夏天来临了，他竟没死。而那小园子在他的精心侍弄之下，茄子、豆角、黄瓜、柿子、西葫芦什么的，结得喜人。那破败的小木板房的前后，也有各种各样美丽的花开着了。某次我们经过他那园子，他在园子里唤住了我们，手拿着松土的小铲子问我们：'听说你们几个很淘，是吗？'

"我们相互看看，都不知道该怎么回答他。

"他又说：'男孩儿不淘气的少。咱们订一条君子协议好不？——请你们不要祸害我这园子里的菜秧。如果你们能做到，而我不到秋天就死了，那么园子里的菜由你们收获，全归你们。如果我活到了那一天，那么我只留少部分，大部分还是归你们。这个协议，你们现在愿意和我订下来吗？'

"我们又互相看着，都不由自主地点头。

"而他，望一眼小木板房，又说：'要是我真的活不到秋季，拜托你们几个，替我把那些花的籽撸下来，用纸包好，交给接我工作的人。就说我希望他，年年种花。那些花多美啊，不论自己看着还是别人看着，心情都愉快嘛，是吧？'

"我们又不由自主地点点头。

"'那么，你们算是答应我了？'

"我们除了点头，仍不知该说什么。彼此使使眼色，一转身都脚步快快地走了……"

A君按灭烟，喝了一口茶，问我小时候想到过死没有。

我说我七八岁时的一天，在无任何人暗示的情况下，不知怎么地，忽然就想到了死，于是害怕得独自流泪，感到很绝望、很无助。

"大部分人小时候都经历过那么一个时期吧？"

"我想是的。"

"我们当时就正经历着那样的时期。别看我们整天疯啊野啊的，似乎天不怕地不怕，其实个个心里有一怕，就是怕死，只不过谁都不愿承认罢了。所以，我们对瘦老头都有几分佩服起来，因为他是一个不怕死的人。一个怕死的人，在活过今天不知明天还活不活得成的情况下，哪儿还有心思管什么菜啦花啦！从那一天以后，我们再经过那小木板房和小园子时，都一反常态，不吵不闹了。那一年的秋天来得早，立秋不久，发生一次山火；许多人家怕遭殃，离开林场，四处投亲靠友，我和几个小伙伴的家人，也将我们分别转移了。我们的父母并没有随我们一起走，他们身负扑火的任务。等我们从四面八方回到林场，已经是一个多月以后的事了。山火早已扑灭，也没有哪一户人家被火烧到。我们都以为瘦老头肯定死了，各自回到家里才知道，他非但没死，还将园子里的菜收了，一篮一篮地送到了我们各自的家里。大人们都说，为了打听清楚我们都是谁家的孩子，他真是费了不少口舌。还说，他夸我们都是守信誉的孩子。从没有谁夸过我们这几个淘小子，明明是他自己一言九鼎，却反过来夸我们守信，使我们都惭愧极了。难道没忍心糟蹋他的园子也能算守信誉吗？那么，做守信誉的人也太容易了呀！于是我们一起去谢他，他园子里的菜秧已经拔起来，堆在一角；小木板房前后的花，也显然被撸过籽了；而他正在吃饭，不过就是喝着碗里的玉米面糊糊，就着小盘里的一点儿什么咸菜条而已。屋里这儿那儿，却不见有什么菜的影子。我们问他为什么不给自己也留些菜呢，他说他不愿吃菜，只愿吃小盘里那种咸菜。我们一时便都失语，由我替大家吭吭哧哧说了两句谢他的话，皆转身想走。他不让我们立刻离去，放下碗筷，从一个纸盒邮包里取出些小塑料袋，一一塞在我们手中，告诉我们那是榨菜。从小在北方林场长大的我们，头一次听说'榨菜'两个字。我们走在回家的路上时，就都撕开小塑料袋尝起来。这一尝不要紧，哪个都管不住自己了。榨菜真好吃呀，嫩嫩的、脆脆的，微酸微咸微辣，与我们北方的任何一种咸菜的滋味都不同，也比我们吃过的任何一种北方咸菜都爽口。在当年，我们北方人家腌的咸菜，无非就是疙瘩头咸萝卜什么的，我们早都吃烦了。蒜茄子固然是好吃的，但一般人家是舍不得把茄子也腌了的。纵使舍得腌一点，往往也要留着待客，或等到春节才吃。你可想而知，榨菜对于我们，不啻是种美食。我们一会儿就都把各自的一小袋榨菜吃光了，一个个却还想吃。当然，一进家门，就都喝水。过了几天，我们聚在一起，一商议，一块儿捡了些干枝子给瘦老头送去当柴烧。其实个个都明白，那是借口，还不是希望能得到那么一小袋榨菜吗！瘦老头见了我们特别高兴，也十分感动于我们的好意。但是，却没再给我们榨菜。他问：为什么总不见你们背着书包去上学？还是由我替大家回答他：因为小学校合并到县里了，去上学路太远了。又问：那你们还想不想学文化知识了呢？我们就一时你看我，我看他，都有心诚实地回答：不想——学了又有什么用呢？就是学得再强，长大了想当正式伐木工人，那还得托关系走后门呢！可谁好意思这么诚实地回答啊，正在应该上学的年龄，自己却说根本不想上学，那话太羞臊了，说不出口。便都违心地说，其实都可想上学呢。瘦老头沉吟片刻，问：如果我教你们学，你们愿意不？这一问，我们又都充聋作哑了。小伙伴中有一个反问：如果我们让你教，对我们有什么好处？瘦老头摸了摸小伙伴的头，问榨菜好吃吗。这下，我们才齐刷刷地回答——好吃！他便接着说，只要同意他每天教我们两个小时，我们将会经常吃到好吃的榨菜。就这样，我们几个才上小学四五年级的孩子，以后竟成了那么一个身患绝症的瘦老头的学生。

"我们确实以后又吃到了好吃的榨菜，但并不是每人每次一袋。他只给学习有进步的那个，一次照例只一袋，比现在飞机上有时候发的那种小袋大不到哪儿去，他说等于是奖励。这么一来，起初只不过由于太馋才到他那里去当他的学生的我们，都被激发起了好强心。渐渐地，连自己也说不清都甘愿当他的学生所为何由了。瘦老头很会教学生，比如他每教我们识一个新字，都会从那个字一千多年以前是怎么写的讲起。他说每一个中国字都是长寿佬，都有婴儿时期和童年、少年、青年、中年阶段。每经过一个阶段几乎都要变一次，到再也不变的时候就是固定在最美妙的时候了。我知道你想说什么，当然，今天在我们这样的人听来，那话毫无独到之处。可你别忘了，我们是三十多年前出生在林场的一些孩子，我们连县城还没去过呢！教过我们的小学老师，也只不过具有初中文化程度而已，并且有的还是林场'革委会'头头脑脑的子女。当老师对于他们，只不过是混一份工资罢了，他们从没那么教过我们学新字。如果他们也像瘦老头讲得那么有趣味，兴许我们都是爱学习的好学生了。瘦老头讲算术也讲得特有意思。他说这世界基本上是数字的世界，比如水是由水分子组成的；而一个水分子，是由两个氢原子一个氧原子组成的，二比一这种数字关系永远包含在不受污染的水中。眼睛看着一碗水，也可以想象是看着万万亿亿的数学比例式。几乎人眼所见的每一种东西，将它们用化学的方法化解到最小单位时，便都是些数学式的关系了。那些数学式一变，某一种东西就开始发生质变了。甚至，连世界也开始发生某一方面的变化了。我们虽然小学四五年级就辍学了，可他竟将算术、代数和几何连在一起讲给我们听，而且还每每将物理和化学知识包含在内。没多久，他开始频频表扬我们都是些聪明的孩子；我们自己也都开始觉得，原来我们并不像自己和我们的爸爸妈妈所以为的那样，都是笨头笨脑的孩子，'根本不是读书的料'。当年的课本，你也知道的，语文也罢，算术也罢，都是没意思到了极点的。幸而瘦老头根本不是手拿当年的课本教我们，他要是也那样教，即使榨菜再好吃，那我们当了几天他的学生，也还是会逃之夭夭的。总而言之，瘦老头他渐渐将我们迷住了。不管知识有没有用，他将知识变得非常有趣了是一个事实。他讲课时，腰板挺得尤其直，一只手背在后边，一只拿粉笔的手自然而然地举在胸前，目光几乎一刻也不离开我们的脸，一会儿凝视这个，一会儿凝视那个。有时，他的目光明明在凝视这个，却会将拿粉笔的那只手忽然一伸，叫起另外某个回答问题。另外那个一时回答不上来，他也从不急，一直耐心地说：'想想，再想想，上次我讲过的。'于是将自己的目光望向窗外，耐心地期待。如果他对于回答半满意或不满意，就会很认真地问我们另外几个：'咱们民主一下，你们认为该奖给他榨菜吗？'通常情况下，大家必会异口同声地说：'应该。'因为我们心里有数，奖给了谁，也等于奖给了大家，谁都不会独吞的。我们分吃具有奖励意味的榨菜时，不但口中的感觉好极了，心里的感觉也好极了。对于我们而言，仿佛瘦老头的课也讲出了和好吃的榨菜一样的滋味。每当他的手伸入纸板邮盒往外拿榨菜时，也照例要说一句：'多乎哉，不多也。'我们呢，就都开心地又都有些不好意思地笑。自从我们成了他的学生，他几乎每个月都要去邮局取包裹了。而以前，隔两三个月才会有包裹从南方寄给他。他住的小木板房也因为我们而变了，他将一张破桌子重新摆放，使一面墙壁一览无余；又不知从哪儿搞到半瓶墨，涂黑墙壁，于是成了黑板……你听烦了吧？……"

阳光照在环保专家的脸上；他微眯着眼，目光凝注地望着窗外某处，仿佛要看清什么。问我话，居然也不转一下脸。窗外是元大都城墙遗址，覆盖着冬季的第一场雪。北京的冬季是很少下那么大的雪的，这使北京多少有点儿东北冬季的景象了。然而，窗外毕竟没有了记忆中的林场，没有住着一个瘦老头的小木板房……

我说："讲下去。"

他说："在那一年的冬季，小木板房成了我们几个孩子的阳光房……其实那小木板房并不朝阳，再加上一面墙涂成了黑色……但是你能明白我的意思吧？……"

我说："明白。"

"我们那时已经不叫他瘦老头了。我们已经开始当面叫他张大爷了，背后却都叫他'咱们老师'……"

"为什么不是反过来，当面叫他'老师'，背后叫他'张大爷'？"

"我们中有一个当面叫过他老师的。他正要提问，一下子被叫愣了。愣了几秒，走到窗口那儿去了。背着一只手，腰挺得笔直，

我们虽然小学四五年级就辍学了，可他竟将算术、代数和几何连在一起讲给我们听，而且还每每将物理和化学知识包含在内。没多久，他开始频频表扬我们都是些聪明的孩子；我们自己也都开始觉得，原来我们并不像自己和我们的爸爸妈妈所以为的那样，都是笨头笨脑的孩子，"根本不是读书的料"。

一动不动地在窗口那儿站了很久，我们全都呆望他背影，不知他是怎么了。终于我们听到他低声说：'今天的课就讲到这儿，我有点儿不舒服，孩子们，你们可以走了……'我们一个个悄没声地离开，我走在最后，忍不住轻轻将门推开一道缝，往内偷窥，结果我看到他双手捂在了脸上。对于他的身高，那小木板房的屋顶实在是太低了。如果他脚下垫两三块砖，那么他的头差不多就触到屋顶了。我看得出来，他是在无声地哭，尽管我窥到的只不过是他的背影。我们当然都无法理解那是为什么，却互相告诫，以后都不许当面叫他老师了……大人们说，他活不到开春的。可春天来临了，他仍活着。我们帮他修小园子的篱笆，帮他翻地、培垄，帮他搭菜架和花架……"

"等等……"

A君缓缓地将脸转向了我。他已半天没看我一眼了，似乎只不过在自言自语。

我说："晚期癌症有时是很疼痛的。"

他说："是啊。可我们那样一些孩子，当年也不懂许多事，也不知道怎么心疼大人啊。我们是见到他疼痛难耐过的，某天他讲着讲着课，忽然一手捂胃，接着额上渗出汗来；再接着，弯下了他那一向笔直的腰。那是他第一次在讲课时弯下腰去。很快他又直起腰来，说他去茅房，还不许我们离开屋子。我们只当他是忽然肚子疼了；我们也都忽然肚子疼过啊！着凉、岔气儿、吃了什么不干净的东西，都会肚子疼的呀，谁还没肚子疼过呢？他半天没回来，我们就都有点儿不安了，都出去了，见他蹲在门旁，双手握成拳，一上一下抵压着胃腹。他脸上滴落的汗，湿了鞋尖前的地面。我们将他搀进屋，他说他没什么，疼痛一会儿就会过去的。他撕开一袋榨菜，一条接一条全吃光了。之后倒了半碗开水，吹一口喝一口，转眼喝尽。我们当年真傻，虽然都亲眼看到了他疼痛的样子，却没有一个往癌症那方面去联想。也可以说，那时的我们，其实是很排斥他患了不治之症这一个事实的，也特别讨厌大人们判断他活不了多久的话。我们宁愿相信，他能那么干瘦干瘦地活很久、很久，等我们都长成了大人，还活着。我们已经看顺眼了他的瘦，反而都觉得，如果他不那么瘦，就不符合'咱们老师'这个称呼了。

"两年半以后，他还活着。一天他对我们说，我们不可以再是他的学生了，而应该到县里去读中学。并说，他已经分别和我们的父母谈过了，我们的父母都是同意的。可我们却有点儿不情愿，我们对当年的学校还是难以产生好感，长大以后都争取当上伐木工人是我们一致的想法。他却这么问我们：'一个国家的森林是有限的，有限的森林会越伐越少。到那时，国家就不需要很多伐木工了，你们可拿自己怎么办呢？'他的话，使我们都忧虑起来。见我们个个低头不语，他又夸我们全都如何如何聪明，说中国的将来，究竟会产生多少新的行业，需要多少文化高、知识广、能力棒的人才，是他难以想象到的，更是我们这样一些孩子不可能想象到的，所以我们只由着性子在这么好的年龄虚度时光，高兴怎样就怎样，不高兴怎样就不怎样，那是不对的。人有时候更应该明白应该怎样、不应该怎样的道理。从没有人对我们说过那样的话，我们的家长也没说过。但当时他的话并没说到我们内心里去，我们也不是太理解他的话，却看得出来，他完全是为了我们好。我们心生感动，然而其实并没被说服。他的话对我们父母的影响，比对我们的影响大得多。于是我们的父母都严厉地命令我们，几天后必须跟他们到县里那所中学去。县中学的校长听说我们都没读完小学，指示要对我们进行考试，还要先亲自一个一个地面试我们。如果面试没通过，那连考也不必考了，还是再去读小学吧。我被面试过以后，在操场发现了瘦老头。我问他为什么也来了，他说他忘了让我们每人带上一袋榨菜，所以亲自给我们送来；说如果对着卷子一时发蒙，嚼一条榨菜能使心情稳定下来，还能清脑，使精力集中。他将几袋榨菜交给我，一转身蹒跚而去，为的是赶上一趟林区的小火车。校长面试过我们之后又决定，不对我们进行考试了，当即就将我们分了年级和班级。我们一一被插入初二各班，有一个还直接被插入了初三的某班。校长显得很高兴，当着几位老师的面指着我们说：'像他们这样的孩子，来多少收多少，都不必经过考试！'我们成了县中的学生以后，都得住在学校了。县城距离林场三十多里，到了林场也不等于是到了家门口，到家还得走上十来里，不住校是不行的。我们连星期日也很少回家了，因为要是搭不上便车，就得坐小火车，那年月，我们怎么会舍得花五角钱买一张车票呢？往返要花一元钱呢，根本舍不得。我们一块儿回家，是在放寒假后。到家当天，吃午饭时，我父亲一时想起告诉我——'你们应该感谢的那个瘦老头，他死了，才几天前的事。'大人们虽然知道了姓张，但背后普遍地都叫他瘦老头，当面则叫他'哎你'，因为一连他的姓叫，反而不好叫了。他的政治问题使大人们都尽量避免和他接触。何况，都认为他并不真的姓张。我搁下饭碗便往外跑，挨家将小伙伴们叫上，一块儿跑到了小木板房那儿。几场大雪将小木板房的门埋住了半截，门上贴的封条已被风撕得残缺不全。我们想从窗子往里看，窗玻璃结着厚厚的霜。园子里，雪被下刺出参差不齐的搭菜架的木条和树枝。几只绒球似的麻雀在雪上蹦来蹦去的……"

环保专家又吸着一支烟。

我问："他埋在你们林区了？"

他说："不。他被火化之后，骨灰寄给了他南方的什么亲人……估计，就是往常从南方寄给他榨菜的亲人吧。这也只是我们的估计而已。凭我们几个初中生，当年打听不清关于他的什么真实情况。也根本不知道向谁去打听……"

"那，后来你们几个……"

"'文革'一结束，我们先后都考上了大学。现在，除了我，我们中还出了两位大学教授、一位林业局副局长。还有两个在国外，一个在美国，一个在法国。他俩起先也在大学里任教，近年失去联系了。啊，对了，现在县中的校长，也是我们中的一个。县中现在是地区的重点中学了。我早已将父母接到北京来住，在林区没亲戚。前年我回去了一次，没什么事，就是很想回去看看。一切都今非昔比了，大多数伐木工人转行了，少部分伐木工人成了护林队员或育林工人。我们那个当县中校长的发小告诉我——据他后来了解，我们的'恩师'……他算得上是我们的'恩师'吧？……"

我说："当然。"

"他在一九五七年，因为批评乱砍滥伐的现象，成了'右派'，在一所大学被扫地出门，成了一名扫街人。'文革'中，又被收集整理了几句'反动言论'，判刑入狱。出狱后，被押送到东北进行改造。因为七十来岁了，没地方愿意改造他了，阴差阳错地，被像破麻袋似的甩弃在我们那个林场了。我们当县中校长的发小，也就了解到这么多，还不知确凿不确凿。我们恩师患的是晚期胃癌，这一点倒是可以肯定的。当年给了他一份工资，只有二十几元，仅够他吃饭活着的，哪里能挤出买药的钱呢？当年在林区，又能买到什么药呢！所以胃疼起来，也只能忍着。现在想来，榨菜是唯一能帮他每天喝得下两碗玉米面糊糊的东西。他连自己园子里收的菜都一点儿不留，证明除了榨菜和玉米面糊糊，他的胃已经不接受任何其他食物了。也许，榨菜对于他的胃，还有匪夷所思的止疼药作用吧，你认为呢？……"

我说："这我很难回答你。"

他转动着手中的半截烟，看着，语调缓慢地又说："如果真是那样，当年我们还馋他的榨菜，那可太罪过了。我的大学生活是在哈尔滨度过的，一到哈尔滨，我就到处买榨菜。可当年的哈尔滨，哪里都买不到榨菜。直到我大三了，哈尔滨的某些副食店里才出现南方的榨菜。我一买到手，就吃零嘴似的吃掉了一袋。我们中还有一位，第一次乘飞机时，发现飞机上发的盒饭中有一小袋榨菜。一小袋对于他是不够的，居然厚着脸又向空姐要了一小袋。我们那两个在国外的，隔三岔五地就要跑到唐人街去吃碗榨菜面什么的，说否则胃里就像有馋虫在蹿动……你明白我为什么那么喜欢吃榨菜了吧？"

我说："明白了。"

"我们当县中校长那位，专门咨询过医生，问他那么喜欢吃榨菜，算不算一种病？你猜医生怎么回答他？"

"怎么回答？"

"医生说：'我也喜欢吃榨菜啊！只要每餐吃得清淡点，一天一小袋儿，多喝开水，对身体不会有什么危害的。'医生还说自己一犯烟瘾时就吃一条榨菜，竟然把烟戒了，但愿我也能那样。一位又瘦又病的高个儿老人改变了我的人生，而榨菜使我每天的日子有种别人咀嚼不出的特殊滋味……"

我的环保专家朋友接着又说了些什么，我已不再注意听了。似乎，他说到了贵人、缘分之类的话，还说到了哪一首歌……

但我的目光已经望向我家的一面墙壁；墙上的小相框中，镶着一幅西方肖像派油画，印刷品——米开朗琪罗的《先知耶利米》；那先知沉郁而苍老，低着头，垂着眼皮，右手撑着下巴，实际上是严严地捂住了自己的嘴。他在思考着什么事，表情苦闷而忧伤。我觉得，那先知若瘦一些，大概就有点像我朋友记忆中的瘦老头了吧？……

"你在想什么？"

朋友不知何时站到了我身旁。

我说没想什么。

他说："你对良知和责任怎么理解？"

我说："一回事吧？"

"一回事？难道是一回事吗？有良知只不过意味着不做坏事，有责任的人却是要大声疾呼的！在我这一行里，我是有责任的人。在你那一行里，你只不过还有点儿良知罢了！知道我为什么今天到你家来吗？知道我为什么向你讲诉那些吗？不是因为我讲诉的愿望太强烈了，而是为了你！因为你我已经是朋友了，因为我觉得，你这样的作家只保留住了一点儿所谓良知，却一点儿都不承担社会责任了，那是不对的！估计这年头没什么人会跟你说这种话了。你我既有缘成为朋友，那么我认为我应该成为你人生中的'瘦老头'！尽管我比你小七八岁！……"

我惊愕，我呆住，那一时刻我双耳失聪，听不到他接下去说的话了。

我的眼又一次望向《先知耶利米》……

玉顺嫂的股

九月出头，北方已有些凉。

我在村外的河边散步时，晨雾从对岸铺过来。庄稼地里，割倒的苞谷秸不见了，一节卡车的挂斗车厢也被隐去了轮，像江面上的一条船。

这边的河岸蓊生着狗尾草，草穗的长绒毛吸着显而易见的露珠，刚浇过水似的。四五只红色或黄色的蜻蜓落在上边，翅子低垂，有一只的翅膀几乎是在搂抱着草穗。它们肯定昨晚就那么落着了，一夜的霜露弄湿了翅膀，分明也冻得够呛。不等到太阳出来晒干双翅，大约是飞不起来的。我竟信手捏住了一只的翅膀，指尖感觉到了微微的水湿。可怜的小东西们接近麻木了，由麻木而极其麻痹。那一只在我手中听天由命地缓缓地转动着玻璃球似的头，我看着这种世界上眼睛最大的昆虫因为秋寒到来而丧失了起码的警觉，一时心生出忧伤来。"穿花蛱蝶深深见，点水蜻蜓款款飞"的季节过去了，它们的好日子已然不多，这是确定无疑的。它们不变得那样还能怎样呢？我轻轻将那只蜻蜓放在草穗上，而小东西随即又垂拢翅膀搂抱着草穗了。河边土地肥沃且水分充足，狗尾草占尽生长优势，草穗粗长，草籽饱满，看去更像狗尾巴了。

"梁先生……"

我一转身，见是个少年。雾已漫过河来，他如在云中，我也是。我在村中见到过他。

我问："有事？"

他说："我干妈派我，请您到她家去一次。"

我又问："你干妈是谁？"

他腼腆了，讷讷地说："就是……就是……村里的大人都叫她'玉顺嫂'那个……我干妈说您认识她……"

我立刻就知道他干妈是谁了。

这是个极寻常的小村，才三十几户人家，不起眼。除了村外这条河算是特点，再没什么吸引人的方面。我来到这里，是由于盛情难却。我的一位朋友在此出生，他年老的父母还生活在村里。村里有一位民间医生善推拿，朋友说治颈椎病是他的"绝招"。我每次回哈尔滨，那朋友是必定得见的。而每次见后，他总是极其热情地陪我回来治疗颈椎病。效果姑且不谈，其盛情却是只有服从的。算这一次，我已来过三次，已认识不少村里人了。玉顺嫂是我第二次来时认识的——那是冬季，也在河边。我要过河那边去，她要过河这边来，我俩相遇在桥中间。

"是梁先生吧？"——她背一大捆苞谷秸，望着我站住，一脸的虔敬。

我说是。她说要向我请教问题。我说那您放下苞谷秸吧。她说背着没事儿，不太沉，就几句话。

"你们北京人知道的情况多，据你看来，咱们国家的股市，前景到底会怎么样呢？"

我不由一愣，如同鲁迅在听祥林嫂问他：人死后究竟是有灵魂的吗？

她问得我心里"咯噔"一下。

我是从不炒股的。然每天不想听也会听到几耳，所以也算了解一点儿情况。

我说："不怎么乐观。"

"是吗？"——她的双眉顿时紧皱起来了。同时，她的身子似乎顿时矮了，仿佛背着的苞谷秸一下子沉了几十斤，那不是弯腰所致，事实上她仍尽量在我面前挺直着腰。给我的感觉不是她的腰弯了，而是她的骨架转瞬间缩巴了。

她又说："是吗？"——目光牢牢地锁定我，竟有些发直，我一时后悔。

"您……也炒股？"

"是啊，可……你说不怎么乐观是什么意思呢？不怎么好，还是很糟糕？就算暂时不好，以后必定又会好的吧？村里人都说会的。他们说专家们一致是看好的。你的话，使我不知该信谁了……只要沉住气，最终还是会好的吧？"

她一连串的发问，使我根本无言以对，也根本料想不到，在这么一个仅三十几户人家的小村里，会一不小心遇到一名股民，还是农妇！

我明智地又说："当然，别人的看法肯定是对的……至于专家们，他们比我有眼光。我对股市行情太缺乏研究，完全是外行，您千万别把我的话当回事……否极泰来，否极泰来……"

"我不明白……"

"就是……总而言之，要镇定，保持乐观的心态是正确的……"

我敷衍了几句，匆匆走过桥去，接近着逃掉。

在朋友家，他听我讲了经过，颇为不安地说："肯定是玉顺嫂，你说了不该那么说的话……"

朋友年老的父母也不安了，都说：那可咋办？那可咋办？

朋友告诉我，村里人家多是王姓，如果从爷爷辈论，皆五服内的亲戚关系，也皆闯关东的山东人后代，祖父辈的人将五服内的亲戚关系带到了东北。排论起来，他得叫玉顺嫂姑。只不过，如今不那么细论了，概以近便的乡亲关系相处。三年前，玉顺嫂的丈夫王玉顺在自家地里起土豆时，一头栽倒死去了。那一年他们的儿子在上技校，他们夫妻已攒下了八万多元钱，是预备翻盖房子的钱。村里大部分人家的房子都翻盖过了，只她家和另外三四家住的还是从前的土坯房。丈夫一死，玉顺嫂没了翻盖房子的心思。偏偏那时，村里人家几乎都炒起股来。村里的炒股热，是由一个叫王仪的人煽乎起来的。那王仪曾是某大村里的中学的老师，教数学，且教得极有水平，培养出了不少尖子生，他们屡屡在全县甚至全省的数学竞赛中取得名次及获奖。他退休后，几名考上了大学的学生为表达感谢师恩，凑钱买了一台挺高级的笔记本电脑送给他。不知从何日起，他便靠那台电脑在家炒起股来，逢人便喜滋滋地说：赚了一笔，又赚了一笔。村人们被他的话拨弄得眼红心动，于是有人就将存款委托给他代炒。他则一一爽诺，表示肯定会使乡亲们都富起来。委托之人渐多，玉顺嫂最终也把持不住欲望，将自家的八万多元钱悉数交付给他全权代理了。起初人们还是相信他经常报告的好消息的。但消息再闭塞的一个小村，还是会有些外界的情况说法挤入的。于是有人起疑了，天天晚上也看起电视里的"财经频道"来。以前，人们是从不看那类频道的，每晚只选电视剧看。开始看那类频道了，疑心难免增大，有一天晚上大家便相约到王仪家郑重"咨询"。王仪倒也态度老实，坦率承认他代每一户人家买的股票全都损失惨重。还承认，其实他自己也将他们两口子多年辛苦挣下的十几万元全赔进去了。他煽乎大家参与炒股，是想运用大家的钱将自家损失的钱捞回来……

他这么替自己辩护：我真的赚过！一次没赚过我也不会有那种想法。我利用了大家的钱确实不对，但从理论上讲，我和大家双赢的可能也不是一点儿没有！

愤怒的大家哪里还愿多听他"从理论上"讲什么呢？就在他家里，当着他老婆孩子的面，委托给他的钱数大或较大的人，对他采取了暴力的行动，把他揍得也挺惨。农民是中国挣钱最不容易的人。明知钱钞天天在贬值已够忧心忡忡的，一听说各家的血汗钱几乎等于打了水漂儿，又怎么可能不急眼呢？兹事体大，什么"五服"内、"五服"外的关系，当时对于拳脚丝毫不是障碍了。第二天王仪离家出走了，以后就再没在村里出现过。他的家人说，连他们也不知他的下落了。各家惶惶地将所剩无几的股渣清了仓。

从此，这小村的农民们闻股变色，如同真实存在的股市是真真实实的蟒蛇精，专化形成性感异常的美女，生吞活咽幻想"共享富裕"的人。但人们转而一想，也就只有认命。可不嘛，些个农民炒的什么股呢？说到底自己被忽悠了也得怨自己，好比自己割肉喂猛兽了，而且是猛兽并没扑向自己，自己主动割上赶着喂的，疼得要哭叫起来也只能背着人到旷野上去哭叫呀！

有的人，一见到或一想到玉顺嫂，心里还会备受道义的拷问与折磨——大家是都认命清仓了，却唯独玉顺嫂仍蒙在鼓里！仍在做着股票升值的美梦！仍整天沉浸于她当初那八万多元已经涨到了二十多万的幸福感之中。告诉她八万多元已损失到一万多元了也赶紧清仓吧，于心不忍，怕死了丈夫不久的她承受不住真话的沉重打击；不告诉呢，又都觉得自己简直不是人了！我的朋友及他年老的父母尤其受此折磨，因为他们家与玉顺嫂的关系真的在"五服"之内，是更亲近的。

朋友正讲着，玉顺嫂来了。朋友一反常态，当着玉顺嫂的面一句接一句数落我，极尽讽刺挖苦之能事，无非说我这个人一向不懂装懂，自以为是，由于长期被严重的颈椎病纠缠，看什么事都变成了不可救药的悲观主义者云云。朋友年老的父母也参与演戏，说我也曾炒过股，亏了几次，所以一谈到股市心里就没好气，自然念衰败经。我呢，只有嘿嘿讪笑，尽量表现出承认自己正是那样的。

玉顺嫂是很容易骗的女人。她高兴了，劝我要多住几天。说大冬天的，按摩加上每晚睡热乎乎的火炕，颈椎病会有所减轻。

我说是的是的，我感觉痛苦症状减轻多了，这个村简直是我的吉祥地……

玉顺嫂走后，我和朋友互相看看，良久无话。我想苦笑，却连一个苦的笑都没笑成。朋友年老的父母则都喃喃自语。一个说："这算干什么？这算干什么？……"另一个说："往后还咋办？还咋办？……"

我跟那礼貌的少年来到玉顺嫂家，见她躺在炕上。她一边坐起来一边说："还真把你给请来了，我病着，不下炕了，你别见怪啊……"那少年将桌前的一把椅子摆正，我看出那是让我坐的地方，笑笑，坐了下去。我说不知道她病了，如果知道，会主动来探望她的。她叹口气，说她得了风湿性心脏病，一检查出来已很严重，地里的活儿是根本干不了了，只能慢慢腾腾地给自己弄口饭吃了。我心一沉，问她儿子目前在哪儿。她说儿子已从技校毕业，在南方打工。知道家里把钱买成了股票后，跟她吵了一架，赌气又一走，连电话也很少打给她了。我心不但一沉，竟还疼了一下。她望着少年又说，多亏有他这个干儿子，经常来帮她做点事。

接着问少年："是叫的梁先生吗？"我替少年回答是的，夸了他一句。玉顺嫂也夸了他几句，话题一转，说她是请我来写遗嘱的。我一愕，急安慰她不要悲观，不要思虑太多，没必要嘛。玉顺嫂又叹口气，坚决地说："有必要啊！你别安慰我了，安慰我的话我听多了，没一句能对我起作用的。何况你梁先生是一个悲观的人，悲观的人劝别人不要悲观，那更不起作用了！你来都来了，便耽误你一点时间，这会儿就替我把遗嘱写完吧……"

那少年从抽屉里取出纸、笔以及印泥盒，一一摆在桌上。在玉顺嫂那种充满信赖的目光的注视之下，我犹犹豫豫地拿起了笔。按照她的遗嘱，子虚乌有的二十二万多元钱，二十万元留给她的儿子，一万元捐给村里的小学，一万元办她的丧事，包括修修她丈夫的坟，余下的三千多元，归她的干儿子……

我接着替她给儿子写了封遗书，她嘱咐儿子务必用那二十万元给自己修一处农村的家园，说在农村没有了家园的农民的儿子，人生总归是堪忧的。并嘱咐儿子千万不要也炒股，那份提心吊胆的滋味实在不好……我回到朋友家里，将写遗嘱之事一说，朋友长叹道："我的任务总算完成了。希望由你这位作家替她写遗嘱，成了她最大的心愿……"我张张嘴，一个字也没说出来。序、家信、情书、起诉状、辩护书，我都替人写过不少。连悼词，也曾写过几次的。遗嘱却是第一次写，然而是多么不靠谱的一份遗嘱啊！值得欣慰的是，同时代人写了一封语重心长的遗书，一位母亲留给儿子的遗书，一封对得住作家的文字水平的遗书……

这么一想，我心情稍好了点儿。第二天下起了雨。第三天也是雨天。第四天上午，天终于放晴，朋友正欲陪我回哈尔滨，几个村里人匆匆来了，他们说玉顺嫂死在炕上。朋友说："我不能陪你走了……"他眼睛红了。我说："那我也留下来送玉顺嫂入土吧，我毕竟是替她写过遗嘱的人。"

村人们凑钱将玉顺嫂埋在了她自家的地头她丈夫的坟旁，也凑钱替她丈夫修了坟。她儿子没赶回来，唯一能与之联系的手机停机了。

没人敢做主取出玉顺嫂的殁钱来用，怕被她那脾气不好的儿子回来时问责，惹出麻烦。那是一场极简单的丧事，却还是有人哭了。丧事结束，我见那少年悄悄问我的朋友："叔，干妈留给我的那份儿钱，我该跟谁要呢？"朋友默默看着少年，仿佛聋了、哑了。他求助地将目光望向我。我胸中一大团纠结，郁闷得有些透不过气来，同样不知说什么好。路边草丛之下，遍地死蜻蜓。一场秋雨一场寒……

乘客和黑车司机

我有一位朋友，家乡人，经商的。业务主项在北京，每个月都要往南方去一两次。

一次又往，目的地是常去的一座大城市。从机场到市里，四十几分钟路程。拎着包刚一出现在机场大厅里，便被一个小伙子迎住了，问要不要乘便宜车之类的话。一听就知道是黑车司机，不理睬。

然而小伙子却彬彬有礼，恭敬之至。说可以少收二十元钱；说有什么特许证，可以免交设在半路的高速公路费；说可以抄近路，保证至少提前十分钟进入市区。最后，特别强调地说，他的车可是一辆奥迪。

我的朋友，竟被说动了心，跟着那小伙子去坐那辆黑车了。黑车果然是奥迪。而且，是黑的。但那辆奥迪，是二十世纪八十年代的老款，里里外外已经旧到不能再旧的程度了。黑车司机将车开走以后，得意扬扬地说："是奥迪吧？我开的是黑车不假，但是我不骗人。"我的朋友就说："早知道你开的是这么一辆奥迪，我根本不会上你的车。"小伙子一笑，说："已经坐上了，后悔的话就别说了呀。你不是还能省下二三十元钱吗？不是还能提前十来分钟进入市区吗？……"我的朋友一想，也是的，也就不再说什么非常不满的话。这事，在我的朋友那儿，其实图的不是能省下二三十元钱。他的生意做得不错，每年收入颇丰，根本不在乎能否省下二三十元钱。早十来分钟进入市区，对他也没有什么吸引力，他是直接坐到宾馆去，早不早那十来分钟，对他没什么特殊的意义。我的这一位朋友，本身有两大问题——第一是烟瘾很大，第二是难耐寂寞。但飞机上是不允许吸烟的；这一次坐在他旁边的又是一位年轻女士，人家不和陌生人说话。所以他一下飞机，便立刻想要满足两大急迫而又强烈的要求。一是生理的，赶紧吸上一支烟才舒服；二是心理的，三个多小时没主动和人说话了，急迫而又强烈地想和人说说话。该市是他常去的。该市偏偏又对出租车行业规范严格——"请勿在车内吸烟""请勿与司机交谈"。这样两行文字，醒目地印在"敬告乘客"之宣传卡片上；卡片用透明胶条粘在车里。故我的这一位朋友每次乘坐该市的出租车，反而倍觉约束。对他这一类乘客，那两条"警告"很不人性化似的。主要是由于这些，我的朋友才坐上了那小伙子的黑车。

　　但他毕竟也是一个懂得起码的文明礼貌的人，试探地问："我可以吸支烟吗？"小伙子爽快地说："可以。太可以了！您想吸多少支就吸多少支，想怎么吸就怎么吸。"我的朋友一听，高兴了。掏出烟来，急不可待地吞云吐雾。生理的要求获得满足的同时，心理的要求也开始蠢蠢欲动了，于是没话找话地跟司机搭讪："看你的样子还不到三十吧？""老板您眼力真准，我二十九。""结婚了？""都有孩子了。""男孩儿，女孩儿？""女孩儿。""女孩儿好，将来往外一嫁，也就省心了。""老板，咱俩想一块儿去了。"

"这车是你的？""也不是我自己的，三个哥们儿合买的一辆二手车。""这车开不了几年了呀，该淘汰了啊！""能开几年开几年呗，得养家糊口哇。""那，为什么不争取当一名正式的出租车司机呢？""那太受剥削了呀！辛辛苦苦一个月，差不多三分之二的钱让出租车公司搂去了！……"于是我的朋友大发感慨，对出租车公司进行谴责，对开黑车的小伙子表示同情……忽然他觉得不对，问："怎么还没过收费站啊？"过了收费站，离市区就只剩一半路了。

小伙子说："咱们绕过收费站去。我不是有言在先，要为您省下十元公路费吗！""那，咱们现在绕过去了吗？""还没有。一会儿就绕过去了。""可，我坐到你的车上已经二十多分钟了。你保证了的，提前十分钟进入市区……""放心，没问题……"那时车开在一条我的朋友完全陌生的路上，坑坑洼洼、颠颠簸簸；路两旁，看不见一处他曾熟悉的标志性建筑。他开始怀疑再过十分钟怎么会进得了市区呢？开始有点儿后悔坐上那一辆黑车了。心理满足了一下，话也不多了……

路上的车渐多起来。一会儿，那辆老旧的奥迪被堵在了一处十字路口。"你看，现在都半小时过去了，这儿是市区吗？""这儿当然不是市区啦！我怎么能料到会在这儿被堵住呢？""那你偏往这么一条路上开？""不是要为你省下十元过路费吗！我得讲诚信啊！""你居然还说什么诚信！我就那么在乎能省下十元钱啊？""你不在乎你上我的车？你不在乎你一开始就声明啊！……""你、你还这么跟我说话！……""那我该怎么跟你说话？……"由于堵车，二人的情绪都变糟了，你有来言我有去语的，几乎吵了起来。

堵车是因为前边出车祸了。他们的车一堵就被堵了半个多小时。等终于又能往前开了，我的朋友已是满肚子的气了。但，生气也白生气。而且，只有生自己的气啊！车里的气氛，当然也就不像他吸第一支烟时那么友好了。

又过半个多小时，汽车才进入市区。其时天已黑了。我的朋友却还是看不到一幢标志性建筑，忍不住气呼呼地问："你是在往我住的宾馆开吗？"黑车司机反问："那你以为我是在往哪儿开？"他说："那我怎么看着道两旁一点儿都不熟悉？"

黑车司机说："咱们不是从别的路开入市区的吗？"

那时候，偏偏又是市区里堵车的时候……

简单说，又过了四十多分钟，我的朋友还坐在那一辆黑车上。黑车下了这一条封闭马路，驶上另一条封闭马路。往复不已，似乎完全失去了方向感。不是小伙子成心要多跑冤枉路，耽误我朋友的时间坑他的钱，而是根本不清楚我的朋友要去的宾馆在一条什么街上。

"你他妈的不清楚，你还敢诓我上你的黑车！……""老板你别骂人，行不行？你不是说你常住那家宾馆，你熟悉路吗！……""我当然熟悉啦！""那你说咱们该怎么走？""我怎么知道？""你刚刚还说你熟悉！……"二人终于大声吵了起来。开黑车的小伙子也急得怪可怜的，淌下满脸的汗来。但我的朋友已不同情对方也要养家糊口的难处，只觉得对方实在可恶可恨了。

当黑车又一次从封闭公路上驶下来，小伙子打算向停在人行道边的一辆正式的出租汽车的司机打听路时，我的朋友反应迅速，在几秒钟内便拎着包下了车，坐上正式的出租车了。

正式的出租车毕竟是正式的出租车。他刚一说出要去什么宾馆，人家司机已经把车开走了，并说："不太远，二十分钟就到。"

那开黑车的小伙子，开着黑车尾随出租车，时时与出租车并行。一并行着了，便从车里伸出手臂向我的朋友讨要乘车钱。我的朋友正在气头上，怎么会让出租车停下来给他钱呢？非但不给，还恶语相骂。出租车司机对开黑车的小伙子用当地话说了几句什么，那辆黑车才不尾随了。出租车司机又问我的朋友怎么回事。他据实相告，末了理直气壮地说："我不是想赖他那几十元乘车钱，给了他我自己心里的气如何消？"出租车司机沉默良久，低声说出几句话："那老板您在本市的日子里可要多加小心了。据我所知，他们那些黑车司机都不是单干，也是有组织的，跟黑社会差不多。您须提防他们报复您。何况他已经知道您住在哪一家宾馆了。"

我的朋友心中大为不安起来。

宾馆离他换车的地方确乎已不甚远。那时已不堵车了，没用二十分钟就到了。然其办完了手续，进入了房间，冲过了澡，定下心来一想，那开黑车的小伙子自然令人恼火，但也就是不对，分明并非成心，何必非惹对方记恨自己呢？再联想到那小伙子对自己做的那一种手势，以及出租车司机对自己说的那一番话，越发不安，进而疑神疑鬼。

一个多小时以后，他到前台去退房。从迈出房间那一步到迈入电梯再到退罢了房迈出宾馆站立在人行道上，左顾右盼，神情惴惴，仿佛前后左右都会冷不丁冒出一个或几个仇人，以夺其性命为快事。

好在很快就拦住了出租车，于是转往另一家宾馆去住了。因在前一家宾馆是预定的房间，已超过规定退房时间，白交了一天三百多元的房钱。但他那时已顾不上计较经济的损失，悠悠万事，唯保性命安全为大了。

虽然顺利地入住了另一家宾馆，一颗心却还是终日忐忑，草木皆兵，出入诡秘，不安并未稍减。业务之事，但凡能请对方到宾馆来谈，则不离开宾馆。心里的害怕，又不便向对方解释。结果那一次给对方的印象就特别不佳，使对方误以为他架子大，摆谱，对他也就不怎么待见起来。这年头，相互达到的商机多着呢，都是商道上见过世面的人了，谁离开了谁不行呢？谁又非得把谁格外放在眼里不可呢？

几天内双方在宾馆里见了几次面，来前原本有把握谈成的几桩买卖，到头来竟一桩也没落实。这令他大为失望；对方觉得他架子大了，对他的印象不好了，也感到不爽。

离开那一座城市的前一天，他要求对方派人派车送他到机场。买卖没谈成，架子又变大了，对方本已不爽；便将他的要求，又误解为摆架子了，对方更加不爽。随便地找了个借口，把他的要求挡回去了。

心隐悸惧的他，为了安全起见，买的是最早的一次航班，六点来钟就离开宾馆去往机场了。唯恐在机场遭遇到那黑车司机及其同伙，一下出租车，那样子几近逃入了机场……

回到北京后才安稳下一颗惊恐万状的心来。然而此后，一打算要去 A 市，立刻便会联想到那一名开黑车的司机对他所做的那一种威胁的手势，以及那一名正式的出租车司机对他的忠告，于是畏缩不愿成行。半年后，连在 A 市的业务，也都荒废了……

唉，我早已听惯了许多人对社会险恶的抱怨和切身感受，但大抵是以自己的优点说事的。比如先言自己的怀才不遇，接着批评别人的有眼无珠；先言自己的卓越能力，接着感叹别人的妒贤嫉能；先言自己的大公无私，接着谴责别人的私欲膨胀；先言自己的与人为善，接着抨击别人的小人勾当和伪善行径种种……

却很少听到有人承认，是自己身上的某些毛病恰巧与社会的某些毛病发生了大大小小的惯性撞击，于是才使自己在某些时候陷于狼狈之境。

发生在我朋友身上的事，便是后种情况之一例。

而依我看来，对于并非处在弱势群体中的人，后一种情况比前一种情况多得多。

是以自诫。

木匠哪里去了？

我的"兵团战友"姚伦，是木匠的儿子，也是木匠的孙子。我当知青的七年中，有五年多的时间和他同在一个连队。朝夕相处，友情深焉。

他祖父是那类背着工具箱，以游走民间揽活为生的木匠。他父亲是哈尔滨市某家具厂的八级师傅。当年那厂里只有一位八级木匠。全哈尔滨市也不会超过五位。有一次开"群英会"，各行各业的"英模"现场"大比武"。他的父亲夺得了木工组"全能第一"的奖牌，从此戴上了"木工王"的桂冠，成为木工行业至尊至圣的"权威人物"。

……

当年中国人对一个理想的"家"的设计和要求，是以"腿儿"作标准的。写字台四条腿儿，大立柜四条腿儿，一组沙发十二条腿儿……据说，应有尽有，添置齐全了，大约"四十六条腿儿"。当然，这是一流标准，权势者的标准，是处级以上干部们的家的起码水平，是科长们追求和向往的家的水平，是老百姓梦寐以求的水平。

一对恋人打算登记结婚了，女方每每问男方——预备下多少条“腿儿”了？倘“腿儿”的数量太少，女方是要噘嘴，甚至是要掉眼泪犯急的。那么婚期就得往后拖。当年哈尔滨的小伙子结婚前，主要是为“腿儿”的多少而操心上火，大伤脑筋，四处奔忙。一间新房，怎么也得有二十几条“腿儿”牢立在地，才能向新娘交代得过去，才能将新娘高高兴兴地迎入……

老百姓身上的衣服，总是要补的，总是要换的。老百姓家里的家具，总是要修的，总是要更新的。衣服到处都有卖的，全市却仅有两处家具店。而且买家具是要凭票的。当年的一级工月薪二十四元，二级工三十六元，三级工四十二元。当年四十岁以下的中国人，能升到三级工的是极少数。筹备结婚的年轻人，月薪普遍在二十四元。仅够买一张写字台的一条“腿儿”。所以，打算结婚的年轻人，打算添置新家具的人家，即使是处长之家、局长之家，一般也都得千方百计备下些木料，请木匠师傅给做。

被家具厂的“造反派”们“扫地出门”的“木工王”，身价不跌，反而倍增；在人们的广泛的需求意识中，仍是木工行业的“无冕之王”。主动上门央求做家具的人不计其数。工期排得满满的，天天做也做不完。相求的人们，除了付工钱，照例还得要送份儿礼。八级木工的月薪是八十八元。“木工王”反而因祸得福，每月收入都在二百元以上。比家具厂的“造反派”们更有权势的“造反派”们也免不了有求他的时候。既求他，当然就得庇护着他点。家具厂的“造反派”们，尽管对他妒上加妒，却奈何不得他。他忙不过来，就要儿子做帮手，指导儿子学起木工来。所以我的“战友”在下乡前就是一名好木工了。正所谓名师出高徒。

主动上门央求做家具的人不计其数。工期排得满满的，天天做也做不完。相求的人们，除了付工钱，照例还得要送份儿礼。八级木工的月薪是八十八元。"木工王"反而因祸得福，每月收入都在二百元以上。

他下乡不久，主动要求调到了木工班。一年后，手艺超群，将连里一些从未受过指导的滥竽充数的木匠的手艺全比下去了，于是名声大噪。老职工、老战士、知青们都纷纷求他做各式各样的桌子、各式各样的柜子、各式各样的箱子。他从不收钱，收钱性质就变了。他很明智，恪守着不收钱的原则，以业余时间帮人忙播种人情，人缘广泛，口碑甚佳。

有一年团政委到我们连"蹲点"，先是发现我们连的知青几乎人人都有木箱。而且工艺都是那么细致，漆色也涂得那么棒。接着发现许多老战士老职工家里的桌子柜子，都是崭新的。样式又都那么美观，大为惊诧！于是召开现场会，严厉批判用公家木料做私人家具的不良现象。批判了一通之后，对姚伦的木工手艺，却又赞不绝口。说想不到知青中会存在手艺如此高超的木工巧匠！说可惜知青中没有八级的规定，若有，一定特批姚伦为八级木工！……

于是从那一天起，姚伦虽然姓名仍在连队的花名册上，但差不多属于半个团里的人了。一年中有半年的时间，被抽调到团里去为各办公室，为礼堂，甚至为首长们个人做这做那。他像他父亲一样，成了团里的"木工王"。最多时，手下指挥着二三十名木工。

那是他的人生最辉煌的阶段。

后来他结婚了。妻子是位漂亮又贤惠的当地姑娘。

他家里的家具的"腿儿"，也许是全团人家里最多的。

后来他有儿子了。

后来和大批知青一样，他返城了。

他返城时遇到了棘手的难题。因为妻子不是知青，落不上城市户口，牵连着儿子也落不上城市户口。于是他给各方各面的人白做家具，打通重重障碍。他的木工手艺在关键时刻帮了他。一年后，他妻子儿子的户口全落上了。靠了木工手艺，他为妻子解决了工作，为他们三口之家谋到了住房——一幢新楼的一间半地下室。虽然是地下室，但在当年，相比于返城后一无所有，一切都得从零开始的广大知青，他还是幸运的、令人羡慕的。

但是他自己却不急于谋职。谋职对他并不难。他嫌正式工作工资太低。他成了返城知青中最早的一名个体手艺劳动者。每月一百多元、二百来元。今年干着，同时揽着明年的活儿。仿佛足以一直从容不迫地干下去。

相比而言，在返城知青中，当年他的小日子过得相当滋润。爱妻娇子，和和美美；衣食不愁，每月还有点儿积蓄。

到了二十世纪八十年代中后期，他的活法开始受到威胁了。涌入城市的大批的民工中，也有不少像他祖父那类背着工具箱游走于民间的木匠。尤其南方来的一些木匠，活儿做得也很细，工艺也很讲究。北方人又天生在许多方面迷信南方。于是南方的木匠们，在北方的这座城市特别吃香了。正如那句话说的——"外来的和尚好念经"。

他妻子就劝他："活儿少了，只怕干不了几年了，趁早儿找个正式工作吧。"他却不以为然，说：几百万人口的一座城市，到什么时候也少不了木匠啊！我就不信南方来的木匠，会挤得我有没活儿干那一天。然而世事的发展变迁，远比他所预料的要快得多。第二年市里的某一家具厂与国外合资，引进了一条流水线。市场上出现了样式美观、工艺上乘的组合家具。广告做得铺天盖地，迅速成为名牌，也迅速改变了人们的家具需求观念。翌年又有两家合资家具厂诞生。三足鼎立，展开激烈竞争。南方来的木匠们在家具厂的激烈竞争中，从这座城市里消失了、撤退了。他也陷入了失业之境。他当然就不得不急着谋职了。"会什么？""木工活儿。我父亲是当年本市的'木工王'！……""是吗？可我们不需要木匠啊！除了木工活儿你还会什么？"他不得不承认，除了会木工活儿，再无所长。"那，我们缺个勤杂工，你干不干？""勤杂工？""就是打扫厕所，打扫环境卫生的人。""这……每月多少钱？……""二百多吧！""其他呢？""没什么其他了！"其时已是二十世纪九十年代初。他已经四十余岁了。物价早已涨了几倍了。下岗的工人一天比一天多了。他倍觉受辱，自然是不肯干的。但是四处碰壁，所遇情况差不多。他在失业之境中闲了两年。早些年的积蓄花光了，每月只能靠妻子的低微收入勉强度日了。那一种闲可不是他情愿的，也是心情非常愁闷的。

城市非但不再需要细木工了，甚至也不再需要车工、钳工、铣工、刨工了……

十年河东，十年河西。彼生此亡，日新月异。对一部分人，一个英雄大有用武之地、机会多多的时代，正微笑着向他们招手示意。对另一部分人，这时代六亲不认地鄙视地板起了面孔，冷冷地宣布他们为多余的人。

今天，你在任何城市里都难得看见背着工具箱走街串巷的木匠了。哪一座城市每年不搞几次家具大联展大甩卖呢？

后来，他曾经通过朋友介绍，在一个室内装修队干了两个月。可室内装修他是生手，也根本不需要太高的木工技能，一切也都是流水线上生产的规格化了的材料。往往只需要拼贴粘牢就是了。而且其美观程度，远非一切能工巧匠的手艺达得到的。规模生产的工艺水平，对工匠们的劳动方式的淘汰，竟是那么铁面无情。二十几岁的小伙子中出了一批又一批装修业的行家里手。他在装修队只配给他们当小工，整日被呼来唤去支使得团团转。收入当然是很低的。他的自尊被瓦解，只干了两个月就不干了。

他也曾背着工具箱到郊县甚至农村去找活儿干。但是郊县和农村的人家也不自备木料请匠人做家具了。到城里收购旧家具，不是更便宜更省事吗？何况，城里又兴起了旧家具拍卖业。很新很适用的家具，只因样式过时了，城里人家就卖了。大衣柜才三四十元，写字台才二三十元，一对箱子往往只标价十五元。有些正是他十年前亲手做成的。当然，郊县和农村也还有要修理家具的人家。可单靠挣点儿修理费，他是养不了家口维持不了生活的。

他设油锅炸过油条。炸油条相比于学成一名业熟艺精的木匠，当然是简单容易的。但他每每守着油锅，都会思想开小差，回忆自己当年是一名好木匠的好日子，并长吁短叹那好日子的不再复返。结果油条不是炸焦了就是缺火候，不久便干不下去了。

他也摆摊儿卖过菜，但不善吆喝，也吃不了那份儿起早贪黑的苦。尤其耐不住那种一上午或一下午无人问价空守摊位的寂寞。一个月算下来，没亏没挣。白干了。因白干而不干了。

他妻子偏偏那时下岗了。

他心情颓丧、忧上加忧。开始借酒浇愁。渐渐酗酒成性，沦为酒徒。

去年，我有一位朋友组成了一个建筑施工队，干得挺红火。我想到了他，赶紧去信替他联系。朋友回信——既然大家都是朋友，那就让他来找我吧！不必他干什么活儿，打算让他当个小工长。工资嘛，也保证不会亏待他的。

我正替他高兴着，却有确凿的消息传来——他自杀了。

噫吁乎！

我为他的死难过了许多日子。

在那些日子里，我常因他而思考时代的变迁。觉得"发展"二字，既是一个给许多人带来大机遇大希望大转运的词，也是一个使许多人陷入窘境困境懵懂不知所措的词啊。它包含着相当冷酷的意味。

一个这样的时代正逼近我们中国人的面前——它的轮子只管隆隆向前，绝不为任何一个行动迟缓的人减慢速度或停下来稍等片刻。你要么坐在它的车厢里，它的车厢的等级是分得越来越细越多了。你要么跟着它的轮子飞跑疲于奔命，待它到哪一站"加水"时跃身上车。你要么具有根本不理睬它开到哪儿去的经济基础和心理素质，有资格并且自甘做一个时代发展的旁观者、局外人。而最不幸的是你对它的多变性、冷酷性预见不到估计不足，被碾在了它的轮下……

几乎我们百分之九十的人，都不得不经常想到——今天我们已习惯了的活法，可能明天早晨醒来就被彻底扰乱了。并且都不得不经常问自己——那时你还怎么活？

也许，从今以后，父母在儿女长到十来岁的时候，就有责任使他们渐渐明白——他们必须为他们以后的人生，设想起码三种不同的活法，从好的到糟的。而且使他们渐渐明白，只要人留意关注时代，那么它将甩掉某些人之前，总是会显出些迹象的。忽略了这些迹象的发生，不再是时代的过错，而只能承认自己对自己没尽到责任了。

当然，也应讲到这一点，对于有所准备的人，从好的活法跌入糟的活法，其实并不意味着处境绝望，也并不真的那么可怕。需要耐心和承受力，经得起摔掷的自尊和从头来过的自信罢了。正如儿童搭积木，一次次倒了再一次次重来时需要耐心和自信一样。

有所准备的人，必能从糟的活法重新过渡向另一种好的活法，避免被时代碾在它的轮下。

它不偿命。

人对待它的最不可取的态度是轻生……

第 二 章

青 年 人

一半幸运，一半迷惘

倘我们放眼世界，并且对世界进行历史性的回顾，只要稍加梳理，便不难发现这样一条规律——几乎每一个国家都有过它内容极为生动活跃的一页，而这一页的内容提要就是"青年时代"。

我用"生动活跃"来形容，意在表述不确定的、介于中性的词性。依我看来，政治进步，经济昌盛，文化繁荣，是为生动活跃；反之，亦是。因既反之，便注定了有青年们被时代利用、抛弄于股掌之上，将自己的狂热附祭了历史反面的教训；也注定了有青年们吹响号角，摧枯拉朽，勇作铁血牺牲的大剧上演。只不过后一种大剧的"风格"往往是惨烈的，以"生动活跃"来形容未免轻佻。

从正面看中国历史，一部"三国"，青年英雄辈出；往前推，"春秋""战国"的历史舞台上，先秦统一的过程中，青年政治家、军事家、思想家比比皆是；往后查，大唐建业的过程中，戊戌变法、五四运动、辛亥革命，乃至中国共产党人领导的无产阶级革命，精英聚结，俊杰代出。倘将中国各个重要发展阶段总结了论，凡社会转型期，几乎皆以各阶层青年立大志、做大事、图大业为时代特点。此特点推及世界史来分析，亦有共性。在这些历史的重要发展阶段，青年们往往在少年时期就萌生了相当明确的想法；二十余岁开始作为；三十余岁便受了种种的时代洗礼和实践考验；四十岁左右，大抵已是较为成熟的社会各方面的实践家了。

反之，倘时代出了问题，诸种社会负面氤氲一片，也会自然而然地滋长出破坏性的恶力。比如德国法西斯主义的迅成气候，便是借助了德国青年迷信大日耳曼民族优胜的结果。

所幸无论对于中国还是世界，以往的一页都已成为深刻的反省。

而二十一世纪的世界，当然包括中国在内，是明智地进入了空前理性的时代了。尤其中国，各阶层维护国家大局的意识也变得相当成熟。虽各阶层有其现时期不同程度不同性质的迷惘、困惑、无所适从和浮躁，也有相互之间不同程度不同性质的利益摩擦和冲突，但并不妨碍顾全大局的意识的一致。因为有一点是都明白的：有安定才有发展，有发展才有各阶层乃至具体个人命运朝良好方面的转化。起码是可能有。

因而在中国，在这样的一个时期，也是青年们的人生希望较多，机遇较多，才能较容易得以呈现和发挥的时期。

如果回顾一下一九四九年中华人民共和国成立最初阶段中国的年代特征，则任谁都不能不承认，总体而言，那是一个全民热情高涨的年代，并且尤以青年们对新中国的热情和人生状态最为积极而富有能动力。各行各业，年年涌现模范人物，如雨后春笋。

但，分析起来，那又是一种未免过于单纯，甚至可以说是简单的热情和积极性、能动力。它基本上生发于这样一种理念——

我将自己的热情、积极性和能动力，最大限度地奉献给国家，国家对我的人生实行"承包"式的、终身的安排。因而不可持续。

农村青年，除了极少数得以通过考入大学这唯一途径改写人生，其余一概人的人生注定了统统都是社员。全中国的农村青年的人生，几乎彻底地被时代模式化了。时代对于数以亿计的农村青年仿佛是一个加工厂，而且只"生产"一种规格的清一色的"产品"，那就是从事原始农业劳动的劳动力。无论你有怎样的才能，你都难以改变你注定了一辈子是农民的"天命"。时代即"天"。若想像今天这样可以走遍中国自由闯荡，甚至凭一技之长驻留城市，那是时代这个"天"绝对不允许的。若想像今天这样凭一副好容貌一副好嗓子而摇身一变成演员，成歌星，更是做白日梦了。时代出于它本身的需要，偶尔也给予一展特殊风采的机会。但对大多数人，那往往只是一次性或几次性的机会，而根本不可能是改变人生轨迹的机遇。无论主观上多么企图抓住抓牢，都是醒着做梦，没意义的。机会结束，仍要回去做社员，也就是农民……

那么，城市青年从前的人生形态，总体上是否不同一些呢？

答曰：否。

就人生的几乎无选择性这一点而言，他们与从前农村青年的人生形态是完全一致的。城市里的小学、初中、高中乃至中专和大学，在向学生传授知识的同时，亦对学生进行道德评判完全一致，人生价值取向也完全一致地教化。在课堂和学校以外，社会文化继续着如出一辙的"教育"。所以，可这么说，比从前的农村青年容易享受到精神食粮的从前的城市青年，其思想意识之鱼儿，是"游在"同一规格同一尺寸的精神的鱼缸里的。那简直又可以说是"泡在"。

而他们的人生轨迹的雷同，更是由时代一揽子做主了的。几十年一贯制的全国统一的工资标准，使几代中国人过着彼此彼此的日子。所有人对人生的个人向往和追求的冲动，几乎最终都以自行放弃转而对时代无怨无悔亦激情减少地服从为结局。人生多姿多彩的种种可能性，都在迫不得已的服从之下烟消云散。"上山下乡"乃是最典型的佐证。从前的城市青年，只有其个人向往和追求的激情，因了时代的需要而受到肯定和支持时，才能够得以释放，否则绝对不能。举例来谈：

一名被分配在大集体性质的工厂的青年，若企图调转到国营性质的工厂去，倘无当官的父母动用权力去安排，那就是一辈子也别想实现的愿望了。

一名被分配在街道杂食铺子里当售货员的青年，如果不打算安安心心地做一辈子呢？

那么，会有人做他的思想工作，说服他那是时代的需要，他不愉悦地服从是他的不对。

如果他还不安心呢？

那么他将受到警告。

如果警告也不能使他的工作出色起来呢？

那么他的下场将是被开除。

而一个因不服从时代的安排被单位开除了的人，意味着被时代抛弃了，意味着连废品回收站这样的单位都难以再接收他了。因为废品回收站既然也是一个单位，它的员工的名额以及他们的工资，也是由国家限定的。

那么，这个人差不多就被时代取消了在城市里正常生存的资格了。

并且，他等于被时代宣布为"劣等"的人。

犯了错误的人，只要表示了虔诚的悔改，还有重新获得工作权利的机会。

但一个犯了不服从时代安排命运这种错误的人，意味着他直接冒犯的是时代最神圣的权威。若想取得时代的宽恕，非痛哭流涕几遭不可。

从前的时代，视社会为它操纵的一台机器，视绝大多数人为这一机器的微小部件，或一颗螺丝钉而已。时代的流水线上，成批地生产同样的"部件"和"螺丝钉"。

一言以蔽之，从前的时代，对绝大多数人而言，从不曾是"以人为本"的时代，而是将人"生产资料"化的时代。是的，它只不过将绝大多数人当成社会"资料库"里取之不尽用之不竭的积压物资……

因而从前的青年，无论是农村里的青年还是城市里的青年，总体上共同缺乏的、最为缺乏的乃是人生的能动力。时代和社会本身，也便渐渐地失去了活力。青年与时代、与社会的关系，几乎完完全全是被动的，是彻底的服从与主宰的关系。这种关系一向没有丝毫的松动，直至一九六六年才松动了一次。

与中国以往任何时代的青年相比，二十世纪七十年代和八十年代出生的中国青年，毫无疑问是幸运得多的——这不但是当代中国青年的幸运，也体现着当代中国的发展和进步。

七十年代出生的人，现在已经快三十岁或超过三十岁了①；八

---

① 本文写于 21 世纪初。

十年代出生的人，也快二十岁或超过二十岁了。后者是中国最新的一代青年，相对于前者，可谓小青年。他们也许在读大一、大二，也许从中专或职高毕业了，刚刚参加工作。

而前者，已在改革开放后即转型期被潮涌连波的海面冲浪数年了。在爱情、事业、家庭诸方面，都各自有过一些苦辣酸甜麻的体会了。与他们同时代出生的农村青年，也有着与中国以往任何时代截然不同的文化背景以及心理形成的社会基因。他们的思想观念，已不再是传统意义上的中国农民的思想观念了，人生形态也不再是了。

我认为，总而言之，毕竟，与中国以往任何时代的青年相比，七十年代和八十年代出生的中国青年，毫无疑问幸运得多。

首先，在人与时代、与社会的关系方面，他们不再背负家庭出身的十字架了。每个人在任何时代都是有家庭出身的。家庭出身在从前的时代，亦即社会对人的阶级归类法。

其次，他们不必再以人生最大的，尤其是青年时代最精华的能动力，去追求时代和社会对人最严格的认知性。从前的时代和社会，是多么政治化。优秀青年的前提是政治上优秀与否，而且只有这唯一的前提。从前的时代，青年的个人鉴定实际上是政治鉴定，个人履历实际上是政治履历。故从前的青年，档案中倘记载下了"政治不成熟"，那就意味着一辈子"不成熟"了；倘履历中有政治性的不利裁定，那就意味着一辈子的人生被提前裁定了。其后无论在别的方面多么积极努力，都难以受到时代和社会的信赖了。往往，在其他方面越积极努力，越受怀疑，其人生也越不顺利。至于其他方面的才能，注定了受鄙薄。最好的结果，也不过争取到了"可用而不可重用"的资格。尤其可怕的是，许许多多的人似乎有法定的权力，在某一个具体的青年完全不知的情况之下，将几乎等于判人以"死缓"的政治鉴定，塞入那一青年的档案。

家庭出身，政治鉴定，人只要摊上了两项中的一项"异类"显示，就像摊上了癌症一样。那需要特别能忍的人生熬受力，才会主观上"照常"活着。若两项都在青年时期不幸摊上了，人生就悲惨了。

当今之青年，毕竟不再会被以上两种十字架的阴影所笼罩了。当今之青年，除非他将自己的人生坐标点确定在政治舞台上，否则不必以青年时期最精华的能动力，去竞标社会和时代高悬的政治之标……

当今之青年，也不太会受城市户口或农村户口的终生捆绑了。户口在某些方面，对于当今之青年仍具有人生的限制性，但与中国以往任何时代相比，那限制性是小得多了。

当今之社会和时代，已基本上形成了这样的理念——中国的每一座城市，包括首都北京在内，已不仅是城市人的城市，同时也是属于广大农村青年的。只要他们愿意，他们可以到各个城市，包括北京寻求他们人生的机遇。只要遵纪守法，只要他们靠了人生的能动力和实际技能，哪怕是最简单的技能可以在城市生存下去，那么他们的此种权利基本上是不受剥夺的。比如北京电视台的节目主持人田歌，就曾将一名外地长住北京的捡破烂的青年农民请入演播室做嘉宾。他以他的城市生存表现获得了北京某小区居民的信赖和欢迎。他离开了那小区后，小区居民还要设法寻找到他。有些城市，包括北京，几年前就开始向在城市生存表现优秀的"打工仔"和"打工妹"颁发过表彰证书……

除以上两方面的幸运之外，还有以下诸方面权利，乃是从前任何时代的中国青年连梦想都不敢梦想的：

跨国交往与谋求人生发展的权利——这一点其实已毋庸置疑。仅要指出的是，在从前的时代，一名青年，哪怕只不过其家庭有所谓"海外关系"，人生的底片似乎便有了可疑的背景。哪怕几封有时仅仅一封父辈甚或祖父辈与"海外"的正常通信，都会使一名青年在政治上被划入"另册"，而自己浑然不觉，任凭多么努力向上，都难以获得学校、单位、时代和社会的亲和对待……

学习权利——在从前的时代，家庭出身和以上一点，决定一名高考成绩优异的青年，不配或只配被什么样的大学录取，并决定他们毕业后的分配去向和人生前途……

择业权利——在从前的年代，除了少数高干子女，一名青年自己是绝然地没有什么择业权利可言的。被分配到什么地方、什么行业、什么单位，其人生的句号便往往注定了标在那里。出国谋业是"天方夜谭"。"外企"意味着是一个外星词……

人生观的自由——在从前的时代，中国人包括中国青年，一旦被认为"人生观"有问题，那么几乎就意味着是时代的"次品"了。现在的中国，从理念上不但允许而且认可"人生观"的多元化是正常的自然的社会现象，一个人，一名青年，在不危害社会与他人的前提之下，哪怕自践及时行乐的人生观，那也仅是其个人的事，仅体现其对自己的人生责任罢了。时代的主流理念，虽倡导人对自己的人生应负有责任，但并不对某些人自己宁愿的活法横加干涉，更不至于予以剪除式的打击。

真的，当代中国青年的人生观及爱情观、婚姻观，不但五花八门，而且得以在最大限度上自以为是……

道德观——道德观包含在人生观中。时代仅仅划出了"道德底线"，告诫青年若突破那底线，便可能触犯法律的边线。因为道德的底线与法律的边线几乎是粘连着的。当代青年，享受着中国从前任何时代都不曾批准给青年的、最大限度的道德指责"豁免权"，致使某些青年，将青春的美好和日子挥霍在"道德底线"上，也将人生的小舞台搭在"道德底线"上，而且自以为是最现代最潇洒最自由的活法。

　　我个人认为，一个人，尤其一名青年，终日活在"道德底线"上是没什么意思的，掰开了揉碎了说，更没什么潇洒可言。

　　我个人认为，一个国家一个民族倘有太多的青年以活在"道德底线"上为最快意的活法，这个国家这个民族是堪忧的。这不会使这个国家这个民族的青年成为世界上多么坏的一批青年，因为毕竟有法的边线与道德底线粘连着，电网似的威慑着他们的突破；却也不能使这个国家这个民族的青年成为世界上多么可爱的一批青年。因为据我了解，别的国家别的民族的青年，其实非我们想象的那样，也都以活在"道德底线"上为快意的活法。相反，他们普遍主张寻求超越"道德底线"之上的活法。那么一种活法也许更不负青春和人生意义，那么一些青年也许更可爱……

　　生活方式——当代中国青年正享受着多元化的生活方式。在这一点上，时代、社会和青年，已形成了中国以往任何时代都不曾出现过的宽松、相互接受的局面。

　　文化娱乐——当代中国人，尤其青年，在文化娱乐方面的幸运，是接近着当代世界水平的。仅仅由读小说、看电影和看戏剧构成文化娱乐内容的时代已成历史，一去不返。当代文化娱乐的内容，二十年间膨大了何止十倍！

综上所述，这不但是当代中国青年的幸运，也体现着当代中国的发展和进步……

一个人，尤其是一名青年，终日活在"道德底线"上是没什么意思的，更没什么潇洒可言。但当下许多青年面对聒噪不休的大文化，内心痛苦、沮丧，而且备感自身低贱和屈辱——中国文化也应该及时反思。

然而，倘以为当代中国青年全体生逢着以上种种的幸运，便也顺理成章地全体浸泡在注满了幸福液的时代的浴缸里，那么我几乎等于在这里进行欺世之说了。

不，不是这样的。

时代发展和进步的惠利，永远不可能像同一锅炉加温的、使人的身体舒适无比的淋浴水，通过统一的莲花喷头遍洒在每个人身上，而且可以由每个人自己来控制水温。

人类社会还从未经历过如此美好的时代。

青年家境的不同，个人的先天资质和条件不同，决定着他们出生以后，不可能在同一起点上开始自己的人生。比如有的出身于寒门，有的成长于富家；有的父母操权握柄，有的父母平凡普通；有的遗传了好的容貌、嗓子和身姿，打理人生的能动力加上令人眼羡的机遇，涉世不久便成为演员、歌星、节目主持人、模特、运动员等，于是年纪轻轻住豪宅，开名车，并且爱情浪漫美满，于是春风得意，人生一路顺遂，喜事接踵；而有的却以残疾人的体貌，自幼开始在这世界上的唯一一次"竞走"，人生对于自己等于磨难不休的代名词……

那些都叫"命运"，是如基因一样纯粹先天的人生元素，与时代和社会无涉的，也是难以依赖时代和社会的扶持与幸运者们共舞的。只能靠自己后天对人生的耐受力和对磨难的坚忍，像战士一样而不是像这世界的贵客和嘉宾一样实践人生……

但，时代和社会，毕竟是影响更多数青年人生季节的大气象，使当代中国青年中的一部分，虽幸逢改革开放时代却也实际上并无幸福可言。比如经济发展状况的不均衡问题；比如传统大工业的解体造成的失业问题；比如农民负担过重的问题；比如社会保险和慈善事业不完善的问题；比如贪污腐化漠视百姓疾苦的问题，使中国有些省份农民的生活仍处在较低的水平线上，使有些城市里一批接一批地产生新时期的城市贫民——这样一些家庭中的青年，其人生无疑仍是举步维艰的。倘要追求到人生的一点点满意，无疑是极不容易的。对他们一味回忆从前时代的苦，以启发他们感受现在的甜，是既不能使他们真的觉得幸运，更不能使他们真的觉得幸福的。

时代和社会的原因，乃是时代和社会必须承担的义务。什么时候时代和社会的义务在以上方面作为显著了，什么时候他们才会向时代向社会交一份发自内心填写的调查表……

现在的中国，虽一年比一年重视教育，大学虽然每年都在扩招，但我们是一个十三亿多人口的国家，大学仍不能做到宽进严出，应试教育仍不能从根本上得到改变，每年跨进大学校门的青年，倘包括了农村青年统计，仍只不过是百分之几。而且，对不少家庭而言，高等教育学费的压力仍然很大。城市里的少年、青年，因学业竞争的压力而疲惫；穷困农家、穷困地区的少年、青年，因交不起学费而不得不背对教育。在科技发展如此迅猛的现在，少年和青年背对教育的人生，未来怎样，是可想而知的……在以后若干年内的中国，他们也许离提高人生质量的就业机会越来越远了……

毫无疑问，科技的发展必然促成科技的产业化，科技的产业化必然带来新型的就业机会。但是，也毫无疑问，科技的产业化，是以摧毁传统的工业模式和工业链条为前提的，而支撑后者的，又是为数众多的传统型的，只善操单一工种的工业技工。科技的发展所带来的十项乃至更多项新型的就业机会，其所能吸纳的就业人员的总和，往往抵不上被其淘汰的一种传统工业造成的失业人数的几分之一，或几十分之一。也就是说，在新派生的科技产业代替传统工业的转型期，失业是面积式的现象，就业是点式现象，而且，科技产业所需要并择优吸纳的，必然是高知识结构的青年。他们起码当有大学毕业的科技产业入场券。无此入场券的青年，将被阻挡在展示新型就业机会的时代场馆入口外，那么他们几乎只能去从事社会服务工作。后一种工作较之前一种工作，是薪金低得多的工作。被无情挡在新型就业机会的时代场馆入口外的青年，做好了充分的心理准备了吗？何况，时代和社会尚未开创好足够他们就业的社会服务工作，有待他们自己去一点一滴地干起来……

在从前的时代，无论是在农村还是城市，清贫和穷困的生活都是普遍的现象。没有比衬对象，人眼就难见差别，人心就无物可羡。倘非强调从前的时代也有差别，在农村，那也不过就是两名青壮年劳力一天各挣几角钱之间的微小差别。而在城市，同代人之间的工资差别，最大不超过十元，亦即相差一级或一级半的工资。而且，那十元钱，一般便是同代人之间一辈子的差别。完全不同的工作，几乎相同的工资，这是从前的"中国特色"。

但是现在不一样了。无论在城市还是在农村，两个家庭、两个中国人、两个青年之间的收入差别，可能十几倍，可能几十倍，可能百余倍，用天地之别形容也不过分。而且，巨大的差别，就咄咄逼人地呈现于近旁，并被形形色色的文化反反复复地渲染着，人想装作不知道都是不可能的。

如果说从前的青年只能安于时代强使之普遍的低收入现状，那么当代的低收入青年，难免会在咄咄逼人的差异比衬面前内心充满了焦躁，而且深深地痛苦着。

有些商业广告接近着厚颜无耻。比如某些房地产广告，比如某些珠宝钻戒广告。它们的意思一言以蔽之——"多便宜呀"！而其标价对于工薪阶层，如画在天空上的饼之于饥汉。或曰本就不是向老百姓做的广告，那么就应该把意思说得更明白——"对于富人多便宜呀"！那些广告犯的不是语焉不详的错误，而是故意混淆广告受众群体的常识错误。

有些媒体热衷于宣扬三十岁以前成为百万富翁是容易的。而我们都知道，这不但对于大多数中国青年不容易，对于大多数外国青年也不容易。

中国有十三亿多人口。比十年前多了近三亿。比三十年前多了近一倍，青年人数究竟翻了几番，小学算术能力也能算得出。

在这样一个人口众多的国家，大多数人能够过上普通人的生活，已然是国家的幸事，已然是中国人的幸事。而时下的大文化似乎总在齐心协力地诱惑人们——富有的生活早已摆在你面前，就看你想要不想要了！

许多当代中国青年，面对如此聒噪不休的大文化，包括每每睁着两眼说瞎话的传媒，内心不但痛苦、沮丧，而且备感低贱和屈辱……

与从前时代的中国青年相比，当代之中国青年，有些在确确实实地迷惘着。甚至，也可以说确确实实地体会着另一种不幸……

然而，中国毕竟在向前发展着。

……

时代变了，是为"道变"。

"道"既变，人亦必变。

变了的时代，衍生出新的时代人。新的时代人不可能适应从前的时代（尽管他们对现在也不见得多么适应），因而他们不会让时代退回到从前，因而他们必将时代继续推向前去，并在此过程中渐渐适应他们所生逢的时代，并渐渐提高他们打理自己人生的能动力……

归根结底——时代发展的潮流不可抗拒，其实意味着的是这样的法则——倘新的时代人衍生出来了，他们解决他们和时代的关系的方式也是新的、不可抗拒的。他们与时代共同舞向前去的能动力是不可抗拒的。

因为他们明白，他们的希望在前头，而不是在从前……

飘扬起你青春的旗

青春是短暂的。

当我们"分解"任何一个男人或女人的人生时，便尤见青春之短暂了。

从一岁到六岁，人牙牙学语，跟跄学步，处在如小猫小狗的孩提时期。除了最基本的饮食需要，再有一种需要那就是爱了，而且多多益善。孩提时期的人还不太懂得爱别人，无论对别人包括对爸爸妈妈表现出多么强烈的"爱"，也只不过是最本能的依恋，所需要的爱也只不过是关怀与呵护。

人生的每一阶段都有着近乎天然的诗性成分。

孩提时期的诗性成分乃是人性的单纯。

一个孩子醋睡在母亲怀里是特别美特别动人的情形；孩子被父亲扛在肩头时的笑脸，是人类最烂漫的笑脸。

一个孩子所依恋的首先还不是父母，而是父爱与母爱。如果一个孩子失去了双亲，倘有另一个女人真能像慈母一样地爱这孩子，那么不久这孩子在她的怀里也会睡得像在最安全的摇篮中一样踏实；倘有一个男人真能像慈父般爱这孩子，并且也喜欢将这孩子扛在肩头上，那么这孩子脸上也会绽出同样快活的笑容。

孩子用本能感觉别人对他爱的程度。几乎纯粹是本能，不加入什么理性的判断。但孩子的本能也往往是极其细微的。某些孩子很善于从大人的表情、大人的眼里看出爱的真伪。这也几乎是本能，不是后天的经验。

在《悲惨世界》中，小女孩珂赛特夜晚到林中去拎水时第一次遇到了冉·阿让——他说："我的孩子，你提的这东西，对你来说，太重了一点儿吧。"——于是替她拎着那桶水……

书中接着写道："那人走得相当快。珂赛特却也不难跟上他。她已经不再感到累了。她不时抬起眼睛，望着那人，显出一种无可言喻的宁静和信赖的神情。从来不曾有人教过她敬仰上帝和祈祷，可是她感到她心里有种东西，仿佛是飞向天空的希望和欢乐……"

珂赛特当时的心情，正是我所言——人性在孩提阶段所体现出的那一种又本能又单纯的诗性啊。

珂赛特当时八岁，倘她是今天中国城市人家的一个孩子，那么她已经该上小学二年级了。

小学时期人有整整六年可度。

小学这一人生阶段的诗性体现在人开始懂得爱别人了。"懂得"这个词不太准确，实际上人生开始就生出对别人的爱来。小学生望着他或她所感激的人，目光中往往充满着柔情了。这时小学生的眼睛，无论是男孩或女孩，都是会说话的眼睛。"眼睛是心灵的窗口"——我认为这一点是从小学时期开始的。

中学时期人已是少男少女了。人生处在花季的第一个节气。这时人生的诗性无须赘言，但这时的人生还不是"青春"。因为这时的人生还缺少青春最本质的特征，那就是生命饱满外溢的活力。

到了高中，人开始形成自己相当独立的思想了。人心里开始萌生出不同于以往的爱意了。这爱意已不再是对别人给予自己的关怀和呵护的回报了，而体现为主动的对异性的暗怀其情的爱慕了。也有爱得缠绵难分的情况，但大抵是暗怀其情的。此时人生进入了青春期的第一个节气，正如惊蛰节气之于四月。但高中是通向大学的最后阶梯，但凡是个初谙世事的儿女，都不敢松懈学业上的努力。在中国，尤其在城市，这是人生最诗意盎然的阶段，其实最乏诗意可言。

整整三年的埋头苦读，或者考上了大学，或者遗憾落榜。

此时，当年的孩子十八九岁了。

考上了大学的，自我补偿式地品咂青春。而一到了大三、大四，便又为毕业后的人生去向而时时迷惘、惶惑；遗憾落榜的，则难免陷入悲观。

青春有了另外的许多负重感。

如此"分解"起来，看得分明——青春从十八九岁真正开始，一直到一个人组成家庭的时候结束。

有些人做了丈夫或妻子，心理仍然处在六月般美好的青春期。他们青春期的诗性延续到了婚后。他们是幸福的，也是幸运的。但大多数人未必如此幸运。因为做丈夫或做妻子的角色责任、角色义务，因为家庭生活的诸多常规内容，制约着人，需惜别青春，服从角色的要求……所以许多中年人回眸人生，常喟叹青春短暂。而这也正是我的人生体会。我将青春短暂这一个事实告诉青年朋友们，当然不是想使青年朋友们对人生产生沮丧。恰恰相反，青春既然那么短暂，处在青春阶段的人，就应善待青春！珍惜青春！

而我最终想说的是，人啊，如果你正处在青春时期，无论什么样的挫折，无论什么样的失落，无论什么样的不公平，都不要让它损害或玷污了你的青春！

　　青春应该经得起失恋……

　　青春应该经得起一无所有……

　　青春应该经得起社会对人生的抛掷……

　　青春应该经得起别人的白眼和轻蔑……

　　因为，人在生命充盈着饱满外溢的活力的情况之下都经不起的事，在生命的另外时期就更难经得起了……

赏悦你的花季

　　没有学生时代的人生是遗憾的、缺失的人生。而中学时代，是人生花季的第一个"节气"。在这个"节气"里的男孩儿和女孩儿，如柳丝之乍绿；如花蕾之欲开；如蚌壳里的沙刚刚包裹上珠衣；如才淌到离泉眼不远的地方，却没形成溪流的山水；如火烧云，即使天上无风，也能不时变幻出美丽的想象……

　　小学是六年。从初一到高三，也是六年。然而与小学相比，人生的后六年，是质量多么不同的六年啊！男孩儿和女孩儿，朦朦胧胧地觉得，自己在某些方面像是大人了。"让我来吧，妈妈！"——当男孩儿的力气使自己的母亲惊讶时，他心里是多么自得啊。

　　"爸爸，这件事我能理解。"——当女孩儿如是说，或者并不说，仅用眼睛表达她那份儿明白时，实际上她觉得，她仿佛已经能反过来安慰大人了。

　　而往往，也确实如此。父母一经从中学生的儿女那里获得体恤，眼睛是会感动得发湿的。"女儿，你懂事了……""儿子，你快成大人了……"小学生不太能听到父母对他们这么说。中学时代的男孩儿和女孩儿，对从父母眼里、心里、话里流露出来的期望，也由此变得相当敏感了。父母的期望、教师的期望、学业的压力，每每使处在中学时代这个"节气"里的男孩儿和女孩儿，不禁多了几许成长的烦恼。中学生一旦烦恼，是连上帝都会因而忧郁的，如果上帝存在的话……

没有这些烦恼多好呢！

但又哪儿有没有阴天的整个花季呢？

我觉得，中学生应该善于悦赏自己的"节气"。那些烦恼，那些困惑和迷惘，不也是自己这一"节气"的特征吗？知道米兰·昆德拉的那一本书吗？——《生命不能承受之轻》。没有责任的人生，其实也是认识不清自我存在价值的人生。当然也是并无多大意思的人生。

中学时代的男孩儿和女孩儿，之所以与小学生不同，正在于他或她从自己所感到的那些烦恼、困惑、迷惘之中，渐悟着自己是中学生的那份儿责任。它不必一定是优异的学习成绩，但它一定得有发愤的能动性。

如果连这一点都觉得是强加的，那么就将花季理解得未免太懈怠了。在花季里，百花争妍，那也是花儿们向大自然证明着的一种自觉愿望啊！

中学时代，一切都应该变得有自觉性了。在这种自觉性的前提下，男孩儿和女孩儿请赏悦自己花季的第一个"节气"吧，包括这个"节气"里的霜和雨……

青春无须困惑

——致郑书凝同学

郑书凝同学：

谢谢你真诚的来信。因为身体不好，事情又多，拖至今日，迟复为歉。你在来信中谈及我在"二外"（北京第二外国语学院）那次与你们众同学的交流为"训话"，颇令我不安。事实上，我没有丝毫的道理训大家的，若不仅给你以"训话"之印象，也给你们大多数学子那样的印象，我真是深感羞愧呢。可是，已经那样了，羞愧也无济于事了……

你能从小县城考到"二外"，委实也该骄傲的，无疑证明你在昔日的高中同学中，是学习方面的优胜者。

"我们相互推荐书目，看完后各自写下读后感再给对方看，虽然高中阶段时间是那么紧，然而经常抽出时间来交流读书心得，却令我们无比充实和满足。可是现在上大学了，空闲时间那么多，却突然发现日子空虚得连读书的时间都没有了。偶尔我会去图书馆借回图书阅读，读完却发现没有了可以一起讨论的人，那感觉令我特别压抑，就像是一个人想开口说话却突然觉得自己发不出声那般惆怅……"

你信中这一段话，我特别理解。也许因为你们大学学子几乎都有"博客"的原因吧，人在"博客"上与所谓"网友"交流得多了，自然与朝夕相处的人反而无话可说了。人每天想说的话是有限的。此种现象，或可曰为"博客症"。不算是一种病，只不过是一种流行现象罢了。

由此我倒想到——读书原本是一己之事。有人交流自然很好，叫氛围。但是没有氛围也还是爱读书，才更是读书之人的本色。正如谈恋爱，并不需要互相促进的。

大学生和高中生之不同，乃在于大学学子应善于自主学习，也正如一个成熟的青年肯定会要求自己恋爱自由、婚姻自主。

在日常生活中，我们不是会每每看到有人手捧一卷，安安静静地读着，并不巴望着与谁交流吗？如果你每读一书，记下心得，便于自己有益了。或发在"博客"上，倘别人获得启发，亦有益于他人了。那不也是一种交流吗？

"没有了读者，写作还有意义吗？"但我要反问，你还什么也没写呀。即使你写了，也不见得读者多多？不但首先得写，还要越写越好。若真写得并不好，多写也不见长进，不妨暂且就不写了吧！

你对我说的"生存第一，爱情第二，文艺第三"，有另外的看法曰："生存第一，自由第二，余下的都第三。"——这我也是同意的。你是女生，如此重视自由，难能可贵。

但是须知，男人也罢，女人也罢，一旦真的彼此相爱了，总是要以各自多少放弃一些自由为代价的。爱情是有各种各样代价的事，不只浪漫和美妙。你对此应有点儿超前的思想准备呢。你对妈妈的爱，令我感动，也令我心疼。既心疼你的妈妈，也心疼你那份儿愧疚。中国有许许多多你妈妈那样的妈妈，也有许许多多你这样的女儿。但你、你们业已令妈妈倍觉欣慰了。这么想，心情会好一点儿。

我的妈妈也和你的妈妈一样，是一位含辛茹苦的妈妈。我从小就希望有一天能让妈妈过上好一点儿的生活；可生活刚刚好一点儿，父母却先后辞世了。这是我心口永远的痛。

你是学外语的，那么，中文的口、笔表达水平也应提高。须知，中文能力是外语能力的"维他命"。外语水平越高，对中文能力的要求也越高。只不过，有些学外语的学生，对自己的外语能力要求很低，所以不能深谙中文能力与外语能力之间互补的关系……

我明日一早出差，不多谈了。

祝学习不断进步！

梁晓声

2009 年 5 月 6 日于北京

一个青年和他的青春期

他是一个青年。一个"文革"时期的青年。小县城文艺团里年龄最小的一个成员，刚过十八岁。说是孩子已不是孩子，说是大人还不算大人，正处在青涩的年龄。

不管在任何年代，人类之青春期的特征都有相同之处——生理上开始分泌最初的荷尔蒙，而心理上思情慕美。

但是他极能压抑自己。

因为，他原本是一个农村青年。形象好而又嗓子好，才有幸被挑选到小县城的文艺团里。一个农村青年居然有如此好命运，这使他诚惶诚恐。

报到那一天，领导对他说："五年后你才二十三岁，五年内不许闹恋爱！五年后再恋爱也不迟。"

他诺诺连声。

领导又说："你现在已经是一名革命的文艺工作者了，怎么才算是一名革命的文艺工作者，你懂不懂？"

他吞吐不能即答。

领导教诲道："第一，政治思想要过硬。对于你，那就得积极参加一切政治学习活动。第二，生活作风要过硬。千万不能小小年龄就搞出什么男女关系的花花事儿来，一旦出了花花事儿，那你就拎上你的行李走人吧!"

他连说："不敢，不敢……"

多亏有领导的教诲在先，两年内，这小青年时时处处言行紧束，中规中矩。尤其是对于周围的漂亮女性，回避得很，自拘得很。多一句话也不说，一说话就脸红。

那文艺团里的人，年龄最大的也不过三十几岁。再就都是二十五六岁、二十七八岁的已婚的未婚的男女。他们和她们，倒是不被太严格地加以要求的。平素里，打情骂俏，相互挑逗，寻常事也……

那实际上是一个风气不良的文艺团。没几个人在男女关系上是清清白白干干净净的。要论那方面的清白，那方面的干净纯洁，真是非他莫属了。正因为风气不良，领导们才动辄大讲生活作风要过硬的话。讲归讲，领导们自己先就不过硬。

两年中，他是都看在眼里了。他已经二十岁了，自我压抑了两年了。越压抑，越敏感；越敏感，看在眼里的男女故事越多。团里的一男一女迎面走来，擦肩而过时彼此交换了一种什么样的眼波，只要是在他的视线里，其细节就逃不过他那敏感的目光。

然而他似乎依然是两年前那个青涩的他，似乎不曾有半点儿改变。因了他的不曾改变，领导们时常表扬他。同志们也都夸他小小年龄竟有难能可贵的作风操守。有的人还利用他的"无知"传情递意，以成好事……这青年对政治一向是特别虔诚的。政治一号，他便赤心应召。于是某日集体进行照例的政治学习的时候，一向少言寡语的他，展开了写着密密麻麻字迹的几页纸，作了他人生最郑重也最虔诚的一次学习发言。用当年的话说，他对自己"动真格的"了。他说，其实他是根本不配领导表扬的。他说，他留给同志们的老实印象，是他伪装出来的假象。他说，他的灵魂深处，其实存在着许多肮脏的、可耻下流的、见不得人的丑陋的思想意识。

他说，他经过一夜失眠，决定将它们抖搂出来，暴露于同志们和领导们面前，暴露于光天化日之下。他说，抖搂了，暴露了，肮脏外排了，自己的灵魂深处不是从此就干净了吗？

……

他希望领导们、同志们，也能像他一样，自己对自己"动真格"的，把自己干过的那些见不得人的勾当，自己彻底地抖搂抖搂，彻底地暴露暴露。

他说作为一次学习发言，他不愿太多地占有大家的时间。为了证明自己虔诚的认真的态度，他可以将自己的一本秘密日记交给领导；关于他自己的更多的下流意识，以及他所亲眼看到的别人的种种可耻勾当，全都一一记在日记中了……

有一点显然需要指出——当年，他所偷窥到的事，并非皆属可耻。以欲给欲的勾当有之，而秘密的真情真爱，恐怕也是有的。他桩桩件件地说时，会议室里一片死寂。似乎所有的人都屏住了呼吸，不再喘气了。当他终于闭上了嘴巴，那死寂又延续了几秒钟之后，凡是被他说到的人，不论男女，刹那间几乎全都扑向了他……他们恨不得将他活活撕巴了……而这是他决然没有料到的。在他，那是忏悔，是以神圣的革命的名义当众进行的一次忏悔，无比虔诚的也是鼓足了从来不曾有过的大勇气所进行的一次忏悔。他原本以为自己忏悔了之后灵魂就会变得极其圣洁了，并且会感动别人的。但是他遭到了咒骂和殴打。如果事情到此为止倒还算他幸运，然而这并不是最终的结果。这只不过是另一情节的开始……

简单地说，他在领导们、同志们的眼里，成了一个小流氓。不，岂止是小流氓，是小小年纪的大大的流氓呀！他的日记，遂成为他是"大"流氓的物证。真是白纸黑字，铁证如山！凡是被他说到和在日记里写到的人，都极端愤慨地抗议他的造谣诽谤，诋毁了他们的人格。是可忍，孰不可忍?！那日记被交到了县公安机关——由于事件不仅涉及县文艺团里的人们，还涉及对革命样板戏中几位女演员的人格的文字侮辱，流氓行为的性质颇为严重，于是又被呈送到了省公安机关……在那个年代，公检法由造反派控制，一切判处过程从简。他的流氓罪成立，诽谤罪成立，侮辱他人之人格罪成立。再加一条罪名——败坏革命样板戏罪——也成立。于是他被戴上亮锃锃的手铐，推上呼啸而至的警车，拉到省城监狱去了……

他并不和我的朋友马云龙同一监号。但是马云龙入狱不久就听说有关他的事情了。在每天两次的放风时间，马云龙每次都能看到他。据马云龙讲，他确是一个形象挺不错的青年。用今天时尚的话说，是一个帅哥。然而，他的精神已经有些不正常了。他在狱中学会了吸烟。他的农民的父母，嫌他犯的罪太丢人了，一次都没到监狱来看过他。根本没有一个人给他往监狱里送烟。在放风的时间里，他唯一必做的事情就是低三下四可怜兮兮地向别的犯人乞讨一支烟，或大瞪着一双目光呆滞的眼，在监狱的院子里四处寻找烟头。倘乞讨不到烟，也捡不到烟头，那么他有时会抢别的犯人正吸着的烟。那时候他具有攻击性。结果可想而知，肯定会遭到一顿拳打脚踢。有时候是被抢去了烟的犯人打他，有时候是看管人员打他。

不管打他的是谁，都会同时这么骂他："臭流氓！"马云龙可怜他，只要自己有烟，放风时总是会带着两三支，在院子里偷偷塞给他。

他，就会双臂肃垂，一脸虔诚，煞有介事地为马云龙背一段《纪念白求恩》中的语录，赞美马云龙是"一个高尚的人，一个纯粹的人，一个有道德的人，一个脱离了低级趣味的人……"。贪婪地过了几口烟瘾之后，往往又会以思想家般的口吻对马云龙说出一句话是："其实，人是没有灵魂的……"言罢，幽幽地、莫测高深地笑……世上之事，往事便是往事。大抵，总是要成烟的。所谓并不成烟的，无非那留给我们的思考——前事不忘，后事之师。然老百姓们明摆着都是弱势的，能从荒诞中吸取的，只不过是明哲保身的狡黠而已。人世间狡黠太多，它就没什么意思了。倒是那强势的人们，该从依稀的烟气中看到禁忌和黑色的不幽默……

一个陌生女孩的来信

笔耕不辍，久栖文坛，很是收到过一些陌生人写来的信。当弃则弃，应留则留，竟渐渐地由欣然而淡然到漠然。有时，那一种无动于衷，连自己都深觉太愧对认认真真给自己写信的人们了。但是近日收到一个陌生女孩的来信，却使我不由得细读数遍，心生出几许说不清楚道不明白的感动。那是一封几经周转的信。信封上的字迹和信纸上的字迹不同，一看就知非是一人所写，然都是很稚拙的笔触。下面便是那一封信的内容。

尊敬的作家先生：

我是一个女孩子，普通得不能再普通、平凡得不能再平凡的女孩子。除了年龄的资本，我再没有任何先天的或者后天的资本。既（当为"即"，她写的是白字，我将一一替她改正）使我的花季，那也不过是很不显眼的花季。好比我家乡的山上和乡路两旁一年四季常开常谢的小野花，开着没人赏，谢时没人惜的。现在，我是深圳的一个打工妹。深圳满街都是我这种年龄的小打工妹。我们外省的打工妹特别感激深圳。这一座和我们年龄差不多的城市，对我们很包容。它给我们打工妹的机会，似乎也比别的城市多一些。这是我们的认为。它不允许比我们强的人歧视我们。这是我们最感激它的方面。我们小小年龄，背井离乡，哪一座城市不歧视我们，我们自然就觉得它比别的城市好。

对不起，我扯得太远了。我给您写信，不是要谈深圳的，我也不是要在这一封信中谈我自己的。关于我自己我前边已经写得很明白了，实在没什么好谈的。而且呢，我也不是你们作家亲（青）睐的什么文学女青年。我向您老老实实地承认，我没读过您的任何一本书，连一篇小说或者一篇文章也没读过。有一个星期六，我和我的三个表姐、一个表哥又在我们的小六姨家相聚，一边嗑瓜子一边闲聊。瓜子下边铺着一张旧报纸，那上边有个介绍您的报道，还有您的照片。我们的表哥看了一会儿，指着您的照片说："哎，咱们就给他写信怎么样？"我们早就想给一位作家写信了。我把那篇报道大声读了一遍，我的二表姐和三表姐就都说："行！"只有我的大表姐表态表得不那么痛快。她嫌您太老了，而且呢，也看不出一点儿好风度。您真的是照片上那样子吗？还是为您照相的记者成心把您照得那么难看？依我的大表姐，她希望能有一位好风度的作家读到我们的信，还得是男作家。我们就都为您争取她同意。我二表姐说："已经是男的了，将就点就是他吧！"我三表姐说："有人不上相，也许本人没那么怪模怪样的。"我的表哥说："我主张将就。"结果，就由我给您写这一封信了。相对来说，我比表姐表哥们多读了一两年书，字也比他们写得强点儿。我是学酒店服务的中专毕业生。

梁作家，如果您正在看这一封信，那么现在您应该了解了，这是一封代表五个人写给您的信。我们的关系是表姐妹、兄妹、姐弟的关系。我们的母亲们那当然就是亲姐妹了。她们有一个妹妹，就是我们的小六姨。我们正是为我们的小六姨给您写这一封信的。她已经三十六岁了，还没结婚。不过您千万别误会，我们可不是在替我们的小六姨向您征婚。我们的小六姨是个美人儿，除了肤色不怎么白，哪儿哪儿都够美人儿的标准。请您注意，是不怎么白，不是黑，那可是有大区别的。再者说了，在外国，美人儿不怎么白才更美。这一点您肯定知道的吧？强调一遍，您千万千万别误会，您和我们的小六姨，哪一点儿都不合适。直说了吧，不般配。您对于事实可别生气啊！何况那报道中说您已经有老婆了。

但您还是没明白我们为什么给您写这一封信，是吧？作家不是整天不是写就是看吗？如果您已经在看着了，那就有点儿耐心，接着往下看吧。越看，自然就越明白。连我写的人都不怕白白浪费了时间，您看的人，还不得沉住气？对了，还没说我们的姥爷和姥姥呢。不说说，您是难以明白的。

我们的姥爷和姥姥，一个七十八了，一个七十五了。七十八的姥爷身体仍很棒。七十五的姥姥，这几年开始常闹病了。他们是农民，我们的家乡在四川山区。姥爷和姥姥看来在计划生育方面是反面典型了。他们居然生了六个女儿。是不是太能生了？我大表姐的妈妈，也就是我的大姨妈，今年都四十七了。我们的爸爸、妈妈，至今也都是农民。从我们开始，姥爷和姥姥的后代，才是有初等文化的人了。这要感激我们的小六姨。我们都能上得起学，完全是她一个人供的。

我们的小六姨，她生下来不久就送给别人家了。自己家孩子太多了，又都是闺女，干不了重活，姥爷、姥姥感到是负担了。也幸亏小六姨被送给别人家了，那使她初中毕业以后，以全县第一的成绩考上了省卫校。从省卫校毕业后，她被分配在省城一所大医院当护士。没几年又当上了一个病区的护士长，是最年轻的一个护士长。那一年她回老家探家，她的养父母就告诉了她一般都尽量隐瞒着的真相。冲这一点，她的养父母也该算是很好的人，是吧？她就去我们那个村子，探望了我们的姥爷和姥姥，也就是她的亲生父母。接着，又一一去探望她的五个姐姐。我们的小六姨，她进一家门哭一次。我们的姥爷、姥姥和我们的母亲们，心里就都特别内疚，净说些女儿、妹妹对不起的话。小六姨却哭着说："爸爸、妈妈、姐姐们啊，我不是怨你们呀！我是怎么也没想到你们的日子会过得这么苦这么难！这可叫我怎么办呢？……"我们的小六姨，她离开家乡时，一脸的愁云……

不久，我们的母亲们听说小六姨不在那一家省城的大医院当护士长了。她在卫校是学按摩的，她自己开了一家按摩诊所。对于她的做法，姥爷、姥姥和我们的母亲们都不敢写信去询问什么。

那一年的春节前，姥爷、姥姥和我们各家，全都收到了小六姨汇来的钱。每家不多，五百元。但是对于农村人家，那可是不少的钱啊！

第二年，她的养母病了，被她接去了省城。半年内姥爷、姥姥和我们各家，没再收到钱，连信也很少收到。第三年上半年，她的养父又病了，也被她接到省城去了。姥爷、姥姥和我们的母亲们，全都替她着急上火，可又全都帮不上忙。那一年下半年，小六姨又回到老家了，瘦极了，衣袖上戴着黑纱。姥爷、姥姥和我们的母亲们，一见她那么瘦，全都哭了。她却安慰他们："爸爸、妈妈、姐姐们，别哭。养父母对我的恩情，我已经报答了。现在，我的责任减轻了啊！"她说，按摩诊所那一种行业，虽然挺

我们的关系是表姐妹、兄妹、姐弟的关系。我们的母亲们那当然就是亲姐妹了。她们有一个妹妹，就是我们的小六姨。我们正是为我们的小六姨给您写这一封信的。她已经三十六岁了，还没结婚。不过您千万别误会，我们可不是在替我们的小六姨向您征婚。

赚钱的，但几乎每天都要面对一两个心思不正的男人。她不干了。她说她要到深圳去闯闯。那一天，姥爷、姥姥和我们的母亲们，都是从她口中才第一次听说中国有座城市叫深圳，都舍不得让她去，也都不放心她去。可小六姨的决心已经下定了。她还没等自己长胖点儿，就又告别了家乡。姥爷、姥姥和我们的母亲们，一个个都流着泪，一直把她送到乡路的尽头。那一年，我的大表姐十岁；二表姐、三表姐和表哥，一个比一个小一岁；我呢，还在妈妈肚子里。小六姨双手轮流摸着表姐、表哥们的脸蛋，嘱咐我的姨妈们："姐姐们呀，要让孩子们读书。节可以不过，年可以不过，孩子们绝对不可以不上学！以后，有我呢！"

尊敬的梁作家，为了节省您的宝贵时间，我接下来只能写得特别简单了。总而言之，没有我们的小六姨，我们都是念不起高中和中专的。现在，也绝不会都集中在深圳这一座城市里，也就是在小六姨所在的城市里打工。我们表姐妹、姐弟、兄妹五个，平均都受到了十年以上的文化教育，平均年龄二十岁多一点点；平均工资一千元出头。每个星期六、星期日，我们可以全都无拘无束地聚集在我们的小六姨家里，一个个有说有笑的。而她，却总是默默地坐在一旁，默默地瞧着我们，脸上很有成就感的样子，像一位美丽的小母亲。只有她那么欣赏正在花季的我们！该吃饭了，她就默默地起身去做饭炒菜，有时让我们中的一个打下手，有时不用，自己忙。而我们就看录像，甩扑克，或者，轮番上网。那时，我们都觉得幸福极了……

十三四年里，我们的小六姨先后当过深圳市一个区的区委办公室的办事员、接待科副科长；一家区科委所属的公司的秘书、经理助理。后来因为深圳有大学以上文凭的青年越来越多了，小六姨有自知之明，觉得自己有些工作做得难以比别人好了，就主动辞职，"下海"了。小六姨开过花店、书店、时装店。知道我们的小六姨目前在做什么吗？她已经有了一家属于自己的小小的公司。她在经营各类首饰，在深圳一家大商场里有专柜，在另外两座大城市的大商场里也有专柜，效益都挺不错的。在我们心目中，我们的小六姨已经是成功人士了。

说到小六姨的家，六十几平方米，不过才一厅一室，装修得有格有调的。公摊面积大，小六姨的家其实是一个小小的家。最多时，那家里住过十个人！姥爷、姥姥睡她的床，两个姨妈一个睡沙发，一个和她、我们五个孩子睡地上，横七竖八躺一地！

十三四年里，小六姨挣的钱，一大半花在我们身上和寄给姥爷、姥姥和我们各自的家了。因为我们有个小六姨，姥爷、姥姥生病才住得起医院了，才坐过飞机，到过深圳这么美丽的城市了；因为我们有个小六姨，我们各家的日子才渐渐好过了，我们的父母才不终日愁眉不展的了……

但是我们的小六姨却三十六岁了，还没爱过，还没被爱过。为了我们这一代，为了我们各自的家，也是为了姥爷、姥姥，也许，还为了她心里边当年默默许下的一个承诺，她无怨无悔地将自己最好的恋爱季节耽误了。她依然美丽着，却始终孤单着……

她经常教育我们，打工妹，第一要自尊，第二要自立，第三要自爱。她说没有自尊，就难以自立。一时自立了，也还是会由于没有自尊而难以长久。她说有些人自立了之后，反而不自爱了，那是坏榜样。她说好榜样应该是，自立了，就更有前提自爱了，也更会懂得自爱是对的了。我们的小六姨，她至今一直生活得朴朴素素、节节俭俭，从不买一件太贵的衣服，从不买什么高级的化妆品，自己从没乱花过一分钱，能乘公共汽车去的地方，宁肯早早出门，而舍不得钱"打的"。她还时常一个一个地询问我们闹恋爱了没有，起初我们都不好意思跟她讲实话。她却对我们这么说："如果有朋友了，应该带给我认识认识。只要你们感情好，小六姨不干涉，更不反对。我想告诉你们的是，万一两个人之间发生了那种冲动的事儿，尽量别使自己怀孕，一旦怀孕了，也别你怨我，我怨你的。对于恋爱着的一对年轻人，那根本就不是可耻的。但是得及时让小六姨知道，因为小六姨有责任亲自陪你们去医院……"

小六姨所说的那种"冲动的事儿"，我的大表姐已经悄悄向我们主动承认她经历多次了。说时可得意了，她一次也没怀过孕。她的经历目前对小六姨还是秘密。

小六姨自己前几天却怀孕了！当她声音小小地打电话向医院咨询时，我无意间偷听到了，还偷听到了她第二天要去哪一家医院做"人流"。第二天我请了假，跟踪她。医院挺近，小六姨走着去的。我隐蔽在马路对面，望着小六姨一个人孤零零地走入医院，又一个人孤零零地走出医院，脚步缓慢地往家走，我心里恨死了那一个使她怀孕的男人！但是转而一想，终于有一个人爱我们的三十六岁的小六姨了，我应该替她高兴才对。我气的只不过是当时他在哪儿?！我也很怕我们的小六姨会爱上一个有妇之夫。女人一旦那样，不是常常都会爱得很苦吗？不过我至今没将小六姨的秘密透露给表哥和表姐们，更没告诉给我们的母亲们和姥爷、姥姥。我经常在内心里为小六姨的爱祈祷，祈祷它有一个好结局。我做得对吗？

那一天又是星期六。吃晚饭时，小六姨开了一瓶葡萄酒，给我们每一个人的杯里都倒了一点点。她说："小六姨将咱们的家的贷款终于还清了。从下个月起，它完全属于我们自己了！"

我们一时全都高兴极了，纷纷和小六姨碰杯。各自咽下了一小口酒之后，又都想哭。因为小六姨话中那四个字——"咱们的家"。

小六姨却接着平静地说："想想吧，中国有九亿多农民，哪怕仅仅将三亿农村人口变成城市人口，那也需要建立三百个一百万人口的城市。这太不容易了。你们以后究竟都能不能成为三亿中的几个，我也难估计。但小六姨一定尽力帮你们。你们自己也得要强，不能每天一下了班就贪玩，要自学新的知识和技能……"

陌生女孩的来信还有两千多字，她，不，四个女孩儿一个男孩儿，希望我能将他们的小六姨当成原型，创作一部小说或电视剧——这才是她给我写信的真正目的……我给陌生的女孩复了一封信。与她的信相比，我的信实在太短……而她那一封信又显然不是一次写完的。

陌生的女孩：

感谢你对我的信任。在我看来，你的信有一种诗性，但是我现在的颈椎病实在太严重了，写作等于自我虐待。故我也不能如你所愿，某时去深圳认识你们的小六姨并采访她。那样，只怕我会爱上她。你不是替你们的小六姨怕那样的事情发生吗？我也替自己怕的。对于美丽而又具有牺牲精神的女人，通常我意志很薄弱。依我想来，你们的小六姨，如同上帝差遣给你们的一位天使。上帝并不经常这么好心眼儿。所以被天使爱着的人，也要反过来关爱天使。小姐妹们，起码，你们再到小六姨家去时，要学会做饭炒菜。以后吃现成的，应该轮到你们的小六姨了！至于她的那个秘密，只要她自己不说，你须永远守口如瓶。天使也有自己的秘密的。而且天使是最善于爱的。一切爱的麻烦和爱的分寸，天使都会以天使的方式去面对，去把握。所以你尽管继续为她的爱祈祷，却一点儿也不必为她忧虑什么……

最后我征求她的意见——我们的信可不可以同时发表？我希望她同意，并告诉了我家的电话。那陌生的女孩，她用电话通知我——她同意……

小芝麻粒儿

　　"小芝麻粒儿"是一个女孩儿。两年前，好友 A 君带她到我家来，预先在电话里说她要采访我。当我开门让他们进屋后，我朝外又张望了一眼，奇怪地问："人呢?" A 君回答："没谁了，就我俩。"我又问："记者呢?" A 君说："是她。"我不由得扭头打量——那天她穿的是运动鞋，个子看上去不高，也就一米六五吧；女式半袖 T 恤，运动短裤；但是身材很匀称，腰特别细，而且"薄"。所以用"窈窕"二字形容她也还恰如其分。总而言之，穿着黄色 T 恤和短裤的她，当时给我的印象像是一只金小蜂，又叫细腰蜂的那一种。

　　主客坐定，我望着她有把握地问："高二了吧?"

　　我以为她是高二刚分在文科班的女生，一年后打算报考新闻专业，采访我纯粹是为了实习。女孩儿大眼睛，薄嘴唇，脸颊瘦削，看上去精精神神的。蛮清秀。

　　她回答："没有高二了呀。"——表情端庄，语调柔婉。一个拖出轻声的"呀"字，使她的话听来如小女儿言。A 君替她补充道："都大学毕业四年了，在一家外企工作。"我心中暗暗一算，那么她起码该二十六七岁了，人家是个大姑娘了！不禁讶然于她的小模小样。我又问她，为什么已在外企工作了，还要来对我进行采访？她那双看人时有点儿定定的大眼睛求助地瞟向 A 君。于是 A 君替她解释："她同学在报社当编辑，给了她这么一个采访任务。再说她自己工作之余也喜欢写写。"我问她都写过什么。

她说诗啊，散文啊，还有童话啊，都写过。发表了几篇。

那天她对我进行了一个多小时的采访。于我，是一次态度郑重的敷衍。于她，我想她一定是有所感觉的。

果然，晚上她给我来了一通电话，开口便说："梁大作家，没想到你是那样的！"

我说："我配合你完成了采访任务，你怎么还像对我有意见似的？"

她说："可你明明是在应付我！"——接着也不给我开口的机会，又说她进行过调查，十之七八的当代青年并不知道我的名字并没读过我的书；而读过的，都不喜欢我写的那些作品……

竟还说："姑且算作品吧。"

她话说得很快，忽然压低声音道："对不起，不是不给你平等的说话权利，我们只有十五分钟喝茶的时间，我该回写字间去了。"

放下电话，我愣了片刻，便给 A 君打电话，抱怨地说："你带到我家来一个什么女孩儿呀！耽误了我的时间，刚刚竟还挖苦了我一通！"

自从我过了五十岁生日，即使二十六七岁的小女子们，在我眼里亦皆是女孩儿了。

A 君开导我："你是长者，一切多担待。何况你也多了种机会了解当代的某些女孩子……"

我打断道："某些？专指她'那样式'的？"

A君耐心可嘉地说："你别年轻人挖苦了你几句就经不起似的！有点儿风度行不行？我向你保证，她是个可爱的女孩儿。再说和我关系不一般，不看僧面看佛面……"

后来，她又采访了我一次，是关于"时尚"话题的。这一次我较为认真地接受了她的采访。然我一向对于"时尚"二字反感透顶。觉得那个在中国传媒中出现得越来越频繁的词，已"黏人"到了令我嫌恶的程度。我记得我在回答时说了"时尚不过就是摩登"一句话，还形容"时尚"是深谙人间惑术的"吧狗"。

她目光定定地仿佛还有点儿愕异地盯着我听我说。终于轮到她开口时，她平心静气地道出自己的一番看法来："其实我觉得时尚并不就是摩登。摩登是时髦，是对时尚的一种不相宜的夸张和炫耀。而时尚是一种虽然往往与时髦并行，但是永远不会被改变为时髦的事物。时髦是一种企图追求到某种品质却几乎永远也追求不到的现象，而时尚却好比一枚一生出来就有品质的蛋……"

这时我极想很不雅地问一句："从哪儿生出来的？"——但考虑到面前坐的毕竟是一个女孩儿，话到喉间又吞回去了。

她仿佛猜到了我想说什么而没有说，脸微微红了，低下头沉默几秒钟，自言自语般地嘟哝："时尚其实是尚时的意思，就是还没开始流行的状态，所以不同于时髦……"

我觉她的话亦有道理，并且将那道理用语言表达得挺好，于是刮目相看。那一次采访，因为有了点儿争论的意味，她反而显得满足，大概以为那才叫认真对待。她临走前我问她，是不是与我的好友A君是近邻啊？她说："比邻居关系更近。"我又问："亲戚?"她说:"比亲戚还亲。"我一时困惑得说不出话来。她咯咯笑了:"他是我爸爸呀!"……晚上我给好友打电话,责问为什么不告诉我她是他女儿。A君说:"唉,不许我告诉嘛!你看,她自己倒忍不住彻底交代了,但我希望你还是应该对她保持一种威严。"我问为什么。他说:"我说她不服之时,你可以帮我呀!"然而自从知道了她是A君的女儿,我对她也就威严不起来了。A君长我十余岁,不仅有一女,还有一子。儿子已成家,是兄长。

女儿与他们老两口共同生活着,是妹妹。再后来,我与A君之间,关于他的女儿,话题渐多。有一次在他家他内疚地对我说:"我这女儿呀,从小被我管束得太严,管坏了。都二十六七岁了,在别人眼里是白领了,在家里还是个孩子似的,好像越大越傻。"我说:"她不傻呀,挺聪慧的。"

A君说:"工作方面是不傻。可二十六七岁了还不知道谈恋爱,找朋友,自己也不急。转眼成大龄女了,也是我一个愁啊!"A君的老伴插言道:"设身处地替孩子想一想,孩子她都没时间谈恋爱找朋友啊!"我问:"工作有那么忙?""可不嘛!要是冬天,天刚亮就出门上班去了。起得稍微晚一点儿,就得打车。打车那花的是自己的辛苦钱啊!这孩子要强,在外企工作三年多了,一次没迟到过。下班也晚,九、十点钟才回到家里是常事。只有周末两天休息,往往用一整天补觉,睡呀睡呀,叫吃饭都叫不醒。还剩一天呢,就一心只想玩了。"当母亲的说着,叹了口气。

这时,他们的女儿以手掩口,打着哈欠从自己的小屋走了出来。我问她:"听到你爸妈的话了吗?"她点点头,去喝水。我说:"一个星期一天,谈恋爱也差不多够了。玩是可以两个人一起的事,何不同时进行?"

她说："同时进行当然好了。可要找到那个爱我，我也爱他的人，要用比谈恋爱本身多得多的时间呀！这么着吧，叔叔，您先替我找着。替我找到之前，我抓紧时间一个人玩，挺好。再不抓紧时间玩，都老了，结果落得个既没爱过，也没好好玩过的下场。两耽误，人生岂不是更可悲？"说完，便打着哈欠回到她的小屋去了，八成是继续补觉。

A君苦笑道："听听，说的是什么话？"他老伴望着我请求地说："真的，你也替我们当父母的操操心，行不？"我说："行。"不料小屋里传出他们女儿的话："叔叔，我刚才只不过随口一说，千万别听我爸妈的。爱人我认为还是自己去发现的好。"……有一个星期六的晚上，我接到她的电话，说希望我第二天陪她逛动物园。我说没时间，她说她老爸要给我照相，也去。那是我早就答应了A君的事。我略一犹豫，她就在电话那端说："叔叔，算你答应了啊！"可是第二天，我在动物园门口只见着她。她狡黠地一笑，说她老爸临时有事，来不了。而我意识到，我上当了。一上午她显得特别高兴，主动说了许多话。她说从初中到高中，为了能考上一所使父母也使自己光彩的大学，舍不得时间玩。大学毕业后一参加工作，没时间玩了。并且扳着指头遗憾地说，从十六七岁到二十六七岁，总共才开开心心地玩了有限的几次。她看每一种动物的目光，那纯粹是小女孩第一次看到它们的惊奇的目光。我觉得我像是带着一个八九岁的女童在逛动物园。

我问她在外企具体做什么工作，她说给一位部门长当助理。我说那也算较高一级的白领了。她说其实她觉得自己是"小芝麻粒儿"，镀银的一粒小芝麻粒儿。我说："起码你的工资是令人羡慕的，比我这大学教授的工资还高一倍多呢！"她说："叔叔不骗你，有时我加班到晚上十点多，觉得自己口中有血腥气。而那时，整幢写字楼就剩我和一名等着关大门的保安了……"我倏然间明白了她为什么那么爱玩和贪睡。我问她的顶头上司对她如何，她说挺好。我问真的吗。她说如果她的上司再能多体恤她一点儿，就是一位好上司了。我说可见她的上司有不够体恤她的时候。她想了想，说她其实不该抱怨给自己发工资的人。我说又不是当面，抱怨一两句又有什么？她说养成习惯就不好了。所以即使在背后，也还是一句都不应该抱怨。冲着那份不菲的工资，她得具有任劳任怨的敬业精神。我问，据我所知，在外企工作的中国人，如果摊上一位同胞是自己的上司，反而可能是一种不幸，实际情况是不是那样？

她想了想，委婉地回答，中国人替外国人要求自己的同胞，总是会比他代表中方企业的情况下对同胞的要求更严，也总是会比外企老板要求得更严。外企老板有时还不至于对中方雇员有多么不近情理的要求，而恰恰是同胞的上司会。不过也可以理解，他们只有那样表现，升得才快……

我问："你的上司是中国人还是外国人？"她忽然觉得失言了，岔开话题道："叔叔，咱们看大象表演节目去吧！……"

"非典"时期，她公司里的欧洲人都回国去了，而中方雇员照常上班。有一天晚上十点多，电话响了。我抓起一听，是她打来的。我问："小芝麻粒儿，你在哪儿？"她说："叔叔，我在加班……"我又问："你是不是在哭啊？"她说："叔叔，整幢写字楼又只剩我和一名等着关大门的保安了。我已经连续一个星期每天都加班到这时候了，我觉得嘴里又有血腥味了……"我生气地说："这是什么日子啊！你这样辛苦，免疫力下降，上下班路上那是极容易……"她说："叔叔，我会注意的……我不过就是想和一个人说几句话……有些话又不能对爸爸妈妈说……"几天前，A君打来电话，说他女儿还要来采访我。我说："你的女儿嘛，可以。"他在电话那端沉默片刻，又说："我女儿失业了……"我不禁"噢"了一声。"她公司新来了一名女大学生，负责社会福利保险的一位部门长，把公司应该替大家缴的保险金额压得很低，低于公司的内部规定一半多。她觉得不公，替那女大学生据理力争，结果一时冲动，和那位部门长吵了起来……"

我问："对方是咱们中国人吧？"

A君说："可不嘛。"

我说："他是咱们中国人中的混蛋。"

A君说："他还对我女儿说——你不想干了就走人！我女儿一气之下辞职了。但人家那名女大学生自己反倒想开了，留下了……"我不知再说什么话好。"小芝麻粒儿"来时，脸上少了往常的开朗神情，一副心事重重的模样。而我心里，却对这女孩儿陡升起了几分敬意。

这一次不是我应付她，而是她自己采访得有点儿心不在焉。结束后，我说："小芝麻粒儿，叔叔想过几天去爬香山，你陪我如何？"她顿时高兴起来，一双大眼睛亮晶晶的："好呀！好呀！……"

达丽之死

　　达丽是友人的女儿。是友人唯一的女儿。达丽是初中二年级的学生。是个秀气的少女，也是个文静的少女。友人原是一家大报的编辑，年长我七八岁，那么今年该是五十二三的人了①。十年前我们认识的。后来渐渐断了来往。一日我乘坐出租车，路遇一个招手截车的男人。那是冬季的一日。风很大，天气很冷。司机跟我商量："问问他去哪儿。如果顺路，就把他捎上，行不？"我说："这么大的风，行啊！"于是司机停了车，摇下车窗问他去哪儿。他回答说去亚运村那边。而我回家，正好同路。不待他央求，我就开了车门……他上了车，坐我旁边了。看了我一眼，在我膝上猛拍一掌，友好惊诧地叫出我的名字。于是我不禁扭头注视他，却想不起在哪儿见过他。"唉，唉，当年，你可是以'老师'称我的啊！现在却对面不相识了……"他以批评的口吻说，显出挺感伤的样子。可我还是回忆不起来。他说出了他的姓名。我虚伪地说："是你呀？真巧！……"其实还是没想起他是谁。他将一张名

---

　　① 此文写于 20 世纪 90 年代。

片塞我手里，爽爽快快地对司机说："快开车吧，我付两份儿车钱就是了！"司机说："你们各付各的。你上车，是他同意的。你们原先认识，也不能算同路。不图多挣一张，我车上已经载客了，还停下问你去哪儿干什么……"我下车时，他不许我付车钱，说由他付了。回到家里，我细看那张名片，见他的身份是某某文化广告公司副经理。

不知为什么，我要求自己必须回忆起这位巧逢的"老师"。我一册册地翻阅名片夹，终于又发现了一张印有他姓名的名片。那上面他的身份是报社文艺部副主任，业务级别是副编审……

晚上我给他打了一次电话——因在出租车上没能立刻认出他，尤其是在他已认出了我并说出了他自己的姓名后，居然一时还回忆不起他来，几分不好意思掺杂着几分虚伪地说了些请多原谅之类的话……

他在电话那一端哈哈笑了。仿佛在通过那一种朗朗的笑声，向我证明着他目前对自己的自信，和对自己新职业新身份的良好感觉，以及目前对自己的活法和生活现状的满足……

我问他哪一年离开报社的。

他说一九九〇年。

我问是辞职还是兼职。

他说当然是辞职。说像他这样的人，一旦想通了，决心下定了，那就破釜沉舟，开弓没有回头箭了。他明白了我的意思。他说这不安上电话了吗！说房子住得也宽敞多了。公司为他在亚运村买了三室一厅……他受之无愧！——他说因为他为公司创收三百余万元，这点儿奖励是公司完全应该给的！他特别向我强调——他已经是一个有小车坐的人了。只不过那一天他吩咐司机送客人去了，所以才"打的"……"我已经两年多没有挤公共汽车和骑自行车的体验了，也两年多没'打的'了……今天真狼狈，沾了你的光……"听他的口气，似乎还挺留恋当年那种挤公共汽车和骑自行车横穿大半个北京的体验似的。我忙说哪里哪里，说其实是我沾了他的光。我将我家里的电话号码告诉了他……以后他就常来电话，和我进行一般性的感情联络。如果说也有什么目的性，那也无非是怂恿我去听内地或港台歌星们的什么什么演唱会……

渐渐地他使我重新认识了他——看来他已经是国内专门组织歌星演唱会的"大腕"了。据他自己说，好几场火爆的演唱会，票价高得令人咋舌的演唱会，都是他策划的。

"现在策划人太多了。阿猫阿狗，往往也摇身一变成了策划人。可有名望的策划人是不多的。真的，中国应该产生超级策划人！……"

有一次他在电话里这么对我说。听得出，他以五十多岁的年龄而踌躇满志，仿佛为自己确定了后半生努力奋斗的目标——成为超级歌星演唱会策划人。仿佛他已经接近着那样的目标了。起码给我的印象是如此……

终于有一天他光临我家，还领来了宝贝女儿达丽。我也就是在那一天，第一次见到了那秀气的、沉静而又举止斯文的初二女学生。"叫叔叔！"少女就略显拘谨地叫了我一声"叔叔"，并且腼腆地羞红了脸。而后依偎地坐在她父亲身旁，低着头翻阅一册画报。"你看我女儿怎么样？"我一时没领会他的话是什么意思，怔愣地瞧着他，不知如何回答才好。"你看我女儿形象如何？"生平第一次，有一位父亲，当着自己初中二年级的女儿的面，那么问我。我很是愕异，觉得他问得实在唐突。我看了那少女一眼，对她的父亲说："小达丽形象很清纯嘛！将来也许能当演员呢！"

"是吗？你真的这样认为吗？……"我的话使他顿时高兴起来。他将女儿往自己身旁搂了搂，使她更亲昵地依向自己，望着我坦率地说："其实我来，是有求于你。"

我说："你讲，只要我能办到，绝不推诿。"他说："我是为女儿来求你的。要不找也不带她来了。"我又看那少女一眼，沉默着，期待着。而达丽则停止了翻阅那一册画报，分明是在低着头猜测地想象我的表情反应。"我这个宝贝女儿，是我唯一的安慰。她妈七年前去世了，我当年一门心思在工作方面，生怕评不上副编审。副编审倒是评上了，可孩子自小的学业给耽误了。当年没进入一所好小学，我对她的学习关心得又不够，现在也就只能在一所很差的中学里混着读。我不打算培养她考大学了。她自己也没这份儿心劲了。好在我这女儿形象不错，嗓子也挺好……达丽，站起来给叔叔唱支歌……"

于是那少女迟疑了一阵，站起来，低着头问父亲："唱什么呀，爸？"他说："随便。觉得自己哪首唱得好，就唱哪一首。"那些日子电视里正播放电视连续剧《新白娘子传奇》，那少女便轻声唱起了"千年等一回"……她唱完，瞧着她父亲——似乎在问：爸，我唱得还好吗？还要再唱一首吗？而她的父亲则望着我——似乎在同样地问我……我说："达丽，你坐下吧！"她这才款款重新落座。我望着她父亲说："唱得真是怪不错的！"其实我并不觉得唱得多么好，也听许多女孩子能唱到那种水平，虚与委蛇地应酬着罢了……她父亲说："达丽，听到了吧？你在学习方面没了信心，也就算了。一个女孩子家，读到初中，不搞学问，不教书文化够了……"他说着，吸着了一支烟。近些年来，我虽然听到过许多抱怨文化和知识贬值的悲观言论，但还是头一次听到一位曾当过大报社编辑部副主任的父亲，当着自己女儿的面，并当着外人的面说这样的话。我暗想，副编审，在中国，也可以算是一位高级知识分子了。享受副高级职称待遇嘛！尽管那待遇可能不过是空头支票。尽管他已经改行当副经理了……

他又轻轻推着女儿，怂恿道："既然叔叔给了你公正的评价，那你就再给叔叔唱一首！"那少女刚欲站起，我忙制止："不必了，不必了，你就直说你到底求我什么事吧！"

他说："我想朝影视歌这三方面培养我的宝贝女儿。歌这方面嘛，我自己的能力绰绰有余了。影视圈里，我还不太熟。想劳你今后替达丽，当然也是替我多关注关注，操操心，如果有什么合适的角色，给推荐推荐……"

我吞吐地说："这个……看机会吧！如果正好有合适的角色，又赶上孩子放假……""放假不放假的不必太考虑！"他打断了我的话，"只要机会难得，还上的什么学啊！"达丽这时就站了起来。她说："爸，我先到叔叔家对面那个花园里去玩会儿，行吗？"毕竟是初二的女学生。即使在父亲眼里仍是个孩子，她那自尊心肯定早已变得极其敏感了。我很是体恤她处在我和她父亲之间的窘迫。不待她父亲开口，我抢先对她实行了"放逐"。我说："去吧，去吧，那花园很美……"她迅速地瞥了我一眼，转身离去了。在那少女的一瞥之中，我破译了许多感激。那是回报给理解的感激……

房门一关上，我瞪着她的父亲，非常郑重地，以批评的口吻说："你不该当孩子的面说那些话啊！她才初二嘛！我看她不是一个笨孩子。你完全可以替孩子请位家庭教师补补课嘛！离考大学还有四年呐，来得及嘛！……"

他掐灭烟蒂，又吸上了一支。吸两口，慢条斯理地说："非要读大学的话，当然还来得及。我这女儿又不弱智。"我说："那为什么……"他说："为什么不给她请位家庭教师？目前现状明摆着嘛！""请不起？""那才几个钱，看看我吸的什么烟？'中华'！除了'中华'，别的烟我不吸。一个月少吸两条'中华'，请位赋闲的教授也有人愿意！""那究竟还有些什么别的原因呢？""什么别的原因也没有。她偏文科，所以将来考也只能考文科。大学文科毕业生，又是个女孩子，会有什么出息？硕士又怎样？博士又怎样？博士后又怎样？当了教授又怎样？每个月最多还不是八九百一千多元吗？那得学多少年，还得学八年。八年后才大学毕业啊！读得满腹经纶，学富五车，一直读到博士，那就至少得再读十二年！十二年啊！十二年后中国什么样都不知道啦！可换一种思维，替孩子选择另一种人生，兴许三年后，十五六岁，我就把她培养成一名小歌星了。哪怕三流歌星，一场演出费，就顶大学教授一年的工资了。我这个副编审，没当经理前，不才一百五十多元基本工资吗！八年时间，一名三流歌星，玩似的也挣下七八十万元了！如果唱红了呢！做一次广告够高级知识分子一辈子享受不完的啦！我为什么那么傻？非鼓励孩子走刻苦读书这一条老路？孩子累，我也累，图什么？你倒说说究竟图什么？我还能干几年？再干三五年，别人仍抬举，让干也干不动了。那时如果女儿正读大学，我这几年辛辛苦苦积攒下的钱，全得为她交了学费。等到她毕业，一名一无所有的大学生，或者硕士生、博士生，供养一位同样一无所有了的老爸，那将会是一种多么绝望的生活？达丽她若能早出息成一名歌星，我晚年不是也跟着享享福吗？我又当爸又当妈，还不就指望晚年享享女儿的福吗？……"

我也吸着了一支烟。我不知再说什么好。觉得他的话，自有一番道理……

"我要从现在起，努力将我宝贝女儿培养成一个影视歌三栖明星！将来这三个行当，竞争肯定激烈，淘汰也快。所以必须朝三方面的全才去培养。又唱歌，又演电影，又演电视剧。这行受挫了，兴许在另外两行还红着……"

他说完凝视着我。

我问："你怎么给孩子起名叫达丽？"

我是无话找话，总得说句什么。而且暗想"达丽"这个名，太像有些人给喜爱的小狗起的名字了。

"我和她妈，不都是看《钢铁是怎样炼成的》成长起来的一代人吗！她妈怀她时，我们讨论过，如果是男孩，就叫保尔。如果是女孩，就叫保尔妻子的名。后来时代变了，我们对自己的理想主义情结，也就越来越轻蔑了。先是被别人轻蔑，后是觉得被时代轻蔑，最后是自己轻蔑自己，自己嘲弄自己。所以，女儿上小学时，我和她妈讨论，就将女儿的名字由'丽达'改成'达丽'了，表示一点儿对理想主义情结的背叛情绪吧！知识分子，也就这点儿能耐，就小小不言地表达点儿背叛情绪……"

我说："原来是这样……"

他说："终于理解我这位父亲的良苦用心了？"

我说："理解了……"

他说："那，肯帮忙了？……"我说："放心，我一定像为自己的女儿操心一样，尽力而为……"直至我送他出家门，达丽还没回来……几个月后，我收到他提前寄来的一张票。夹在信纸内。信很短，只有几行字——说他女儿在那一次演出中，和一个什么什么少女合唱团一起，将荣幸地登台为某"天王巨星"级的香港歌星伴唱，请我无论如何要抽时间去听听。

那天晚上我已有安排，没去。我心里挺不安，觉得太辜负人家的一片诚意。对他求我的事，更加铭记不忘了。又几个月后，我替达丽抓住了一个机会。是一部三集电视剧。是一个有几十句台词的串场大群众角色。可是达丽没接那角色。据说嫌戏太短，戏也太少。我很怀疑是达丽本人不愿接，还是她父亲……他就再没来过电话……渐渐地，联络又中断了。我也就渐渐地又把他们父女俩从记忆中排挤出去了……今年春节期间，似乎是初五的晚上，我接到了一次电话。"喂，晓声吗？听得出来我是谁吗？"声音很低，无精打采的。我没听出来。"我是……达丽她父亲啊……"我赶紧说："听出来了，听出来了！故意说没听出来，跟您开玩笑呐……"他告诉我达丽住院了。是破伤风。很希望有人看望看望她。他想来想去，只有请求我成全他女儿的这一种小心愿。我一向是个最好说话的人。何况对那少女，我内心里其实挺喜爱的。于是满口答应。于是第二天带了礼物到医院去看她……那是我第二次见到她。她脸色极苍白，虚弱得说不出话。一双大眼睛，也丝毫没了光彩，没了生动。她得的根本不是什么破伤风而是败血症。这么说也不对。应该说，是由破伤风引起的严重的败血症。

我看过她以后，在病房外问她的父亲——怎么会这样？

他起初不肯说。我一再逼问，才说了——达丽的班上，以达丽为核心，由十几个初二女学生，组成了一个什么"少女追星大家庭"。她是她们那个"大家庭"的"家长"。她的一个女同学，也是她们那个"大家庭"的成员之一，在一块手帕上，绣了大大小小十几颗心，寄给了香港某男歌星。结果她得到了一张他的照片。四寸的，背面有他的亲笔签名。其实究竟是不是亲笔签名，她是无从知道的。她以为是，当然便是了。于是这一张照片，成了她们"大家庭"中的无价之宝似的，引起了另外一些少女极大的嫉妒。其中最嫉妒的是达丽。她想，她一定要从他那儿得到一件比一张照片更宝贵的东西。其实她究竟要得到什么，连她自己也不十分清楚。这痴情的少女，竟割破自己的手，滴了半小碗血，就蘸着自己的血浆，给自己的崇拜偶像写了一封血书——三四千字的一封血写情书，每一句，每一个标点，都是用他唱过的歌的歌词串联写成的。然而信寄出后，仿佛泥牛入海，空谷无音……

她的手却渐渐感染了……

"这孩子，她为什么就不对我讲呢！不就是一张歌星的照片吗！十张我也能替她要来呀！为什么要这么傻呢！……"

他哭了。眼泪顺着脸腮往下淌，哭得一塌糊涂……

"破伤风引起败血症的，百分之一还不到，怎么偏偏让我的女儿摊上了呢！……"

我意识到情况严重，去找医生问，医生果然说——她到医院来得太晚了，因为不但血液，而且心肌也受到了严重的病毒感染……

她的父亲策划了一场又一场大型港台歌星演唱会，使他们一个个席卷巨款乐滋滋喜洋洋地离开内地，为公司累计创收五六百万元，也同时制造了一阵又一阵的"追星热"，直接培养了一批又一批内地少男少女的"追星族"。

她无疑是她父亲培养得最成功的一个……

却也成了最失败的一个……

破伤风危及生命的百分之一还不到的比例，在这一种成功和这一种失败之间那么荒唐地画了一个等号……

我心中涌起极大的悲哀。为达丽这少女，也为她的父亲。我没话可安慰他……

我第三次见到达丽，已是在火葬场了。那是一个人少得不能再少的哀悼仪式。五六个成年男人，哀悼一个十四岁的少女

她一只手放在胸前，持着某香港歌星的一张照片。是我从一册画报上剪下来的。是我以模仿的笔体在背面签上了那香港歌星的姓名。我原以为，能在她活着的时候，给她一点儿心理安慰——谁知却成了她死后的陪葬品……

五六个成年男人中，除了她父亲，除了我，再就是他公司里的人了……

哀悼仪式还没完，他们就悄悄谈论起策划下一场演唱会的事来……

我听一个人很有把握地说获利一百多万元似乎不成问题……

我与浪漫青年

耿明同志：

明明数次从南昌打来电话，嘱我为《七彩帆》写篇什么，拖延至今，时日渐久，心内常常不安。奈何近一年中，旧病新疾，轮番侵体，间或执笔，皆因"一诺千金"而已。更何况颈椎骨质增生，伏案片刻，头晕目眩。

值此春节假日期间，自我感觉稍转良好，复您一信，权当"交卷"，以了心债之累。

思来想去，一时竟不知作篇什么"文章"为好。倒是忆起我与明明十余年的友情，个中体会种种，于我自己，于明明，以及于许许多多当代青年，似不无益处，可供浅显的参考……

大约十年前，明明出现在我家里。那时的他，许是刚刚二十出头。不谙世故，严格地说，乃一单纯青年。

他是到北京来报考中央民族大学音乐学院的。他是前一年的高考落榜生。正如流行歌曲里唱的，那挫折仿佛是他"心口永远的疼"。尽管他不曾多谈这一点，然而我看得出来，也十分理解。

当年流行歌曲还没像如今这么流行。但是据我想来，他是立志要在北京成为一名通俗歌手的。他是个热爱音乐，更具体说，是个热爱声乐的青年。他有自信心，然而也很明智。

在我的办公室里，他对我说，今后的时代，通俗歌曲在中国必有大的发展趋势。他有一副适于演唱通俗歌曲的嗓子……

还说，他知道，仅靠先天素质是不行的。所以他希望获得专业学习和训练的机会……

于是明明在我家里住下，和我的老父亲一起，住在我的办公室里……

于今，明明一直感念我对他在北京的日子里的关照。我却每每忆起当年之事，心中内疚不已。因为，在他走时，我曾以很烦躁的态度对待过他……

他向我借二百元钱——说是要为父母买些东西带回去。而我，刚刚因他受过厂保卫处的批评。按照北影厂规，是不得将外单位尤其是外地人留宿在办公室的。而且，也刚刚觉得受了一次欺骗——一名来自湖南的少年，在我家里住了数日后，我给了他一百元钱，嘱他买火车票回家乡。可半月后他又出现在我面前，并没回家乡，始终流浪在北京，而我给他的一百元钱也花光了。

明明会不会也如此呢？

当时还有几位客人在场。他们都用制止的目光看我。他们目光所含的意思，我理解得很是分明——梁晓声你如果将钱借给这个外地的小青年，那你就是天字第一号的大傻瓜。你受过一次骗还不够吗？……

我还是将钱借给明明了。

他会还我吗？我不知道……

二百元在今天而言有些微不足道。但是于当年而言，于当年的我而言，也是一笔数目可观的钱啊。相当于我三个月的工资。相当于我发表一篇一万余字的小说的稿费……

最主要的——我怕我再受一次骗。一个人受骗的次数多了，也许心肠就会变冷了。我很怕我变成一个冷心肠的人，很怕我变成一个面对求助者无动于衷的人……

两个月后，我收到了明明寄还的钱。当时我内心里的喜悦真是无法形容。明明也许至今不知，在这一点上，我是多么感激他！正如他感激于我。我曾将汇款单给不少嘲笑我迂腐的人看。对他们说，这个从南昌来的青年，并非像他们所以为的那样……

后来我对明明人生路上的方方面面一直很关心，实在是包含着我对自己也曾疑心过他的那份儿自责啊！……

我以为，当年明明在北京的日子里，我对他的一些关照，实在是微不足道的。但我以后告诉他的一些道理，即或将来，对明明却可能仍是有益的。对许许多多像明明当年一样的现在的青少年，也是可以参考的……

我曾对明明说，一个青年，当他在愿望选择方面，经受了人生的最初的几次挫折甚至打击之后，尤其是，在他的家庭没有最充足的经济实力资助他专执一念继续百折不挠下去时，他便应转而考虑最现实的选择，也是对每个人来说当务之急的选择——职业。有了职业，便有了工资收入；有了工资收入，便是一个自食其力的人了，便起码是一个经济方面"自给自足"的人了。而一个自食其力的人，才最有资格最有条件去追求愿望的实现，才经受得起人生更多次的更大些的挫折和坎坷。一举成名的机会只属于为数不多的天才。而即或确是天才，谁知又有多少，终因首先不能是一个自食其力的人竟被客观生存原因毁灭？

我们大多数人不是天才。一举成名不是属于我们大多数人的机会。我们大多数人几乎每时每刻都离不开钱，而钱对我们大多数人来说，只能靠自己去挣。连一份足以养活自己的钱都挣不到的人，好比连一片可供自己生存的草地都寻找不到的牛羊，除了饿毙没有别的下场……

明明开始将他的愿望由成为一名歌唱家转向成为一名作家。他发誓在三年内写出获奖作品，在五年内成为文坛新秀。为了实现这第二个愿望他在郊区租了房子，将一篇又一篇作品寄给我……

而我每次回信总是对他谈一件事——工作、工作、工作……

两年内他一篇作品也没发表出来……

两年后他有了第一份工作，临时的……

当他在长途电话里告诉我这一点，我内心里真是为他高兴啊！

记得我在信里曾对他说，明明，现在，你尽可以利用一切业余时间去开发自己的种种潜质，去证明自己的种种才华了。你将会明白——一份足以确保自己生活不成问题的工作，和一个人实现自己的愿望选择的条件之间，不是矛盾的，而是相辅相成的。现在，只有现在，我才想告诉你——好好写！继续写下去吧！你已大有进步！你已付出了不少，离收获也不远了……

初一晚上，明明从南昌打来了向我拜年的长途电话。他说，他又将调转工作了。而这一次调转，可以说十分贴近他的愿望了。如今的明明，不但是一个自食其力的人了，而且，大约还是一个拥有"个体营业执照"的法人了吧！生活上没有后顾之忧，他的小说、散文、诗，都越写越好了。已接连获了几次奖呢！……

我祈祝他再为自己寻找到一位好妻子。果如我祝，明明必会有更令人可喜的成功。

忆起这些，屈指算来——十余年矣。对于我们大多数并非天才的人，尤其是青年，从依赖父母供养而至自食其力再至在人生旅途中达到顺境，大抵确乎需要十年的时间。这是一条普遍的规律。我们大多数人的命运，脱离不了这一规律。至于少数并非什么天才而又一帆风顺的人的经历，其实没有任何普遍性。从中也总结不出任何有普遍意义的人生经验。那除了是"幸运"，不会是别的。把人生押在"幸运"二字上，对大多数人和大多数青年，是再糟糕不过的……

由明明我忆起另一位青年诗人。他流浪在北京，希望靠写诗养活自己并且成名。除了写诗，任何职业都是他所不屑的。他偏执得令我吃惊。"流浪诗人"这听起来多么浪漫！但当他又有一天一文不名地"流浪"到我家时，我已经认识到我的帮助对他毫无意义了。我没能力供养一位只写诗而其他任何事都懒得做的诗人……

他已三十多岁了，我既可怜他又无能为力。他父亲七十多岁了，生着病，领着民政局的救济金。而他，仍靠他父亲用救济金养着。

说实在的，我甚至已不同情他不可怜他了，开始觉得他不是个东西了。断定他也成不了什么大诗人……

青年朋友们，请记住我的话——当你从父母的羽翼之下走向社会，首要的、第一位的，便是使自己成为一个自食其力的人。其次再遑论人生的别的什么……

我的小朋友明明对此最有体会了。

当今中国青年阶层分析

不差钱的"富二代"

报载，当下中国有一万余名资产在两亿以上的富豪，"二世祖"是南方民间对他们儿女的叫法。关于他们的事情民间谈资颇多，人们常津津乐道。某些报刊亦热衷于兜售他们的种种事情，以财富带给他们的"潇洒"为主，羡慕意识流淌于字里行间。窃以为，一万多相对于十三亿几千万人口，相对于四亿几千万中国当代青年，实在是少得没什么普遍性，并不能因为他们是某家族财富的"二世祖"，便必定具有值得传媒特别关注之意义。故应对他们本着这样一种报道原则——若他们做了对社会影响恶劣之事，谴责与批判；若他们做了对社会有益之事，予以表扬与支持。否则，可当他们并不存在。在中国，值得给予关注的群体很多，并非不报道"二世祖"们开什么名车，养什么宠物，第几次谈对象便会闲得无事可做。传媒是社会的"复眼"，过分追捧明星已够讨嫌，倘再经常无端地盯向"二世祖"们，这样的"复眼"自身毛病就大了。

由于有了以上"二世祖"的存在，所谓"富二代"的界定难免模糊。倘不包括"二世祖"们，"富二代"通常被认为是这样一些青年——家境富有，意愿实现起来非常容易，比如出国留学，比如买车购房，比如谈婚论嫁。他们的消费观念，往往也倾向于高档甚至奢侈。和"二世祖"们一样，他们往往也拥有名车。他们的家庭资产分为有形和隐形两部分：有形的已很可观，隐形的究竟有多少，他们大抵并不清楚，甚至连他们的父母也不清楚。我的一名研究生曾幽幽地对我说："老师，人比人真是得死。我们这种学生，毕业后即使回省城谋生，房价也还是会让我们望洋兴叹。可我认识的另一类大学生，刚谈恋爱，双方父母就都出钱在北京给他们买下了三居室，而且各自一套。只要一结婚，就会给他们添辆好车。北京房价再高，人家也没有嫌高的感觉！"——那么，"另一类"或"人家"自然便是"富二代"了。

我还知道这样一件事——女孩在国外读书，忽生明星梦，非要当影视演员。于是母亲带女儿专程回国，到处托关系，终于认识了某一剧组的导演，声明只要让女儿在剧中饰一个小角色，一分钱不要，还愿意反过来给剧组几十万元。导演说：您女儿也不太具有成为演员的条件啊。当母亲的则说：那我也得成全我女儿，让她过把瘾啊！——那女儿，也当属"富二代"无疑了。

如此这般的"富二代"，他们的人生词典中，通常没有"差钱"二字。他们的家长尤其是父亲们，要么是中等私企老板，要么是国企高管。他们往往一边享受着"不差钱"的人生，一边将眼瞥向"二世祖"们，对后者比自己还"不差钱"的生活方式、消费方式每每不服气，故常在社会上弄出些与后者比赛"不差钱"的响动来。

我认为，对于父母是国企高管或实权派官员的他们，社会应予必要的关注。因为这类父母中不乏现行体制的最大利益获得者及最本能的捍卫者。这些身为父母的人，对于推动社会民主、公平、正义是不安且反感的。有这样的父母的"富二代"，当他们步入中年，具有优势甚至强势话语权后，是会站在一向依赖并倍觉亲密的利益集团一方，发挥本能的维护作用，还是会比较无私地超越那一利益集团，站在社会公平和正义的立场，发符合社会良知之声，就只有拭目以待了。如果期待他们成为后一种中年人，则必须从现在起，运用公平、正义之自觉的文化使他们受到人文影响。而谈到文化的人文思想影响力，依我看来，在中国，不仅对于他们是少之又少微乎其微，即使对最广大的青年而言，也是令人沮丧的。故我看未来的"富二代"的眼，总体上是忧郁的。不排除他们中会产生足以秉持社会良知的可敬人物，但估计不会太多。

在中国，如上之"富二代"的人数，大致不会少于一两千万。这还没有包括同样足以富及三代五代的文娱艺术界超级成功人士的子女。不过他们的子女人数毕竟有限，没有特别加以评说的意义。

中产阶层家庭的儿女

世界上任何一个国家，中高级知识分子家庭必然是该国中产阶层不可或缺的成分，少则占三分之一，多则占一半。中国国情特殊，二十世纪八十年代以前，除少数高级知识分子，一般大学教授的生活水平虽比城市平民阶层的生活水平高些，但其实高不到哪儿去。二十世纪八十年代后，这些人家生活水平提高的幅度不可谓不大，他们成为改革开放的直接受惠群体是无可争议的事实。不论从居住条件还是收入情况看，知识分子家庭的生活水平都已普遍高于工薪阶层。另一批，正有希望跻身于中产阶层。最差的一批，生活水平也早已超过小康。

然而二〇〇九年以来的房价大飙升，使中产阶层生活状态顿受威胁，他们的心理也受到重创，带有明显的挫败感。仅以北京语言大学的同事为例，有人为了资助儿子结婚买房，耗尽二三十年的积蓄不说，儿子也还需贷款一百余万，沦为"房奴"，所买却只不过八九十平方米面积的住房而已。还有人，夫妻双方都是五十来岁的大学教授，从教都已二十几年，手攥着百余万元存款，儿子也到了结婚年龄，眼睁睁看着房价升势迅猛，不知如何是好，只有徒唤奈何。他们的儿女，皆是当下受过高等教育的青年，有大学学历甚至是研究生学历。这些青年成家立业后，原本最有可能奋斗成为中产阶层人士，但现在看来，可能性大大降低了，愿景极为遥远了。他们顺利地谋到"白领"职业是不成问题的，然"白领"终究不等于中产阶层。中产阶层也终究得有那么点儿"产"可言，起码人生到头来该有产权属于自己的一套房子。可即使婚后夫妻二人各自月薪一万元，要买下一套两居室的房子，由父母代付部分购房款，也还得自己贷款一百几十万元。按每年可偿还十万元，亦需十几年方能还清。又，他们从参加工作到实现月薪一万元，即使工资隔年一涨估计至少也需十年。那么，前后加起来可就是二十几年了，他们也奔五十了。人生到了五十岁时，才终于拥有产权属于自己的两居室，尽管总算有份"物业"了，恐怕也还只是"小康人家"，而非"中产"。何况，他们自己也总是要做父母的。一旦有了儿女，那一份支出就大为可观了，那一份操心也不可等闲视之。于是，拥有产权属于自己的一套房子的目标，便离他们比遥远更遥远了。倘若双方父母中有一位甚至有两位同时或先后患了难以治疗的疾病，他们小家庭的生活状况也就可想而知了。

好在，据我了解，这样一些青年，因为终究是知识分子家庭的后代，可以"知识出身"这一良好形象为心理的盾，抵挡住贫富差距巨大的社会现实的猛烈击打。所以，他们在精神状态方面一般还是比较乐观的。他们普遍的人生主张是活在当下，抓住当下，享受当下；更在乎的是于当下是否活出了好滋味、好感觉。这一种拒瞻将来，拒想将来，多少有点儿及时行乐主义的人生态度，虽然每令父母辈摇头叹息，对他们自己却未尝不是一种明智。并且，他们大抵是当下青年中的晚婚主义者。内心潜持独身主义者，在他们中也为数不少。三分之一左右按正常年龄结婚的，打算做"丁克"一族者亦大有人在。

在中国当下青年中，他们是格外重视精神享受的。他们也青睐时尚，但追求比较精致的东西，每自标品位高雅。他们是都市文化消费的主力军，并且对文化标准的要求往往显得苛刻，有时近于尖刻。他们中一些人极有可能一生清贫，但大抵不至于潦倒，更不至于沦为"草根"或弱势。成为物质生活方面的富人对于他们既已不易，他们便似乎都想做中国之精神贵族了。事实上，他们身上既有雅皮士的特征，也确乎同时具有精神贵族的特征。

一个国家是不可以没有一些精神贵族的；决然没有，这个国家的文化也就不值一提了。即使在非洲部落民族，也有以享受他们的文化精品为快事的"精神贵族"。

他们中有不少人将成为中国未来高品质文化的守望者。不是说这类守望者只能出在他们中间，而是说由他们之间产生更必然些，也会更多些。

城市平民阶层的儿女

出身于这个阶层的当下青年，尤其受过高等教育的他们，相当一部分内心是很凄凉悲苦的。因为他们的父母，最是一些"望子成龙""望女成凤"的父母，此类父母的人生大抵历经坎坷，青年时过好生活的愿景强烈，但这愿景后来终于被社会和时代所粉碎。但愿景的碎片还保存在内心深处，并且时常也还是要发一下光的，所谓未泯。设身处地想一想确实令人心疼。中国城市平民人家的生活从前肯定比农村人家强，也是被农民所向往和羡慕的。但现在是否还比农民强，那则不一定了。现在不少的城市平民人家，往往会反过来羡慕农村富裕的农民，起码农村里那些别墅般的二三层小楼，便是他们每一看见便会自叹弗如的。但若有农民愿与他们换，他们又是肯定摇头的。他们的根已扎在城市好几代了，不论对于植物还是人，移根是冒险的，会水土不服。对于人，水土不服却又再移不回去，那痛苦就更大了。

"所谓日子，过的还不是儿女的日子！"这是城市平民父母们之间常说的一句话，意指儿女是唯一的精神寄托，也是唯一过上好日子的依赖，更是使整个家庭脱胎换骨的希望。故他们与儿女的关系，很像是体育教练与运动员的关系，甚至是拳击教练与拳手的关系。在他们看来，社会正是一个大赛场，而这也基本是事实，起码目前在中国是一个毫无疑问的事实。所以他们常心事重重、表情严肃地对儿女们说："孩子，咱家过上好生活可全靠你了。"出身于城市平民人家的青年，从小到大，有几个没听过父母那样的话呢？

可那样的话和十字架又有什么区别？话的弦外之音——你必须考上名牌大学，只有毕业于名牌大学才能找到好工作；只有找到好工作才有机会出人头地；只有出人头地父母才能沾你的光在人前骄傲，并过上幸福又有尊严的生活；只有那样，你才算对得起父母……即使嘴上不这么说，心里也是这么想的。

于是，儿女领会了——父母是要求自己在社会这个大赛场上过五关斩六将，夺取金牌金腰带的。于是对于他们，从小学到大学都成了赛场或拳台。然而除了北京、上海，在任何省份的任何一座城市，考上大学已需终日刻苦，考上名牌大学更是谈何容易！并且，通常规律——若要考上名牌大学，先得挤入重点小学。对于平民人家的孩子，上重点小学简直和考入名牌大学同样难，甚至比考上名牌大学还难。名牌大学仅仅以高分为王，进入重点小学却是要交赞助费的，那非平民人家所能承受得起。往往即使借钱交，也找不到门路。故背负着改换门庭之沉重十字架的平民家庭的儿女们，只有从小就将灵魂交付给中国的教育制度，变自己为善于考试的机器。但即使进了重点初中、重点高中、重点大学，终于跃过了龙门，却发现在龙门那边，自己仍不过是一条小鱼。而一迈入社会，找工作虽比普通大学的毕业生容易点儿，工资却也高不到哪儿去。本科如此，硕士、博士，情况差不多也是如此，

他们中有不少人将成为中国未来高品质文化的守望者。不是说这类守望者只能出在他们中间，而是说由他们之间产生更必然些，也会更多些。

于是备感失落……

另外一些只考上普通大学的，高考一结束就觉得对不起父母了，大学一毕业就更觉得对不起父母了。那点儿工资，月月给父母，自己花起来更是拮据。不月月给父母，不但良心上过不去，连面子上也过不去。家在本市的，只有免谈婚事，一年又一年地赖家而居。天天吃着父母的，别人不说"啃老"，实际上也等于"啃老"。家在外地的，当然不愿让父母了解到自己变成了"蜗居"的"蚁族"……

他们中考上大学者，几乎都可视为坚卓毅忍之青年。

他们中有人最易出现心理问题，倘缺乏关爱与集体温暖，每酿自杀自残的悲剧，或伤害他人的惨案。然他们总体上绝非危险一族，而是内心最郁闷、最迷惘的一族，是纠结最多、痛苦最多，苦苦挣扎且最觉寡助的一族。

他们的心，敏感多于情感，故为人处世每显冷感。对于帮助他们的人，他们心里也是怀有感激的，却又往往备觉自尊受伤的刺痛，结果常将感激封住不露，饰以淡漠的假象。而这又每使他们给人以不近人情的印象。这种时候，他们的内心就又多了一种纠结和痛苦。比之于同情，他们更需要公平；比之于和善相待，他们更需要真诚的友谊。

谁若果与他们结下了真诚的友谊，谁的心里也就拥有了一份大信赖。他们那样的朋友是最难交的，交下了，大抵是一辈子的朋友。一般情况下，他们不会轻易或首先背叛友谊。

他们像极了于连。与于连的区别仅仅是，他们不至于有于连那么大的野心。事实上他们的人生愿望极现实，极易满足，也极寻常。但对于他们，连那样的愿望实现起来也需不寻常的机会。

"给我一次机会吧！"——这是他们默默在心里不知说了多少遍的心语。但又一个问题是，此话有时真的有必要对掌握机会的人大声地说出来，而他们往往比其他同代人更多了说之前的心理负担。

他们中之坚卓毅忍者，或可成靠百折不挠的个人奋斗而成功的世人偶像，或可成向社会贡献人文思想力的优秀人物。

人义思想力通常与锦衣玉食者无缘。托尔斯泰、雨果们是例外，并且考察他们的人生，虽出身贵族，却不曾以锦衣玉食为荣。

农家儿女

家在农村的大学生，或已经参加工作的他们，倘若家乡条件较富，如南方那种绿水青山、环境美好且又交通方便的农村，则他们身处大都市所感受的迷惘，反而要比城市平民的青年少一些。这是因为，他们的农民父母其实对他们并无太高的要求。倘他们能在大都市里站稳脚跟，安家落户，父母自然高兴；倘他们自己觉得在大都市里难过活，要回到省城工作，父母照样高兴，照样认为他们并没有白上大学，即使他们回到了就近的县城谋到了一份工作，父母虽会感到有点儿遗憾，但不久那点儿遗憾就会过去。

很少有农民对他们考上大学的儿女说："咱家就指望你了，你一定要结束咱家祖祖辈辈都是农民的命运！"他们明白，那绝不是一个受过高等教育的儿女所必然能完成的家庭使命。他们供儿女读完大学，想法相对单纯：只要儿女以后比他们生活得好，一切付出都是值得的。中国农民大多是些不求儿女回报什么的父母。他们对土地的指望和依赖甚至要比对儿女还多一些。

故不少幸运地在较富裕的农村以及小镇小县城有家的、就读于大都市漂泊于大都市的学子和青年，心态比城市平民（或贫民）之家的学子、青年还要达观几分。因为他们的人生永远有一条退路——他们的家园。如果家庭和睦，家园的门便永远为他们敞开，家人永远欢迎他们回去。所以，即使他们在大都市里住的是集装箱——南方已有将空置的集装箱租给他们住的现象——他们往往也能咬紧牙关挺过去。他们留在大都市艰苦奋斗，甚至年复一年地漂泊在大都市，完全是他们个人心甘情愿的选择，与家庭寄托之压力没什么关系。如果他们实在打拼累了，往往就会回到家园休养、调整一段时日。同样命运的城市平民或贫民人家的儿女，却断无一处"稚子就花拈蛱蝶，人家依树系秋千""罗汉松遮花里路，美人蕉错雨中楔"的家园可以回归。坐在那样的家门口，回忆儿时"争骑一竿竹，偷折四邻花"之往事，真的近乎是在疗养。即使并没回去，想一想那样的家园，也是消累解乏的。故不论他们是就读学子、公司青年抑或打工青年，精神上总有一种达观在支撑着。是的，那只不过是种达观，算不上是乐观。但是能够达观，也已很值得为他们高兴了。

　　不论一个当下青年是大学校园里的学子、大都市里的临时就业者或季节性打工者，若他们的家不但在农村，还在偏僻之地的贫穷农村，则他们的心境比之于以上一类青年，肯定截然相反。

　　回到那样的家园，即使是年节假期探家一次，那也是忧愁的温情有，快乐的心情无。打工青年们最终却总是要回去的。

　　大学毕业生回去了毫无意义——不论对他们自己，还是对他们的家庭。他们连省城和县里也难以回去，因为省城也罢，县里也罢，适合大学毕业生的工作，根本不会有他们的份儿。

所以，当他们用"不放弃！绝不放弃！"之类的话语表达留在大都市的决心时，大都市应该予以理解，全社会也应该予以理解。

这是一个最好的时代！

这是一个最坏的时代！

以上两句话，是狄更斯小说《双城记》的开篇语。那究竟是一个怎样的时代，此不赘述。狄氏将"好"写在前，将"坏"写在后，意味着他首先是在肯定那样一个时代。在此借用一下他的句式来说：

当代中国青年，他们是些令人失望的青年。当代中国青年，他们是些足以令中国寄托希望的青年。

说他们令人失望，乃因以中老年人的眼看来，他们身上有太多毛病。诸毛病中，以独生子女的娇骄二气、"自我中心"的坏习性、逐娱乐鄙修养的玩世不恭最为讨嫌。

说他们足以令中国寄托希望，乃因他们是最真实地表现为人的一代，也可以说是忠顺意识之基因最少，故而是真正意义上脱胎换骨的一代。在他们眼中，世界真的是平的；在他们的思想的底里，对民主、自由、人道主义、社会公平正义的尊重和诉求，也比一九四九年以后的任何一代人都更本能和更强烈……

只不过，现在还没轮到他们充分呈现影响力，而他们一旦整体发声，十之七八都会是进步思想的认同者和光大者。

第 三 章

知识分子

拒做儒家思想的优秀生

　　文化是一个内涵极其广泛极其丰富的概念。我想仅就中国文化中的思想现象，而且主要是关于国家、民族、民主和知识分子们以及古代文人们与权力、权势关系的某些思想现象，向诸位汇报我自己的一点儿浅薄之见。

　　夏朝是中国历史上第一个传说和古人追述之中的朝代，始于公元前约二○七○年，距今四千余年了。商朝大约是中国第一个有文字记载的朝代，那么商朝应该说是中国真正意义上的思想史、文化史的端点。其后一概思想现象，皆由此端点发散而存。到了公元前五百年左右，就应该是春秋战国时代了，那是一个大动荡、"大改组"的历史阶段，统治权分分合合、合合分分，可谓波澜动魄、时事惊心。也许正是那样一种局面，促使和刺激中国古代的思想者们积极能动地思考统一与统治的谋略。他们相互辩论，取长补短，力争使各自的思想更加系统、成熟，具有说服力。那是中国古代思想者们自发贡献思想力的现象，后人用"诸子百家"来形容。而孔子当之无愧地成为那一时期的思想家。

　　以当时而谈，孔子等思想家的思想确乎是博大精深的。政治、军事、经济、民生、文化、风俗、人和自然、家庭、人以及自身的关系，如生老病死，我们古代的思想家们当时都想到了。

我们的古代思想家，是特别重视思想美感的，这一点是非常值得我们后人学习的。比如"天行健，君子以自强不息；地势坤，君子以厚德载物"这一句古代名言，道理并不深奥，但与天与地进行了修辞联系，语境宏大开阔，不仅具有思想美感，而且具有极为亲和的说服力。因为其修辞暗示显然是，且不论你能否做到，只要你愿意接受此思想，你仿佛就已经是君子了。而是君子的感觉，当然是人人都愿有的令人愉快的感觉。正确的思想，以美的语言或文字来传播，才更有利于达到其教化作用。我们古代的思想家们，不但重视思想力的美感，分明还深谙并尊重接受心理学。

看我们的当下，有些官员的话语，即使在宣传很正确的思想时，也往往是令人打瞌睡的，有时甚至是令人极其反感的。他们宣传思想的语言表达能力是难以令人恭维的，缺乏形象生动的词汇，仿佛一旦撇开人人耳朵都听出老茧来了的那一套"政治常用词"，便不会以自己的语言来表达了。还每以一种高高在上的思想特权者的盛气凌人的语势训人，使别人感到思想压迫。

我认为，他们尤其应该向我们古代的思想家们学习。我们古代思想家们的思想，还是很精粹的。比如"治大国若烹小鲜"这一绝妙比喻，即使从文学角度来看，也堪称佳句经典。"苛政猛于虎"，则一针见血。

曾经有一段时间，简单粗鄙的思想方式特别流行，比如"不破不立，破字当头，立在其中"。应该说这句话的本意是不错的。但"破"字，无论在古代还是当代，都更应该是一个包含智慧性的动词才对，是指尽量采取智慧性的主动态度。好比一盘看起来的死棋，也许并非真的每一个棋子都没有活步了。也许发现了哪一个棋子的一步活步，便全盘僵局改变，所以才有一个词叫"破局"。在作文章方面叫"破题"，数学、几何里叫"破解"。而在某些人士那里，"破"的意思似乎便是彻底"破坏"掉，以摧毁为能事。

我个人认为，铲倒性的思想力，难免更是思想冲动力。思想冲动力也是浮躁之思想力。目的纵然达到，代价往往巨大。中国古代思想家，在方法和目的之关系方面，是很重视代价大小的。

我觉得，中国古代思想家的思想遗产有如下特征：一是农耕时代以农为纲的思想；二是渴望明君贤主的抱负寄托思想；三是求稳抑变的保守主义思想，这里指的是后来成为历朝历代主流思想的儒家思想，法家思想现象另当别论；四是道德理想主义思想；五是文人实现个人功利前途的特质；六是唯美主义的思想力倾向。

总而言之，中国古代思想家或思想力这一概念，同时也必然是封建时代思想家和思想力的概念。既然是封建时代的，再博大再精深，那也必然具有封建时代的杂质，存在服务于封建秩序的主观性。所以，我个人绝不是所谓"传统文化思想"的崇拜者。中国古代思想家们之思想的一大兴趣点，往往更在于为帝王老师。这是我不崇拜的主要原因。好为帝王老师，难以做到在思想立场上不基本站在帝王一边。

当然，站在帝王身侧的一种思想立场，也往往贡献出有益于国泰民安的思想。比如《礼记》说："大道之行也，天下为公，选贤与能，讲信修睦。"——这样的思想，帝王若不爱听，其实等于自言自语。

中国古代思想家，比较自信只要自己苦口婆心，是完全可以由他们教诲出一代代好的帝王的。

而西方古代思想现象的端点，是从古希腊和古罗马时期发散开来的。古罗马帝国是形成过民主政体的雏形的，故在西方古代思想的成果中，"天下为公"是不需要谁教诲谁的，是人类社会的公理。

两种端点是很不同的，所谓"种子"不一样。

帝王统治不可能完全不依靠思想力。儒家思想乃是帝王唯一明智选择的思想力，所以他们经常对儒家思想表现出半真半假的礼遇和倚重。这就形成一种王权对社会思想的暗示——于是后来的中国知识分子，或曰中国文人，越来越丧失了思想能动力，代代袭承地争当儒家思想的优秀生，做不做帝王老师都不重要了，能否进入"服官政"的序列变得唯一重要了。当前，"儒家文化"似乎渐热，对此我是心存忧虑的。

在二十一世纪，对于一个正在全面崛起的泱泱大国，当代思想力并未见怎样发达，却一味转过身去从古代封建思想家那儿去翻找思想残片，这是极耐人寻味的。而如此一种当代中国的思想现象究竟说明了些什么，我还没想清楚，待想清楚了再作汇报……

只想当"小知识分子"

　　某日，偶被一个经常召开这样那样会议的地方通知去参加一次座谈会，也可以说是"恳谈会"。目前"谈"而不"恳"的会很多，很流行；"座"而不"做"的会也很多，也很流行；故强调是"恳谈会"，以示区别。

　　有位年长的知识分子悒然郁然慨然地痛陈时弊。

　　主持会议的人问："那么该怎样是好呢？"

　　答曰："'天下兴亡，匹夫有责'，中国的知识分子应积极地参政议政！"

　　于是知识分子们纷纷颔首不已，除了最年轻的一个我。当时我这个写小说的人，很没把握觉得自己便是一个知识分子了……

　　"你怎么看？"——有人问我。

　　我说："我做的事很普通，很微不足道。我被抬举地叫作'文化人'。被叫作的根据是我仍写着小说。所以我要继续把小说这行当好好做下去。否则，连'文化人'也不配再是了，更遑论是什么'知识分子'了。而我这个'文化人'，是从来没想过从'政权'这么重大的方面对国家有所奉献的。自思绝对没有这个能力。

所以除了写小说，倘还自认为可做些有益于社会的事，那也不过就是周围同事闹意见了，我帮着调解调解；左邻右舍产生矛盾了，我说和说和；单位领导和群众在某件事的主张上不一致了，我起点儿沟通作用；朋友们有困难了，充当个热心的角色；谁家里遭遇不幸，送去点儿安慰和友情；两口子闹离婚，劝他们慎重考虑考虑……如此而已，仅此而已。还要尽到为人夫为人父为人子为人兄弟的种种家庭责任，实在已是觉着活得很累了，再不敢往自己身上揽扯什么使命了。强揽硬扯到身上，也是根本做不到的……"

众人一时沉默，少顷有一人道："这是典型的小知识分子的活法。旧社会的私塾先生就常充当这样的社会角色而欣欣然。"我说："我正是想当一个小知识分子，一个小小的知识分子。而且明白，当好一个小小的，也须很竭诚。现在是新社会，当私塾先生得经过层层批准，恐怕还得有人赞助。否则，当那么一个老好人式的私塾先生，实在是我的一大愿望呢！"

真的。以上是我的极真实的想法。在目前这一个时代，倘能一边写着自己想写的小说，一边在自己生活着的小小社会平面上，充当一个老好人，与世无争，于世无害，与人无争，与人为善，乃是多大的造化，不亦乐乎？

后半生，我要竭诚地当好一个小小的，小小的知识分子……

想从前，我才不过是一个"知识青年"嘛！我不忘本。

医生的位置

据说，进行过这样的民意测验——"你最尊敬的十种人"，并要求以职业排列。

我不以职业来作为什么可尊敬或不可尊敬的原则。道理是那么明白，可敬的人不都包括在可敬的职业中。从事可敬的职业的人中，也有不可敬甚至可恶的人。如果将"尊敬"改为"重要"，我想我会排列如下：

一农民、二政治家、三科学家、四医生、五教育工作者……

医生这一职业的社会位置，现在是越来越突出了，无论在中国还是在外国。你可以从第四位往前移它，移到科学家前边去，甚至直接移到政治家前边去，政治家也保准没什么不满情绪。因为人活着，第一要有饭吃，第二千万别生病。尤其别生危害生命的病，比如癌症。而现在，不但生病的人多了，似乎得癌的也多了。一旦得了癌，似乎神医也束手无策了。但还是有区别的。比如发现得早或晚，医治得及时或不及时，手术的效果……好医生好医院保你多活许多年。否则，三个月、半年，你就见上帝了。

有一种社会现象是如今"社团"多了。也就是"校友会"、"战友会"，这个"会"那个"会"的。反正只要一些人由于某种缘分在一起待过，都赶紧地联络感情，赶紧地抱成个团儿。起码是一些人中的这几个和那几个，这一些和那一些。不论一次旅游活动或一期什么学习班。仿佛比玩和学习还重要的更大收获，是又认识了一些人。当然，人认识人是一门学问。有人愿意结识有共同语言的，有人愿意结识有用的。而有用的，似乎没有共同语言，也有那么点共同语言了。

另一种社会现象是，在任何"社团"中，或在任何一些人形成的圈子中，医生大抵是不可或缺的人。医生这一职业，渗透性极强，从普通平民，到达官显贵，都被视为愿意结识的人。身为医生的人，自己可能很失落，很不愿交际。但不会因此而减少别人认识他们的渴望。

试问，哪一位局长或职位相当于局长的人，不认识一位或几位主治医生？哪一位首长，不认识一位或几位内科或外科专家？而普通百姓，只要有幸结识了一位护士、挂号员、门诊医生，如果对方也同样表示出乐于和自己交往的诚意，谁都会有种喜不自胜的感觉啊！是不是呢？那则意味着，你一旦生了病，医院对你不是那么望而却步的地方了。你也许可以"走后门儿"挂上急诊号，医生询问你病情时，也许预先受到叮嘱，会细致点儿，不至于三五分钟便将你打发了。还可以开点儿好药、新药、特效药。

如果，一个社交圈子里，居然没有医生，那算是一个圈子吗？那样的圈子，算是一个结构完整的圈子吗？

谁的电话簿上，不是将护士或医生或仅仅是在医院工作的人，记在最明显的位置呢？

而这一种关系，有时简直意味着是一笔"财富"，非至亲至交的人，非大动了同情心怜悯心恻隐心慈悲心的时候，一般人是不肯轻易将这一种关系转赐他人的。

中国人与医生的关系，是人际关系中的至尚关系。普遍的人们，未见得非巴结着去结识一位局长或部长，但对医生，则是另外一回事了。

中国人与医生的关系，对于有幸有这种关系的人，简直又意味着是极其有价值的"专利"。

中国目前的中国式的"社团"现象，从本质上去分析，乃是对激变着的时代的忧思。而医生在一切人际的结合中，都是受欢迎的，实在是说明了两点——第一，中国人如今比以往任何时代都更加珍爱自己的生命了。这也同时说明社会进步了。正如反过来——对自己生命的无所谓说明人对社会的责任感降低到了极端。第二，看病在中国依然是"老大难"问题。尽管不断改善，但依然有苦衷。尤其对普通百姓是这样的。

当时代发展的利益还不能平等地具体到一切人身上的时候，当时代发展的负面强烈地困扰某些人的时候，人便企图同时代保持某种距离。于是人与社会的中介关系便产生。中国式的"社团"是中国人和中国目前时代的"扬长避短"的选择。既是被动的，亦是主动的。普遍的中国人，希望通过它的产生，感受社会发展的利益，削弱社会发展的负面困扰。并且，希望它是"小而全"的。希望三十六行七十二业都囊括其中。那么换煤气、孩子入托、转学、生病、住院、往火葬场送葬，似乎一切都有了受"关照"的可能了。我常想，一位主治医生，一位外科或内科抑或其他医科专家，在一切人际圈子中，其特殊地位大概不啻是一位"教父"吧？

于是医生这一社会职业，便具有了双重服务的性质。一方面要服务于广泛的人；另一方面要服务于某一社会层面，或曰人际圈内的人。这是由不得他们自己的。

目前许多大医院都实行了专家挂牌门诊。这是极大的好事。这就使平民百姓，也有相应的机会，请专家们诊一次病或动一次手术了！

我最近看到了《中国高级医师咨询词典》一书。这本书的问世是一件极大的好事，一件造福于民的积公德的事。这使深受病苦的平民百姓，可以从一部词典，清楚到哪儿去才能有幸受一位高级医师的治疗。否则，愿望落了空的平民百姓，企图在他们的人际圈子里去结识一位高级医师或一位专家，岂非"天缘"才可以实现的事吗？

这对高级医师和医科专家们，也同样是好事。这就将他们从"层面"范围的服务中"解放"了出来，使他们的高明的一技之长及宝贵的经验，得以从真正意义上服务于人民了。我想，这一点，肯定是他们十分情愿并十分自慰的。因为这一点，和医生这一职业对人平等的人道主义原则是一致的，也是和我们常常进行教育的社会主义的优越性是一致的。

否则，不一致。

最后，我想对高级医师和医科专家说，当一位平民百姓坐在您面前时，您千万千万要格外细心格外耐心呵！他们不是想接受一位高级医师或专家的诊断治疗，就可以通过电话联系上的人。他们不是从前根本不认识您，想认识您，便能认识上您的人。替他们想想，能坐在您面前，对他们是多大的幸运呵！也许费了多大的周折呵！

请多关照！

务必地，请多关照了……

一位地税员的自白

在列车上，他与我对面铺。车开不久，我们聊了起来。

他是某省某地级市的一名地税征收员，五十余岁了，戴眼镜，健谈。若他自己不说是地税征收员，我以为他是中学教师，且是教数学的。因他手拿纸笔，聊前在认真演算一本杂志上的数学题。

他说他从小学起数学就好，中学和高中一向是班里的数学尖子生，物理化学的成绩也不错，但语文成绩却挺差劲儿，最令他头疼的是作文。当年若不是语文分数拖了后腿，他说他肯定能考上名牌大学，而非本省一所普通高校。那么，现在他就不至于还是一名老地税征收员了。

他说当年他们那座城市的人，根本不将税务征收员当成政府部门的工作人员看待。他说当年在他们那儿，市委和市政府紧挨着，各部、委、局、办，不是和市委在同一座楼里办公，就是和市政府在同一座楼里办公。国税、地税两个单位却另在别处，合用一座很旧的小楼。而前者才受尊敬，往往被另眼相看。至于出入他们那座小楼的人，被叫作"挎包包收钱的"。有不少人甚至分不清公检法制服与税务员制服的区别。某时自己被误认为是公检法的人，心里那份儿感觉怪舒服的。

"从二十世纪八十年代到现在，有一种社会现象的变化你也肯定没太注意。当年和小商小贩冲突的还不是城管人员，而是我们收税员。个体经营合法，我们南方的农民，呼啦一下就拥入了大小城市，卖各种各样的农副产品。中国农民太迫切地想要挣点儿现钱呀！当年每天能在城里挣十来元钱，那就足以令他们谢天谢地了。当年城里人也特欢迎他们，因为可以买到便宜的、新鲜的、以前买不到的东西了。当年我们南方农村并不多么普遍地使用化肥，因为当年农民负担重，觉得化肥贵，非万不得已，那是舍不得花钱买化肥的。所以当年农药对农产品的污染还不是个大问题。城里人买的，基本上也是农民们日常吃的，所以城里人买得放心，吃得放心。不像现在，农民们自己吃的是一小块地里长的，卖给城里人吃的是另一大块地里长的。当年城里下岗的、待业的，见农民到城里来摆摊都能挣到点儿钱，便也加入了小商小贩的大军。城里一些人，头脑自然比农民活络，有的一两年就成了万元户，骑着摩托背着秤了。当年一些中小城市的官们乐了，有更多的税可收了呀！至于弄脏了街道，那算什么呀，雇些人勤扫扫得了呗！官们不太在乎，市民们也不太计较。那时我们比现在忙！哪里有摆摊的，哪里有我们。自由市场上更是少不了我们的身影。带上发票一沓，四面八方收税。现在的城管是撵小商小贩们走，当年我们不撵他们，我们只伸手要钱。领导下达了指标，完不成任务还行？小商小贩们挣点儿钱不容易，觉得收多了他们当然不高兴。还没挣几元钱呢，你还伸手要钱，当然更不高兴。冲突常常就是这么发生的。但我们收税的很辛苦呀！我们那个区一级税务所，当年只有两辆公用自行车，归领导们骑。我们收税员，要么骑家里的自行车，要么靠两条腿匆匆忙忙地从这儿转移到那儿。当年我们收的是现钱，每人发一个双层书包，收到了钱就往书包里塞。一层装发票，一层装钱。回到所里，财会人员按你撕去了多少发票算你该收回多少钱。钱不够，那你得补上。你撕发票时不经意，多撕了一两张，那是你倒霉，要怨怨自己，也得补上。大家将书包里的钱往各自的桌面上一倒时，别人收的都挺多，唯独你自己收的少，证明工作能力不强啊，脸上不光彩呀！在这种压力的促使之下，你明天能不争回点儿面子？这一争面子，明天和小商小贩就可能发生冲突了。他恼火你不体恤他，你还恼火他不体恤你呢！结果呢，可能就都动了手了。甚至，还可能动了刀。那时收税员不够用，各所都扩编。没有正式名额便招临时的，临时的经验不足，或素质差，经常就和小商小贩打起来了。一打起来，市民们向着的是他们。因为在市民眼里，他们明显的是弱者。何况，他们是就近满足市民日常生活需求的人……"

我问当年收现钱是否容易产生贪污行为。

他说也容易，也不容易。

"当年也仅是对小商小贩们收现钱，总不能指望他们主动把钱交到所里去吧？辛辛苦苦挣五元交一元，挣十元交三元，那得多高的觉悟啊！要求他们有那么高的觉悟不实际，也不应该呀！我们背着书包走到他们跟前去收，不是也体现着工作的主动性吗？说贪污不容易，是因为有发票联数限制着。说也容易，是因为即使规定了一处摊位只收两元，你可以说他卖的是鸡鸭鱼蛋肉，不同于卖蔬菜的，获利高，理应多收几元。如果对方是老实巴交的人，听你振振有词地一说，认了，多收那几元不就是你的了吗？但也有那较真的，打听清楚了收税一律按摊位面积算，于是揭发了你，你的贪污行为不就暴露了吗？当年我那个所里，有一名同事就用以上方法，每天贪污十来元，积少成多，两年多贪污了六七千元，结果东窗事发，不但被开除了公职，还被判了刑。

"当年我大学毕业后成了收税员，心里特郁闷，我们所长就经常从思想上帮助我。他曾经对我讲，当年，中国代表团出席联合国大会时，在国外处处抠门得很，谁都不给住地服务员小费，光用英语多说谢谢。联合国大会还没结束，中国人的抠门已在住地服务员中出了名，哪儿像现在……"

我猜到了他心里怎么想的，明知故问："哪儿又不像现在了呢？"

他盯着我看了几秒钟，狡黠地一笑："你是北京人，你知道的比我多，别只我自己说起来没完！聊天嘛，你也说给我听听啊！"

我装糊涂，反问说什么呀。

他就又滔滔不绝地说起来："现在咱们先富起来的一部分中国人，出国前肯定不只往卡里打两万美元吧？他们买一个高级的包儿不是都几万美元吗？和刚改革开放那时候比，只比美元的话，不是可以说富可敌国了吗？那是人家自己的钱，爱在哪儿花在哪儿花，姑且不论。单说那些公款出国的，大小是个官儿，哪一拨儿不住最高级的地方？更有的，多宰人的外国饭店也非去吃一餐！多贵的外国酒也开几瓶！反正是公款，不享受白不享受。还都有说辞——不享受丢祖国的脸！不过那么造也造不了多少钱，是吧？最令干我们这一行的人心疼的是，搞一个什么伟大建筑，就非得请外国佬设计不可！人家有言在先，说那可贵呀！咱们那些出国招标的人却说，不谈钱的问题，钱根本就不是个问题！听听，是人话吗？那花的可都是我们辛辛苦苦收上来的人民的血汗钱！即使表面看问题，我们也收缴了一些大老板的税，可说到底，就'血汗'二字而言，税钱上沾的还是干活儿的同胞的血汗。老板们挣钱只费心机，不流血汗……"

我说标志性建筑请不请外国设计师往往也不是政府决定得了的。

他说总而言之，他觉得中国某类人一穷就酸，一富就奢侈。奢侈也是一种淫，淫金钱。某些官员热衷于搞政绩工程，动辄扬言，搞就搞全国最大的、世界一流的，全不顾许许多多百姓的生活水平还处在世界三流四流末流国家的水平，所以说是一富就奢，就淫……

"一九八六年，我们所长退休前出事了，被一家餐馆的老板举报有索贿行为。那家餐馆不算大，才二十几套餐桌。我们所长一向对他挺关照，他的税额是我们所长定的，定得偏低。这一点我们心中有数，但高低也就不过每月差个一两千元的事。我们所长暗中答应他，以后也不会提高他的税额。可那一年，上边下达的税额指标又增加了，全所完成指标太有压力了，所长就亲笔调高了他的纳税额。但事先没顾上和他打招呼，结果他翻脸了，揭发信送到了市纪委，说我们所长儿子结婚时，向他借过一万元钱，三年多了还没还，分明是企图赖着不还。幸亏有借据证明是借，法院没按索贿来判。否则，我们所长就惨了。但那也搞得我们所长名誉扫地，提前几个月就退休了……"

他说那件事对他影响很深。那一年他们那一座小城市还是县级市，每到春节，县委、县政府慰问退休老干部，正科级的人也在慰问名单上的。在县城，谁熬到正科级那也是很不容易的。可所长退休后，像是臭豆腐了，县委、县政府的团拜车从不在他家门前停。连因为贪污受贿一百多万判了刑保外就医的一位副县长还经常有人背地里去看望呢，可除了所里的人，所长这个人似乎早死了，不存在了，被一切与他共事过的人彻底忘了。

"知道干我们这行的挺怕什么吗？怕老领导退休了或高升了，派来一个新的头儿。二〇〇〇年后，全中国的 GDP 每年以百分之八到百分之十的速度增长着，最高也不过百分之十二、百分之十三，可上级下达的征税指标却一年比一年高，少则百分之十五，多则高到百分之二十，有一年高到百分之三十！老领导没太大上进心了，也有经验了，一般不会要求我们超额完成上级下达的指标。可新来的头儿不同，年轻的必有上进心。新官上任三把火嘛，能力、政绩都要通过超额完成指标来证明、来体现嘛！本年度超额了，上边就会认为还有潜力，于是下一年在超额的基础上再提高指标。指标得由我们收税员去完成啊，我们就等于被逼上前线。我们老所长退休后，新来的就是那么一个急赤白脸一心往上爬的主儿，大家终于全都被压力压得苦不堪言，心头冒火了，就抓住他的一个作风问题搞得沸沸扬扬，强烈要求上级把他调走了。接着来的一位头儿就很受我们欢迎。大家也努力工作了，还是没完成上级的指标怎么办呢？他从不跟我们下边叽歪，亲自出马，多说好话，央求某些大税户提前将下一年的税交上来几个月的，寅吃卯粮，下一年再说下一年的。要是超额了呢，也不上缴，压住预留在明年的税金里。下一年头几个月不征或少征税，商家们也念我们的好，再逢不得不寅吃卯粮的情况，商家们还愿意帮我们一把。他很有思想，常跟我们说，咱们收地税的，在咱们这么一个一百来万人的城市，没什么大公司大老板，面对的主要是中小商家，绝不能征税把他们征瘦了、征垮了。他老早就有藏富于民于地方的意识了。他还打过一个比方，说即使将这些中小商户当成绵羊，那也还是以使他们大起来肥起来为好，那样才能可持续地为国家从他们身上剪下毛来，才是真的替国家作长远的考虑。你认为我们的所长怎么样？……"

我说："是位好所长。"

他说："也快退休了。"——很忧愁的样子。

我犹豫再三，最终还是忍不住问："你是二十世纪八十年代的大学生，当年算是高学历，参加工作时间也这么长了，怎么就没熬个一官半职呢？"

他半苦涩半欣慰地笑道："快了。上级跟我谈过了，我们所长一退，确定我接他的班。我错过了一次机会，要不十年前就当上了。刚才我不是说过，我们老所长退了以后派来一个急着往上爬的主儿吗？那时我的收税范围内有一处砖厂。新所长要求当年务必超额，说砖厂的税额定低了，指示我提高。还说厂子有避税嫌疑，得一并调查清楚。砖厂属于生产企业，税额是根据销售单征收的，有什么高低呢？那砖厂用自己生产的砖盖了一处仓库，还盖了两排工人宿舍，这样的一批砖该不该收税，国家那时没有具体的规定，所以我就没有收税的依据嘛。我拖着没照他的指示去办。硬收能不能收上来呢？估计也能。归根结底，企业怕我们，而不是反过来。但硬收那一定收得人家心里别扭，不服啊。还有一个原因，就是我必须为砖厂的工人们考虑。那时都十月份了，那些工人都是农民。砖厂老板心里一窝火，也许就拖欠工人们的工资，给他们打白条，那他们就不能带着钱回家过年了。我这么考虑也对吧？……"

"对。"

归根结底，企业怕我们，而不是反过来。但硬收那一定收得人家心里别扭，不服啊。还有一个原因，就是我必须为砖厂的工人们考虑。那时都十月份了，那些工人都是农民。砖厂老板心里一窝火，也许就拖欠工人们的工资，给他们打白条，那他们就不能带着钱回家过年了。

我心里开始对他起敬意了。

他说他一拖，就将所长拖来气了。有一天所长没鼻子没脸地当众训他，他一拍桌子与所长大吵起来。他说他当时也知道，自己快被提拔为副所长了。结果那一吵，副所长没当成。

我问："后悔不？"

他说："有什么可后悔的呀！不就是副科级吗，一半芝麻粒似的官儿！吵了还痛快了呢！谁图一时痛快就得付出相应的代价，这叫事理，这点儿事理我是懂得的。当年不后悔，如今更看得开了。什么不是浮云？都是浮云！该来的好事儿，谁都挡不住。像是就要落在自己头上，最终落在别人头上了，那是别人的造化，是自己的机缘还没真的到来。比如现在，要直接提我当所长了，我一个劲儿声明自己能力不行。可上级说，你行！有什么不行的？考察来考察去，没人说你不行，非你莫属了……"

他笑了，满脸自信。

而我，由衷地说了几句祝贺的话。不仅对他起敬意，还觉得他特可爱了。有时，我们对别人的第一感觉是可爱，以后才渐觉可敬。这个过程往往很长。往往，别人在我们心目中的印象始终是可爱，至于可敬，猫在哪儿似的就是不出现。而另外一些时候，我们对别人的第一感觉如果是可敬，那么也许他的三言两语、一个小动作，或一种表情，忽然就会使我们觉得一个人也可爱了。

我对他的感觉便是如此。

由可爱到可敬，似铁树开花；由可敬到可爱，似华丽转身。

"身为收税员，我这人也不是惯于送顺水人情，不讲原则。以前税收制度和条例都不太严，确实存在送顺水人情的空间。现在不同了，严多了，谁想送那也不太容易送成，除非互相勾结，以身试法。大的问题上，我比谁都讲原则，谁想阻挡都不行。我碰到过这么一件事——前年，一个搞房地产的老板，盖好了一幢楼，我耐心等着他把楼卖完好收税。不料有一天他说，他不卖楼了，他要将楼作为股份，与别人合伙搞什么会所。以物代资与别人合伙搞项目，这当然是合法的，不属于销售，当然也就不必纳税了。我一听就明白了，他是在搞鬼。他说：会所开张后需要服务员，你有什么三亲六戚尽管介绍来吧，你介绍的人我保证不会亏待了。我又明白了，这是在拉拢我呀！我说：谢了，我的三亲六戚不劳您费心了。二百几十万元的税呢！想逃避就那么简简单单地让你心想事成了？美的你！跟我来这套？那我就替国家盯死你了！半年后，他又对我说合作不愉快，他已经撤股了。入股时是一幢楼，撤股时是现金转账。

"行，算你高，这是合伙人之间两相情愿的事，我也干涉不着。但别当我是傻瓜，我没闲着呀，我暗中调查过了，那合伙人是他小舅子，是个影子合伙人，真实身份是某县的县委办公室主任！在职公务员不得以任何方式经商，这是党纪！你小舅子犯了党纪了，你们的合伙不合法！税的事儿以后再说，先罚！重罚！那么多人说情，我一律不给面子。一份报告打到市纪委，纪委一调查，情况属实，把他小舅子给撤职了。什么会所，不存在了。你贷款了，卖不卖？卖我就照章收税！不卖你就扛着贷款利息！你拖得起，我也等得起……"

他说时，杂志卷在手中，一下下拍向小茶案。

看来，他这人脾气还不小。

我说了我的这一种感觉。

他却否认，说他基本上是个没脾气的人。不论在家里还是在单位，一向讲和谐。偶尔露峥嵘，兴许一两年才露一次。但那通常是三五分钟的事，脾气来得快，消得也快。消就是消了，绝不久搁在心里。

"以后当所长了，更不能轻易发脾气了。当领导要有领导的涵养，是吧？我认为，有一种中国现象很值得注意，那就是，在中国，当法官的，往往摇身一变成律师了。当官的，往往退休以后成私企顾问了。如今呢，税务师事务所也顺势而生，渐成雨后春笋了。又往往呢，老税务员、税务干部，退休后被税务师事务所聘去当高级税务师、顾问了。好的一面是，有他们这种高级的专业的人士顾看着，能增强企业和商家的纳税意识，我们省心了。不好的一面是，他们要是出高级的点子专教企业和商家怎样钻税法的空子'合理避税'，那我们的工作难度以后就大了，收税像是棋逢对手的赛事了。你认为哪种可能性大些？"

我沉吟半晌，老实承认，自己所知有限，实在是不敢妄下断言。

他将脸转向了窗外，自言自语："唉，中国特色，中国特色……"

这时，列车为了抢回在始发站误点的时间，分明提速了。

当怀才不遇者遭遇暴发户

　　我有一个中学同学，前几年抓住了某种人生机遇，当上了一家中外合资公司的董事长。后来公司奇迹般地发展壮大，于是本人也成了一个令别人羡煞的人物——住房富丽堂皇，豪华轿车代步，三天两头出国一次。不论在国内还是国外，非五星级宾馆是不屑于住的。于是几乎在一切人前颐指气使，常不可一世的样子。

　　我还有一个中学同学，是个自以为"怀才不遇"的人。每每嗟叹错过了某些人生机遇，满肚子的愤世不平。当然，他顶瞧不起的，是我那当上了董事长的同学，又瞧不起又羡煞。其实他很有心攀附对方，可对方似曾暗示他：攀附也是白攀附，绝不会因此而给他什么好处。于是他心里只剩下了瞧不起，又瞧不起又嫉恨。

　　实事求是地说，当了董事长的同学，确有许多"暴发者"的劣迹。而又瞧不起他又嫉恨他的同学，渐渐地便将收集他的种种劣迹，当成了自己的一件很重要、很主要、很正经的事。收集自然是为了宣扬，宣扬自然是为了搞臭对方。虽然人微言轻，势单力薄，并不能达到搞臭之目的，但讽之谤之，总是一种宣泄，总是一种快感，心理也多少获得些许暂时的平衡，仿佛连世界在这一时刻，都暂时变得公正了些。

几年来，一方在不断地发达，一方在不断地攻讦。一方根本不把另一方的存在当成一回事，另一方却把对方的存在当成了自己存在的意义，总盼着某一天看到对方彻底垮台……其实对方总有一天要垮台，乃是许许多多的人早已预见到了的。

果不其然，当董事长的那一位东窗事发，变为"严打"对象，仓仓促促地逃亡国外了。其家人亲眷、三朋四友，不是成了"阶下囚"，便是成了"网中人"。他那一个偌大的公司，当然也就垮得更彻底。

此后我又见到了那个"怀才不遇"的同学。

我问他："今后，你心情该舒畅些了吧？"

他却郁郁地说："有什么可舒畅的？"

我说："被你言中，×××和他的公司终于彻底垮了，你的心情还有什么不舒畅的？"

他苦笑一下，说："高兴是高兴了几天，可是……"

嗫嗫嚅嚅，分明地有许多难言隐衷。

我问："可是什么啊？讲出来，别闷在心里嘛！"

他吞吐片刻，说出的一句话是："可是我他妈的还是我啊！眼瞅着快往五十奔了，才混到一个副科级，这世道太黑暗了！"

我望着他，竟不知怎样安慰。

他任的是一个闲职，没什么权力，自然也没什么责任，却有的是时间，无所谓上班，经常在单位四方八面地打电话，怂恿熟悉的人们"撮一顿"。只要有人埋单，不管在多远的地方，不管是在什么犄角旮旯儿的饭馆，不管相聚的是些什么人，也不管刮风还是下雨，蹬辆破自行车，总是要赶去的。每次必醉。以前，吃喝着的同时，还可以骂骂我那个当董事长的同学，醉了还可以骂骂这社会。而我那个当董事长的同学逃亡国外以后，在国内连一个可供他骂骂出气的具体人物也没有了。倘偏要继续骂，听者觉得无聊，自己也觉得怪索然的。醉了骂这社会呢，又似乎骂不出多少道理了。倘说社会先前不公，皆因将他压根儿瞧不起的一个小子抬举成了什么董事长的话，社会不是已然彻底收回对那个小子的宠爱，很令他解恨地惩罚那个小子了吗？倘要求社会也让他当上一位什么董事长才显得更公正的话，他又分明地没多少"硬性"理由可摆，说不出口。于是呢，诅咒失去了具体之目标，嫉恨失去了具体之目标，仇视也失去了具体之目标。须知原先的他，几乎是将诅咒、嫉恨、收集一个具体之人的劣迹并广为传播当成自己生活的重要的主要的意义的。现在他似乎反倒觉得自己的生活丧失了意义，很缺少目的性了，反倒觉得活得更无聊、更空虚、更失意了。话说得少了，酒却喝得更多了，于是更常醉醺醺的了，人也更无精打采、更自卑、更颓废了……

同学们认为他这样子长此下去是不行的，都劝他应该想想自己还能做什么，还能做好什么，还能怎样向社会证实自己的个人价值。可他，其实大事做不来，小事又不愿做。于是呢，也便没有什么大的机遇向他招手微笑，小的机遇又一次次被他眼睁睁地从自己身旁错过……

后来听说他病了，去医院检查了几次，没查出什么了不得的病，但又确实是在病着。有经常见到他的同学跟我说，一副活不了多久的老病号的恹恹苟活的样子……

再后来我回哈尔滨市，众同学聚首，自然又见着了他。使我意想不到的——他的状态并不像某些同学说的那样糟。相反，他气色挺不错，情绪也很好，整个人的精神极为亢奋，酒量更见长了。

"他妈的，就那个王八蛋，他也配当局长？他哪点儿比我强？你们说他哪点儿比我强？啊？……我当副科长时，他不过是我手底下一催巴儿！"

我悄悄问身旁的同学："他这又骂谁呢？"

答曰："咱们当年的同学中，有一个当上了局长……"

我暗想——原来他又找到了某种活着的意义和目的性。进而想，也许他肯定比我们大家都活得长，因为那么一种活着的意义和目的性，今天实在是太容易找到了。即使一度丧失，那也不过是暂时的，导致的空虚也就不会太长久。

"有一天我在一家大饭店里碰见了他，衣冠楚楚的，人五人六的，见我爱搭不理的，身后还跟着一位女秘书！我今天把话撂这儿，过了不多久，他准一个筋斗从局长的交椅上栽下来，成为×××第二……"

他说得很激昂，很慷慨，颈上的、额上的青筋凸起，唾沫四溅……

培养一个"贵族"是容易的

"培养一个贵族至少需要三代的教养。"——众所周知,这是巴尔扎克的名言。

我想,一个人是不是贵族,或者像不像贵族,至少有一条标准——看他的言谈举止、待人处世是否达到了所谓"贵族"的风范。比如是否斯文,是否优雅,是否深谙"上流社会"的礼仪要求,等等。

巴尔扎克的名言曾被我们中国人广泛引用。原因是"一部分中国人先富起来"了。他们行有名车代步,坐有靓女相陪,大小官员常是他们的座上客,这个明星那个明星常是他们的至爱亲朋。他们每每出手阔绰,一掷万金、几万金、十几万金,以搏奢斗豪为乐为荣,因而便都俨然贵族起来了似的。而有些人指责他们还算不上真正的贵族,所持的根据就是巴尔扎克的名言。

我也引用过巴尔扎克的名言。但是现在我不太相信"巴先生"此名言的正确性了。

《百万英镑》这部电影,就具体、形象、生动地颠覆了"巴先生"的名言。一个落魄到走投无路的青年,一旦拥有了百万英镑,不是在很短的日子里，便顺理成章、自然而然地完成了由一个穷光蛋嬗变为一位贵族的过程了吗？

美国还有一部电影《不公平的游戏》，讲的是两位老资本家在百无聊赖的情况下打了一次十美元的赌——一个要使一名怎么也谋不到职业、整日流浪街头乞讨的黑人青年迅速成为大亨，从里到外贵族起来；一个要使一位踌躇满志，不久将成为自己乘龙快婿的"准贵族"白人青年，从贵族的高门槛外一个筋斗跌到贫民窟去。结果两位老资本家都不费吹灰之力地达到了他们的目的。

至于什么风度啦，礼仪常识啦，言谈举止啦，那都是完全可以在人指导下"速成"的，绝不比一个厨子的"速成"期长。

反正两部电影是这么告诉我们的，信不信由你。

别说贵族了，国王也是可以"速成"的。

还有一部外国影片似乎叫《金头盔》，讲的是这样一个故事——王后生了双胞胎，由于某些大臣的野心暗中起作用，将本该按老国王遗嘱继承王位的哥哥从小送出了王宫，沦为穷乡村里的贫儿，使弟弟成功地篡了位。二十几年后，另一些大臣出于同样的权势野心，将哥哥寻找到了，暗中加紧"培训"。当然是按国王的言谈举止、风度和威仪进行"培训"的。"速成"之后，绑架国王，取而代之。弟弟从此由王而囚，并被戴上了金头盔至死……

可见，"巴先生"的名言，的确是不足以信的。

波斯王一世居鲁士大帝出身于平民。按说，他的儿子该是平民的孙子。可其毫无平民情感，在历史上是臭名昭著的。他在宫廷里自小就骄横跋扈、目中无人、不可一世。

有一次他因对其父王无礼，遭居鲁士大帝训斥。

居鲁士说："从前我跟我父亲讲话，决不像你现在跟我讲话的样子。"

小居鲁士仰脸叉腰地说："你只是平民的儿子，而我，是居鲁士大帝的儿子，咱们两个是可以相比的吗？"

老居鲁士非但未怒，反而异常高兴，将儿子搂在怀中，连连夸奖："说得有理，说得有理，果然不愧是居鲁士大帝的儿子！"

一位大帝的儿子，是多么容易否认自己也是平民的孙子啊！对平民阶级，又是多么自然而然地就予以轻蔑了啊！哪里需要三代之久才能洗心革面脱胎换骨呢？

扫视我们的生活，谁都不难发现——中国正"速成"地派生着一茬又一茬的大小"贵族"。长则十几年内，短则几年内，再短甚至一年内、几个月内、几天内，一些原本朴实的老百姓的孙儿孙女，就摇身一变，成为"大款""富豪"，起码是什么"老板"的公子或千金了。这一种变当然也是好事。总比他们永远是老百姓的孙儿孙女甚至不幸沦为贫儿妓女要好。但遗憾的是，他们一旦"贵族"起来，在风度、礼仪、言谈举止方面，反而变得越发缺少教养甚至没有教养。变得像些个小居鲁士一样。而他们的成了"大款"、"富豪"或"老板"的父辈，也那么自然而然地忘了自己其实是——可能不久前仍是老百姓的儿子。他们对他们自己小居鲁士一样骄横跋扈、目中无人、不可一世、专善比阔比奢的儿子，又往往是那么沾沾自喜。

这样一些个"速成"起来的中国"贵族"，对平民百姓的轻蔑，毫无感情、毫无体恤、毫无慈悲，据我所知，据我看来，是比巴尔扎克笔下的某些贵族人物对平民百姓的恶劣的"阶级立场"尤甚的……

所以中国有话道是"千好万好，不如有个好爸"。所以当代中国人一般只比"爸"而不怎么比"爷"。因为一比祖父，现今的许多达官新贵、才子精英、文人学士、名媛淑女，则也许统统都只不过是农民的孙儿孙女了。所以，巴尔扎克的名言，放于中国却不准也。培养一个劣等贵族是极容易的！……

第四章

农　民

中国农民宝贵的儿子

杨豪是中国农民的儿子。

我认为，他还应被视为中国农民宝贵的儿子。

这是我读他的新作《中国农村鉴证》之后所产生的第一种想法。

而这一部《中国农村鉴证》，已是他所著的第四部关于中国"三农"问题的书了。他的《农民的呼唤》《中国农村教育现状忧思录》《中国农民大迁徙——都市农民工生存状态实录》，都已像《中国农民调查报告》一样，产生很大的社会反响，有许多肯定的评价了，此不赘述。

中国与西方发达国家的最大不同之处乃是基于这样一个事实：我们国家的十三亿人口中，有近八亿是农民，占全国人口总数的百分之六十以上。而彼国，农村人口大抵仅占百分之几，甚或零点几。在有些国家，面对一个农民是令城里人特别讶然的事。并且一般而言，他们的农民并不意味着便是穷而无助的人。故对于彼国，政府管理好了城市，服务好了城市人口，便几乎等于管理好了整个国家，服务好了全国人民。

我们中国，显然不是这样，也不应该是这样。八亿多中国农民中，仍有数以千万计的人口处于贫困状态①。其贫困程度，往往令心肠不那么硬的人见之泪流，闻之叹息。而另外的大多数中国农民，其实也不过才达到温饱的生活水平而已。其温饱，还是在国家实行了一系列惠民政策以后的近年才达到的。并且，在达到了温饱生活水平以后，又出现了种种新的困扰，远忧历历在目。中国农民基本上是"沉默的人多数"，他们的利益诉求主要还依赖关注"三农"问题的有良知的社会各界人士的代言。

杨豪便是广大中国农民们的真诚的、坚持着的、受到打击甚至威胁也无怨无悔的一个代言人。

我觉得，他对于他自觉肩负起来的这一种社会责任感，履行得是比某些人大代表、某些政协委员还要执着还要不遗余力的。

所以我视他为中国农民们的一个宝贵的儿子。

像他这样一个中国农民们的宝贵的儿子，我们的时代，我们的社会，全中国是要好好地加以爱护的。我们应该使他能在我们的爱护之下，继续及时用他的笔反映我们中国农民和农村的种种真实的现状，并在他那种种心情沉重又沉痛的忧思的影响之下、感召之下，也共同来思考怎样使八亿多农村同胞生活得更好些，日子过得更容易些。否则，我们这个时代岂不是太麻木了？我们的社会之眼岂不是等于瞎了？我们整个国家岂不是太冷了？

我进一步认为，爱护杨豪，不，爱护杨豪们，也便等于是间接地爱农民们了。中国农民是世界上最值得爱的农民。没有他们，哪里有中国之今天呢？在中国这一个国家里，他们一向默默奉献，

---

① 此文作于 2009 年前后。2021 年 2 月 25 日，在京召开的全国脱贫攻坚总结表彰大会上，习近平总书记庄严宣告：我国脱贫攻坚战取得了全面胜利。

却又一向受益最少。从这么一种逻辑上讲，爱护杨豪们，意味着是有点儿感恩心的人，也简直可以说就是爱国了！

有不爱中国农民们的中国爱国者吗？

指出一个给我看！

而某些因杨豪的书竟视他为眼中钉的人，我认为他们的良心是大大地坏了。

杨豪以及杨豪们所写的书，我是写不出来的。我对农民和农村的了解与洞察，比之于杨豪和杨豪们，视野是非常有限的，感受是非常肤浅的。他们将我每想写而终究也写不出来的书写出来了，我对他们的敬意大焉。

《中国农村鉴证》这一部书，才看完目录我便已肃然。共十二篇，细分为八十个方面的问题。没有一种大真诚，没有一种大情怀，心里是装不下如许多关于农民和农村的忧思的。

杨豪此书，写得十分感性，也写得十分理性。显然，他要求自己在写时理性多一些，但给我的总体印象，还是感性多一些。又显然，杨豪本是特别性情的人，故我认为，不必非要求他的书像专家学者们的书一样无懈可击。事实上，专家学者们的书也从来不是无懈可击的。比如他在书中列举的三五事例，究竟是否具有普遍性，可能是会引起质疑的。但，以我也同样关注农民命运和农村发展现状的视野看来，他书中所列八十个问题中的绝大多数问题，都确确实实是令人忧思、值得指出来的。

对于中国这样一个人口众多的发展中国家，对于中国这样一个有八亿多农民的国家，许多问题仍是积重难返的沉甸甸的问题。"三农"问题尤其如此，即使集中世界上最有责任感、最有情怀也最有办法的一些人来解决中国的"三农"问题，恐怕还是需要漫长的时间吧？

但，首先必得有杨豪这样的人将问题一一指出来。除以下一点，我对此书的内容并无异议。这便是，杨豪在感慨于农民们晚年的生活状况极令人同情时，对比城里人写道："不像城里人退休后都有丰厚的退休金……"

我建议这句话改一改——城里也有令人深为同情的挣扎在贫困线上的人家；城里人退休后并非都有"丰厚"的退休金，比如许许多多的工人。在有些城市，工人的退休金是很低的。

……

正是在以上方面，我觉得杨豪写时还是感性多了一些。

然而，实在是可以谅解的……

关于农民的"真理"

　　苏联电影《列宁在十月》中有这样一段情节，或按电影界的话来说是一场"戏"。

　　一个"农民"的"代言人"从乡下来到莫斯科，竟得以进入克里姆林宫，要求见列宁一面；他有话要代表乡下的"农民"们对列宁说——他声称自己是代表"农民"们来寻找"属于农民的真理的"。

　　正巧，列宁那会儿没什么重要的革命工作，于是接见了他。

　　列宁客气地请他坐下。我们都知道的，伟大的列宁同志对于工农兵尤其他们的代表人物，一向是平等而友善的。

　　那"农民"的"代言人"却没坐。他多少有点儿局促，却绝对没有显出卑微的样子。那是个身材高大的"农民"，在身材矮小的列宁面前，他占尽着体格方面的优势。他之所以没坐，观众可以理解为不屑于在不愿意坐的地方坐下去。从他的表情上可以看得出，他对克里姆林宫这个已经变成了每天发出一道道革命指示的地方心怀着分明的敌意。

　　他开口便问："土地自古以来是属于谁的？是属于我们农民

的，对吧？粮食是谁在地里种出来的？也是我们农民，对吧？没有粮食，我们农民就无法活！那么，就再也没有人来种地了！你们城里人会到乡下去种地吗？不会的！可现在呢，你们城里人却跑到乡下去，将土地从我们农民手中没收了！还一车车地拉走了我们刚刚打下的粮食！听说你是拥有真理的人，请问，这世界上还有属于我们农民的真理吗？如果革命是你们苏维埃的真理，那么我们农民的真理又是什么呢？……"

以前看过《列宁在十月》这一部电影的中国人，应当都记得那一个苏联国内革命时期的农民的振振有词。特别是穿插在他的话语中的"对吧"二字，被配音演员说得"中国味儿"十足，给人留下极深刻之印象。

然而列宁同志是头脑多么敏感的人！他没听几句就听出破绽来了。轮到列宁同志开口时，他照例将双手卡在西服背心的肩边那儿，以从容不迫而又洞察一切的口吻反问：我只知道这世界上有贫农、中农、富农和地主，不知道这世界上有什么你所谓的"农民"。请问你是你所谓的"农民"中的哪一种人？

在列宁的追问之下，那寻找属于"农民"的真理的"农民"，不得不承认自己拥有多少多少亩土地。

而列宁按照阶级分析之法，立刻言之有据地将他划成了"富农"。

接着列宁同志以他那一向高亢的语调说："不错，土地应该属于农民！但是更应该属于所有的农民，而不是仅仅被少数地主和富农霸占着！我们苏维埃的革命，要完成的大事包括这一件事！我们把土地从你们手中没收过来，是因为你们地主富农对土地的占有是没有什么道理的！如果你们反抗，我们就镇压你们！我们没收的也不是你们的劳动成果。粮食对于你们是不劳而获的东西！你们的粮食满满的，吃都吃不完，而城市里许多人却在饿死！如果你们不愿意，我们就说服你们。如果你们还不愿意，我们就把不属于你们的劳动成果抢夺过来！如果你们反抗，我们也要镇压你们！"

结果当然是，那个富农，并没有从列宁那儿寻找到什么"农民的真理"。

他悻悻而去时嘟哝："走着瞧！"

列宁冲他的背影大声说："告诉那些派你来的人，苏维埃是不会怕你们的！"

往事如烟，苏联作为一个国家竟已不复存在。《列宁在十月》这一部电影，对于二十世纪八十年代乃至七十年代以后出生的中国人也无疑是"过气"了的经典。他们所能看到的依然和列宁这个名字联系在一起的电影，大约只有德国人拍摄的《告别列宁》了。在这一部电影中，列宁的巨大铜像被吊车扯倒的画面，令人思索万千。

《告别列宁》这一部电影的光碟我也看过了。

所以，我这个本身虽不是"农民"的人，每每不由得作无聊人的乱想。

就算这世上并没有什么"农民"，而只有地主、富农、中农和贫民吧，那么果然有过属于什么中农和贫农的"真理"吗？

进言之，如果将以上问题限定为一个中国或曰中国特色的问题，那么结论又应该是怎样的呢？

……

由于中国是世界上人口最多的国家，所以一九四九年以前的中国"失地"农民也最多。由于中国在近代的工业发展极为落后，所以大批"失地"的农民根本无法转变为能够在城镇里生存下去的城镇人口。

于是，革命遂成他们唯一的活路。

于是，革命遂成他们的"真理"。

"耕者有其田"——他们要的只不过就是这么一点点世界的公平。为此，他们的成千上万的儿女前仆后继，虽肝脑涂地而在所不惜。

可以有把握地说：在这个世界上，没有另外任何一个国家的"失地"农民为了自己以及子孙后代们拥有几亩土地，比中国的"失地"农民所付出的代价更惨重。或者反过来说，中国的反"失地"农民仅仅为了获得可以身为农民而又能够生存下去的几亩土地，付出了人类有史以来最为巨大、最为惨重也最为悲壮的代价。以"惊天地，泣鬼神"形容之，恰如其分也。

一九四九年以后，他们如愿以偿了。

无论在现实中，还是在文学作品中、戏剧中，乃至绘画中，攥在地主富农手里的地契被烧毁了，在共和国以新政权的名义分到他们各自名下的土地的边界钉下木界牌了；那时的他们眼中流着泪，趴在属于自己的土地上号啕大哭的情形，无疑乃是震撼人心的……

此刻，似乎再巨大再惨重的代价都是值得付出的了。因为代价是那么触目惊心，胜利后的报复遂成不争之事实。

然而，土地归在他们名下的时间却不过是短短的两三年，紧接着一步步地又归在互助组、合作社、人民公社的"集体"的名下了。

之所以将"集体"二字打上引号，并非质疑"集体"之性质的不真实，而是为了着意指出，对于中国"人民公社"的社员，他们实际上又成了没有属于自己的土地，而仅仅拥有在集体的土地上从事农业劳动的权利的人罢了。

计算他们的劳动力的价值的方式是工分。

中国人都知道的，那一向是很低很低很低的。

凭了工分记录，他们年终可以分到极少极少极少的钱。

那点儿钱仅够他们买得起有限到最低限度的一般日常用品，比如盐、火柴，以及也像城里人家一样凭票供应的布匹。

中国之许许多多地方的许许多多的农民，在改革开放以前，一年到头甚至尝不到几次酱油。穷得一家人合穿一条裤子的事，也决然不是编造的。

他们生存下去的口粮是每年秋季分到的没有加工过的粮食；加工之后，其实每一人口每月的定量，并不会比城市人口多到哪儿去。有时候，还会少……

在列宁的那个年代，在列宁的眼里，世界上是从来没有过什么农民的，而只有地主、富农、中农和贫农。

列宁在逻辑上是正确的。他的逻辑符合"白马非马，白马为马"的哲学逻辑。正如世界上没有逻辑学上的"妇女"，而只有现实生活中形形色色的女人。

苏维埃革命使世界上从此有了一种新的农民——自己并不实际拥有土地但必须而且只能在土地上勤勤恳恳、辛辛苦苦地劳动的农民，他们叫集体农庄之庄员。

集体农庄之庄员也罢，人民公社之社员也罢，叫法不同，本质上是一类人。

于是，一个哲学逻辑上的悖论在世界上产生了——马即白马。

这是一个由减法得出的结论——消灭了地主、富农；改造了中农；于是在苏联和以前的中国，只剩下了一种农民……

结果更大的一个悖论在世界上产生了——革命真的使早先的"失地"农民寻找到了属于他们的"真理"亦即公平了吗？

他们为此曾付出了那么巨大那么惨重的代价，倘那"真理"确乎地理应存在，他们实际上离它近了还是远了呢？

几乎只能做出一种解释——在中国，在革命成功以后，为革命付出的代价最巨大最惨重的那些常常被我们中国人亲切地称为"农民兄弟"的人，他们实际所享的革命成果倘偏言之凿凿地说有，那实际上也是微不足道的。

他们成就了中国之革命。他们成就了中国现已取得的一切煌煌成果。事实上是，自一九四九年以后，他们已根本不再叩问理应也存在的，属于他们的"真理"亦即公平，为中国而圆着共和国之梦。具体而论，有人格上这样的农民，也有人格上那样的农民……我记得温家宝总理有一次访问灾区农民时，一个农妇说："谢谢总理来看望我们!"而温总理说："应该说谢谢的是我，是政府。因为你们在灾情中顾全大局的表现是令我感动的。"窃以为，温家宝总理的话，等于代表政府，还给了中国农民一个"真理"。免除贫困地区农民子弟的学杂费，也只不过是还给了中国农民一个早该还给他们的"真理"。彻底免除农业税，也是。上苍见证，迄今为止，中国给予中国农民的，比他们给予中国的，可要少得多! 对于中国农民刚刚才获得了这么一点儿公平，稍有良心的中国人是绝不该摇头皱眉摆出这个家那个家的嘴脸说三道四的。那还算是个人吗?!

农民和公仆

几天前，山西的一位女导演斗琪，将由她执导的十三集电视连续剧《天网》送给我看，于是便有了这一篇文章的题目。

《天网》这部纪实文学作品曾引起较大反响。由文学作品改编的电影参加了一九九五年政府奖的评选，而且获奖了。

我是那一届政府奖的评委。

记得我当时在发言中强调，"所谓政府奖，其实应该理解为人民电影奖。那么我们在评奖时，就首先应关注影片内容的人民性。代表人民的情感讴歌现当代英雄及模范人物的影片，我们当然应予以充分的关注。代表人民的正义要求揭示腐败现象警醒现实的影片，我们也当然应予以充分的关注。只表彰前者而拒斥后者，则政府奖所代表的人民性便是不全面的"。

《天网》的故事内容大致是这样的：一个叫李德才的农民（生产队会计），因揭发村党支书贾仁贵的贪污问题，遭到陷害，自己反被诬为贪污者，被没收了房产，被逐出家门不许回村，于是无家可归流落街头，完全靠乞讨度日，小女儿因而病死街头，儿子因而被迫与儿媳离婚，老伴因而成为疯子。真可谓家破人亡了。

三十年间，上访几十次。从乡到县到地委到省，几届工作组进行调查，参与过此案调查的有一百六十余名大小干部，结论却依然是贪污。若不是土源县委新上任的赵书记把一个农民的冤案当成一件大事来抓，而且一抓到底，冤案也就盖棺定论，永无昭雪之日了。

值得指出的是，以上内容，曰"故事"，虚构的成分是极少的。大小十部一百六十余名这　数字，更是千真万确的。

我看时，我的七十八岁的老母亲也看，我家的阿姨小芳也看。我问老母亲："这部电视剧，比你喜欢看的那些历史剧怎么样？"

老母亲答曰："比那些好，意思深。"

我问小芳："你们那儿的乡亲，如果受了坏村干部的欺负，敢去告吗？"

小芳摇头说："不敢。往哪儿去告哇？除非被逼出了人命，豁出去了。不出人命，还不是一忍了事吗！"

……

无独有偶。我家中还存着一盘录像带，录的是河北某纪委书记姜瑞丰同志的现场报告。姜瑞丰同志是中央纪委树立的模范典型。姜的报告中讲到这样一件事——某村在缴公粮时，由于多摊多派，多收多缴，遭到村民的反对。于是二次进村时，动用七门土炮先轰一番。那七门土炮是当年人民用来抗击日寇的。轰过之后，是"棒子队"进村。于是四十多名村民，被关入牛棚。时值冬季，收了他们的鞋，之后往牛棚里泼凉水……

村里的女人们跪着请村里一位老红军出面制止暴行。老红军出面制止了，厉斥曰："这不是国民党作风吗！"于是同样遭到吊打，打断了一条腿，叫作"给点儿颜色看看"！

幸而那老红军是陈锡联的部下。于是两个月后，在村民的掩护下，逃离村庄，到北京找陈锡联告状。陈偏巧不在，由秘书接待。秘书听了老红军的陈述，如听"天方夜谭"，以为老红军精神有毛病……

此案若非军委过问，也将大事化小，小事化了。"公仆"们仍是"公仆"，村民们只能还当顺民。

即便是军委过问了，纪委书记姜瑞丰亲自挂帅处理了，若以为就势如破竹，恶吏们闻风丧胆，那可就太天真了！说情的、庇护的、作伪证的，又形成攻守同盟的壁垒，与姜瑞丰对着干……

姜瑞丰作报告前，有人嘱咐他，要他不必讲太多，不必讲太长，讲得概念点儿，走个形式就行。

他是临讲改变了想法，甩开了别人预先为他拟好的稿子，作为听众的大官小官，才有机会了解国情的另一面……

"文化大革命"时期，毛泽东把以江青为首的四条"党棍"叫作"四人帮"，而且进一步指出："你们搞'四人帮'，不得人心呢！"

现在，中国有许许多多的"官帮""吏帮"，少则几人，多则十几人，再多则几十人、上百人。有的已被揭发，受到了法律制裁，有的尚未被揭发，仍逍遥法外。泰安市的几名市委书记、副书记、市长、副市长，不就是一个"党帮"，一个"吏帮"吗？北京市的陈希同、王宝森等，不也是一个小小的但势力极大的"帮"吗？案发后，不是也有人说情，也有人庇护，也互相订立攻守同盟的吗？

这些身披着"公仆"外衣的人，一旦形成了"帮"，一旦大权在握，一旦"傍"上资格更老、权力更大的权威人物，就不那么好对付了。因为此时人民和党，面临的已不再是个别人，而是某种势力了。这些势力，应被视为当前党和人民的公敌，应被视为共和国的公敌。正如当年的"四人帮"是党和人民的公敌，是共和国的公敌一样。

稍加分析便可明白，这样一些权力"帮"那样一些权力"帮"的形成，归根结底是由利益关系决定的。从前，这一种利益关系主要体现在一个"权"字上。你要由掌小权者而变成掌大权者吗？那你上掌大权者的贼船吧！当年，不少权贵者，就是为了保住自己的权，觊觎更大的权，而上了"四人帮"的贼船的。现在情况有所不同，钱的作用越来越突出了。而且，往往是小官小吏向大官大吏贿以钱财，最终将大官大吏拖上了小官小吏的贼船。小官小吏们的贼船，一旦有大官大吏正襟危坐于船头，这贼船的一切海盗行径，诸如鱼肉乡里、贪赃枉法、祸国殃民、巧取豪夺，似乎便都半合法化了！

故我以为，反腐倡廉，首先要高级干部以身作则。大官大吏，起码要时刻告诫自己，万勿因为钱财，而轻易就上贪官污吏的贼船。那贼船是上得下不得的。因为一旦上去了，就只能与贪官污吏们"同舟共济"了。他们的尾巴一旦被揪住，就跟揪住了你的尾巴一样。你不说情，不庇护，不解救，那是不行的……

一个农民和一百六十多个"公仆"的对抗，表面看起来，一个农民太渺小了，根本构不成力量。而一百六十多个"公仆"的攻守同盟，实在强大了，同时吹一口气，似乎就足以将一个农民吹到十万八千里以外，吹得无影无踪。

但是且慢！这样的一种较量，绝对不可能没有观众。如果较量发生在一个村，观众就是大多数的村民。如果较量发生在一个县，观众就是大多数的百姓。民心不可欺，民心不可辱。他们看在眼里，心中是自有一杆秤的。一百六十多个"公仆"，对千千万万的老百姓而言，又的的确确不过是"一小撮"。当千千万万的老百姓看不下眼的时候，当我们的党一把揪住了一百六十多个中任何一个的尾巴的时候，一百六十多个中的大多数，也就没戏唱了！

现在一种现象一个事实——结党营私形成的腐败的"土围子"已经出现了不少。打掉这些"土围子"，是比惩办个别贪官污吏要艰难的。

反腐败，将是一场世纪之战。需要我们的党和我们的广大人民具有一种类似救国救亡的忧患意识和坚定的决心。但愿这不被当成危言耸听……

问官，问法

——兼替农民马随意说话

先介绍一下马随意——农民，当过兵，在部队是名优秀的战士。复员二十余年来，在一条河上驾舟打渔为生，先后救起过二三十名落水之人，且从不张扬，一向认为自己做的是理所应当的事。

再介绍一些官。一些绿豆粒大的官，包括镇长、书记在内的某些官。马随意将他们告了——两级法院皆判马随意败诉，第二次宣判的是某市中级人民法院，很具有执法的权威性。于是马随意自认输到底了。马随意为什么要告那些个官呢？是由这样的事引起的：河上翻了船，落水者众。参与营救者亦众，逾百人。

不再仅仅围观了，这是多好的现象。证明着见义勇为已成当地民众普遍的人道精神。马随意斯时正驾舟于河，自然也一如既往地参与了营救。他立身于船，靠渔网机智而成功地救起最后两名落水者……

镇里的那些个干部，要开表彰大会，在会上给表现突出的营救者们发荣誉证书，发奖金。他们要通过此举，使见义勇为之精神在民众中更加得以弘扬。

不再仅仅围观了，这是多好的现象。证明着见义勇为已成当地民众普遍的人道精神。马随意斯时正驾舟于河，自然也一如既往地参与了营救。他立身于船，靠渔网机智而成功地救起最后两名落水者……

这显然也是必要之举。尤其是良好的愿望。于是他们限定了表彰人数——五名，还规定了表彰前提——跃入水中进行营救的。于是他们实行了一个看起来很民主的程序——先由群众推选，再由他们圈定。

马随意那个村里的人们，虽然明知他并未跃入水中而是站在船上进行营救的，但毕竟救起了两条人命，所以仍一致推选了他。二十余年间已先后救过二三十人的马随意，倍觉欣慰。那是他一生将要受到的唯一一次表彰啊。而且他当之无愧啊。

然而镇里的干部在进行最后圈定时，将他的名字从受表彰者名单上划掉了。

既然他们已经拟了"原则"，照章而为就是。既然马随意没有跃入水中进行营救，当然不在公开表彰之列。何况，他们中已有人陪着获救者家属，登门向马随意当面感谢过了。他们认为他们已经做得很周到了。

但是没有谁预先通告马随意——其实他不在受表彰之列。村里的任何一个人都不知道。

结果尴尬就发生了——表彰会前，马随意被村人们簇拥到了第一排就座。第一排算他共六人。眼看着其他五人披红戴花，接受荣誉证书和奖金，唯独自己被冷落一旁，他当时的心情可想而知。

他的尴尬仅止于此，还则罢了。紧接着更令他感到尴尬的事发生——要给五名受表彰者合影了，一名镇干部呵斥他："又没你的份儿，你坐这儿干什么？闪一边去！"于是马随意反而成了哄笑的对象。这农民的自尊心严重受伤了。他还从没逢过如此狼狈之事。我想，我们不应责怪这农民太小心眼吧？凡是个人，都有点儿自尊心的吧？一名普通农民的自尊心，谁会去重视它的受伤与否呢？于是马随意进而成了村人嘲弄的一个人。老实的农民，决定要自己讨回点儿自尊心了。这也是很正常的吧？他要讨回自尊心的方式，无非就是去找镇干部，希望对他和另外五人一视同仁，补给他一份荣誉证书，使他得以挽回一点儿面子。这过分吗？但是多么难啊！第一次没结果，当然就觉得更没面子了，当然就必须得去第二次了。直至十一个月以后，他才终于讨到了一份荣誉证书。这简直成了一个农民为了维护自尊心的一场战役！正当他的心理平衡了一点儿的时候，有一种说法从镇干部们口中传出来了："他那个证书是不算数的，只不过为了安定才……"倒似乎马随意是一个"不安定"分子了。于是农民马随意感到最终还是受了愚弄。是不是真的对他一视同仁了呢？我看也根本不是。否则会拖到十一个月以后吗？否则镇里的工作人员会对他嚷"就轻蔑你了！你能怎么着吧？"这种话吗？于是马随意将他们告了。一审，马随意败诉。法庭认为，对于见义勇为者的表彰，法律尚无明确的条文规定。

因而马随意的要求没有法律依据，不予支持……马随意不服，二审依然败诉。法官们的认为如上。而且看上去一个个还都振振有词，都一副副"依法办事"的面孔。电视上节目主持人经常在节目最后评论道："这本来是不该发生的事……"却没有进一步分析为什么"不该发生的故事"居然发生了——分明是时间的原因。我已久不写此类文章了。我也久不动气了。然而我当时又一次感到气愤，竟至于坐立不安，一边来回踱步，一边看电视。我至少十次劝自己打消写这篇文章的念头，但是我不写就如鲠在喉啊！胸膛发堵啊！联想以前从电视中看到的诸事，气愤由是强烈。我恨不得在这篇文章里骂娘。但骂娘总是不文明的。那就忍住不骂了吧！然而我替农民马随意抱不平。让我先来质问那些镇里的官：凭什么你们拟定了只能表彰五人，就一定得按你们的"既定方针"办，多一个马随意就当然不行？难道他救起来的就不是两条人命？难道你们不是在做要使见义勇为之精神发扬光大的事，而是在赐给什么享受终生特殊待遇的"高级职称"？难道是在增补镇领导班子成员？难道多一个马随意将不利于见义勇为之精神的发扬光大吗？不就是再多颁发一份荣誉证书，再补给马随意三百元钱吗？那不就是你们一顿公饭的钱吗？兴许你们一顿公饭排场起来还远远不止三百元。何况马随意还只要证书也就是只要一种你们的承认不要钱！就凭他此前已救过二三十人这一点，即使那一次并没赶上也用他的方式救了两条人命，一并予以表彰应该不应该？表彰了他是不是比将他摒除在名单以外更有利于见义勇为之精神的群众教育？难道不是连群众都认为他实在很配受到表彰吗？

凭什么你们一旦拟定了只有"跃入水中营救"才是表彰前提，用别的方法营救就"不算数"了呢？这是什么逻辑？这是从什么混账的头脑里产生出来的鬼名堂?！以此表彰"原则"进行群众性的见义勇为之精神的教育，可笑不可笑？荒唐不荒唐？自以为是不自以为是？见义勇为断不该是一种过程的表演而最终乃是为了营救性命，不是吗？为了倡导此精神以任何方式营救不都是可赞的吗？在来得及的情况之下充分利用器物而且事实上也达到了救命目的（马随意是站在船头用渔网网起两个落水者的）不正是可予以表彰的吗？难道营救落井之人垂索以援其"义"便打了折扣？难道营救火海中人倘靠了云梯由窗口接应便不够"勇为"？

如果事实上连跃入水中救起二人者，排不上表彰名单的也还多多，那么马随意被摒除在名单之外自然毫不奇怪。

但这样的人不是算上马随意总共才六名吗？

如果预先不了解马随意二十余年间已救起过二三十人，那么马随意前去请求补发给自己一份证书时，对其稍加一点调查了解是不难的吧？派个办事员到他村里去打听打听不就清楚了吗？

如果事情这样去做：了解之后，鉴于马随意二十余年间救起过二三十人的一贯事迹，鉴于他在"那一次"毕竟也救起了两人这一事实，派个人再到村上去补发给他一份证书，不是更加证明倡导见义勇为的真诚吗？不是很给干部形象添分吗？

然而竟不。

为什么？

还不是官本位的思想在头脑中作祟？

我们拟定了五人就五人！

我们说了"只有跃入水中"营救才配表彰，那就是金口玉言的"圣旨"！

但我倒要再问了：倘马随意本人即你们镇干部中的一位，或与什么高高在你们之上的大干部有着亲密的关系，他还会落到既救了人又遭讥笑的尴尬之境吗？

但我倒要再问了：倘有一位比你们大的官，哪怕官职比你们只高半级，哪怕是以商量的态度向你们建议——对于这个马随意，还是给予表彰的好，你们仍会固执己见吗？

但我倒要再问了：你们主持的若是别的大会，若有一位高于你们的干部该在名单上而没被宣报其名，该被请上台而竟被冷落台下，并且陷于大的窘况，你们将会如何？再三再四地检讨赔礼道歉唯恐不及吧？

而一个普通农民，伤了他的自尊又怎样？哼！这是否便是你们的心理？我们是镇里的官，既然我们已经定了大会只表彰五人，改成六人也不是不行——但要看谁要求我们改，为什么人改——马随意，一个普通的农民，拉他的倒吧！谁管他以前救过多少人！

我们是镇里的官，既然我们已经"统一了意见"了——"跃入水中营救的才算数"，那也要看为谁修正这一前提——马随意，一个普通的农民，他有什么资格！那我们官的话还有斤两吗？那我们定了的"原则"还是"原则"吗？谁管他表彰会上出丑没出丑！

这难道不是你们冰冷的理念吗？表面上看，马随意败诉了，但你们就因而光彩了吗？工作方法被裁决在"并不犯法"的界线，如此之低的水平有什么光彩的？

我还要质问一审二审法院：法律上没有条文可依，法律之外是否还有情理？法官都是只懂法理不懂情理之人吗？法庭是那种只讲法理根本无视情理的地方吗？

果而如此，法律上还制定了庭上调解、庭外调解两条干什么？我很奇怪两级法院为什么在此事上都不进行调解？站在情理的正确立场上，切身想象一下一个救过那么多人的农民的感受，劝镇里的干部们做得像点儿干部的样子——这么调解是否竟有损了法律的严正呢？当然，这就需要将一个农民和一些镇干部，看成同样有尊严同样在乎面子的人……却分明没有这样做。于是，一个一向以救人为天经地义之事，一向救人并不图名图利，并且在最直接的一次落水事件中救起了两个人，并且在自尊心受了严重伤害的情况之下一如既往地还救起过人的——普普通通的农民，被两级法院宣判——他仅想讨回一点点自尊心的要求，是法律不予支持的！而这一切竟是由倡导见义勇为的一次表彰大会引发的！是否太具讽刺意味了？是否太黑色幽默了？而我不禁联想到另外一些事，都是从电视里看到的真实的事：交通警察以维护交通规则为由，阻拦一辆马车的通行，不顾车上躺着呻吟不止的孕妇，结果造成人命死亡；门卫以正在执勤站岗为由，对发生在面前的光天化日之卜的强奸暴行熟视无睹；传达室工作人员以"内部电话不外借"的"规定"为由，拒绝危难者的哀求；港口官员同样以"上边有规定，先交钱后出船"为由，面对跪于眼前的渔民家属们冷若冰霜，结果渔民们只有在风暴中葬身大海……

医院为了实行救死扶伤，在从血站取不到血浆的紧急情况之下，向武警部队求援，抽取四十余名武警战士的鲜血使孕妇母子的生命得以双全，却要受通报处分，因为违反了有关方面的规定……

什么规则、规章、规定，难道不都是人定的而是"上帝"定的吗？难道不是人为了人才定的吗？但在某些中国人那儿，尤其在某些中国的大官小官那儿，却仅仅成了"权"意识的一部分，成了冰冷的东西。

冰冷到什么程度？——冰冷到仿佛高束于人性和人道原则之上的东西！

有时甚至连绿豆粒大的几个官甚或仅仅一个官的一句话，也似乎足以具有"铁律"的意味。在它面前，某些事变得极为荒唐了。在它面前，情理常被颠倒了。在它面前，普通人蒙受了天大的委屈而无处可诉。在它面前，有时连人命也仿佛不算什么了！

这些中国人，这些官们，多像俄国作家们笔下沙皇时代那些丑陋而又愚蠢的冷酷的人物和握权小吏！

我们什么时候可以使他们明白——在这个世界上，不该有什么另外的东西是高于人道和人性原则之上的；为了使人道和人性原则居于神圣，现存的一切规则、规章、规定，其实都是完全可以也完全应该灵活的事情……

或许，我不值得又激动起来？

第 五 章

女　性

扫描中国女性

你对当代女性有什么评价？

你对同代女性有什么评价？

你对你上一代的女性有什么评价？

你觉得这几代女性之间有什么不同？

你更亲近哪一代中国女性？

……

近年，诸如此类的女性话题，是我经常"遭遇"的话题之一。

用"遭遇"这词，意在表明，我非研究女性问题的专家或学者，也从未动过变成的念头。故几乎对一切与女性相关的话题，不管成了"焦点"还是"热点"，都不怎么去想的。所以常陷于窘境，怔怔然无从答起。不消说，发问的差不多皆女性。有青年，有中年。十之三四是读者，问题提出在信中。十之六七是记者，每每的，话锋陡转，冷不丁就当面掷过来。于是我渐渐形成了这样一种印象，当代女性，无论现代的还是传统的，其实仍比较在乎当代男人们究竟是如何看待自己的。的确，大多数当代女性，自我意识早已不受男人们的好恶所主宰，但有时候却依然希望从男人们对女性的评说中获得某种好感觉。而这意味着，现代的其实并不像她们自我标榜的那么思想独立；传统的仍自甘地习惯传统。

有意思的是，我觉得——当代中年女性，似乎很希望从当代男人口中听到比当代青年女性更高的评说。而当代青年女性也是。当代中年女性和当代青年女性，谁更具风采，真的仍需由男人们来作结论吗？这现象不仅有意思，也有值得分析的意义。遭"考问"的次数既多，心静之时，难免就漫忆琐思，一忆一思，便产生了写的冲动。所写绝对没有文学的价值，但会有那么一丁点儿认知价值。一丁点儿而已，一丁丁点儿而已。既有，也就不算无聊了……

二十世纪五十年代的母亲们

我以少年的眼所识之女性，当然皆二十世纪五十年代的女性。

道里区是哈尔滨最有特点的市区。一条马蹄石路直铺至松花江畔，叫作"中央大街"。两侧鱼刺般排列十二条横街，叫作"外国"一道至十二道街。因是早年俄人所建所居，故得"外国"之名。

少年时期的我，家在道里区。但不是在道里区的"中央大街"那一带，而是在距"中央大街"三四站路的"偏脸子"。

就是在如此这般的一条条街上，一座座院子里，一户户人家中，我的少年的眼和心，观察过亲近过老年的、中年的、青年的各式各样的女人，也领略过与我同龄的少女们的风情。有的是小知识分子之家，有的是工人之家，有的是小干部之家，有的是小贩之家，有的是以前的富人之家或小业主之家。有的人家在街头开爿小小的杂货铺维持生活；有的人家在街尾开修鞋铺、理发亭；还有的人家靠男人收破烂儿，女人夏天卖冰棍儿，冬天卖糖葫芦养家糊口……总之，没上层人家，但有最底层人家。没太富的人家，但有很穷的人家……

我的少年的眼和心，观察过亲近过的，便是这些人家的母亲们和女儿们——五十年代，中国平民和贫民人家的母亲们和女儿们。

先说那些是母亲的女性。她们当是我母亲的同辈人，年龄在四十岁左右。年轻的三十七八岁，年龄大些的四十五六岁。她们不仅是那条街上，而且是"偏脸子"千家万户为数最多的母亲。看来，中年母亲，是任何一个时代"母亲群体"的主要成分。

她们大抵没工作，更没职业。五十年代不是女性走出家门竞相谋职的年代。她们大抵是比较典型的传统的家庭妇女。除了极少数知识分子之妻、小干部之妻、解放前的富裕人家的妻子，百分之九十七八以上的她们是文盲。她们中一半以上又都是城市中的新一代居民，平均定居城市的时间大约二十年。有的是在少女的时候进城投亲靠友谋生，如当代的"打工妹"，赶上了"光复"，于是索性嫁与城里的男人为妻。当年落城市户不容易，最简单的途径是嫁给一个有城市户口的男人。好比今天的出国女性，获得长期居住权的最简单的途径是嫁给外国人。

她们中后来有些人有了文化，是中国开展"扫除文盲"运动的成果。在那一运动中，她们每天晚上成群结队去夜校的身影，是当年城市里一道独特的、具有轻松喜悦色彩的风景线。

家庭妇女的主要责任和使命当然是扮演好家务总管的角色，这也是她们互比优劣的主要根据。

她们每天早早起床，尽量轻手轻脚地做饭。那晨光正是丈夫和儿女们睡"回笼觉"的时候，扰醒了儿女无妨，儿女白天尽可以补觉。扰醒了丈夫，丈夫是要生气的。丈夫不生气，她们自己也会觉得罪过。将去上班的丈夫白天无处补觉，这一点她们是知道的。所以，即使谈不上罪过感，也会内疚。夫妻感情好的，便会生出一份儿心疼。这一点和今天的妻子们是很不同的。今天的妻子们虽然也做早饭，但已非义务，而是觉悟。何况自己也要吃了早饭去上班。今天许多人家做早饭的义务已移交给丈夫们了。倘丈夫们弄出大的响动，扰醒了妻子们，她们也是要不满的。今天的丈夫们如果不主动承担做早饭的义务，久而久之，妻子们是要牢骚满腹甚至提出抗议的。但五十年代绝少丈夫们做早饭的现象。那样的丈夫将遭男人耻笑，同时那样的妻子也将遭女人耻笑。五十年代的妻子们，没有因做早饭而发牢骚的权利，更没有抗议的权利，这一种任劳任怨，乃由她们家庭妇女的角色决定了的。

五十年代以细粮为主的家庭不多。生活较优越的家庭每月三分之二吃细粮；生活一般的家庭一半吃细粮；生活贫穷的，每月仅吃三分之一或更少的细粮。那也就差不多仅够丈夫一个人吃和带饭了。倘家中有老人有小儿女，受优待跟丈夫们沾点儿吃细粮的光，于是，也就几乎只有妻子自己吃粗粮了。

虽然如此，她们也无怨言。甚至，会认为是自然而然天经地义之事。更甚至，不愿实情为外人所知。当然是不愿在这一点上被别人家的妻子们同情和怜悯。因为在这一点上来自别人家的妻子们的同情和怜悯，对于她们，似乎意味着自尊所受的伤害。

五十年代也有羡人富笑人穷的现象。与现在比，不是什么咄咄逼人的现象，但也毕竟不是令穷人家愉快的现象。

"瞧她，哪儿像个妻子，像雇的个老妈子！做在前，吃在后，而且只能吃粗粮糙饭！"

这是当年左邻右舍口舌尖刻的女人们对穷家妻的讥嘲之一种。话里包含着对穷家丈夫的谴责，实际上也包含了对穷家妻的女主人地位的贬损，因而使穷家妻的自尊最受不了。

于是，她们常常嘱咐儿女，对外人要讲全家都吃一样的饭菜。

经母亲告诫过的小儿女们就回答吃一样的饭菜。

于是维护了母亲家庭地位的尊严。

未经母亲告诫过，或忘了母亲告诫的小儿女们，往往"泄密"。

于是其母亲每每遭别家女人们背后的议论。

五十年代的中国女性，尤其平民阶层以及底层人家的女性，在社会上完全无地位可言。其家庭地位如何，自然地、往往地，就成了暗比高低的唯一方面。这一种互比，又往往构成女性之间的伤害。但属于只要心理承受能力强些，完全可以不当一回事的小伤害。不涉及直接利益冲突，企图造成更大的伤害也没可能性。但也有一方心理承受能力薄弱，另一方尖刻得放肆，于是引起争吵之事。争吵起来，也无非由是街道组长的女人出面批评一通，各打五十大板了事。

丈夫们早饭吃得满意，对饭盒里的内容面呈悦色，则他们出门后，妻子们的心情那一天从早舒畅到晚，直保持到丈夫们下班回到家里，笑脸迎之。否则，妻子们一整天忐忑不安，并会一整天都在自责做妻子的最主要的义务之一没尽到，开门迎夫之际，表情和言语倍加小心。

对于五十年代的妻子们，侍奉好丈夫们似乎是第一位的责任。

而抚育儿女反是第二位的责任了。

丈夫们上班后，家才是女人们的天下。她们的女主人的地位，才开始较充分地体现。丈夫们在家，就好比皇帝坐镇金銮宝殿。哪怕他是"明主"，而她在他眼中的地位又颇高些，也不过就是近身侍臣的角色罢了。一言一行，免不了总是要察言观色的。更有卑顺者，唯夫之命是从。经济是基础，因她们的操劳并不直接体现于奠定家庭经济基础方面，故腰板怎么也挺不起来。一半是妻，一半是仆妇。由于家庭文化背景的先天欠缺，以及夫妻二人文明意识的长期蒙昧，这一种情况，在平民之家和贫民之家，反而尤普遍，尤甚。

当年我以少年的眼，在许许多多这样的家庭里，见惯了那些衣来伸手，饭来张口，凳子横于前一脚跨过去，油瓶倒了也不弯腰扶一下的丈夫，不以为怪。渐渐觉得天下做丈夫的男人们，不但必定都是这样的，而且理所当然应该是这样的。

这样的丈夫们在家时，妻子们的真性情是很受束缚的，心理也很受压抑。甚至可以说，很受心理的压迫。

当年我又以少年的眼，观察过这样的生活现象——丈夫前脚出家门，妻子立刻获得了解放似的。她倏忽地变了，整个人的状态完全轻松了。她竟会一边干这干那，一边哼着唱着。她以熟练工的麻利里里外外同时兼顾，有条不紊，从容不迫，居然比丈夫在家时做得还有章法。此时家务之于她仿佛已不再是义务，而简直是喜欢干的事，从中体会着别人不大体会得到的愉快……

接着，她唤醒儿女，安排大的吃了饭去上学，帮小的穿衣服给他们洗脸。

儿女们吃饭时，她在叠被子，整理床。

待儿女们也都吃罢了，她才坐到饭桌旁。结果是饭菜凉了。倘家中还有老人，那么她得像照料儿女们一样再照料一番老人。她得热一遍饭菜，服侍老人吃。无老人，则省了份儿心。

待她也吃罢了，上学的儿女上学去了，不上学的儿女或在家里待在一个角落玩儿，或出去玩儿了。

此时，家里一般肃静了。于是她刷洗盘碗，扫地擦灰。忙了一通，九点来钟，家清洁了。

于是她摘下围裙，自己才开始洗脸，梳头。随后，她出门了。如果是夏季，各家的女人们，都坐着小凳聚在院子里聊天。聊天是家庭妇女们传统的社交方式。她们嘴上聊着，手却不闲，或补袜子，或缝衣服，或纳鞋底儿，或绣花儿。

五十年代，毛衣属高级之物。毛线非是寻常人家舍得买的东西。所以五十年代的一般家庭妇女，其实大多数并不会织毛活儿。她们中有些人是后来会的。是长大了的女儿们将毛线买回家，并将织毛活儿的针法带回家，她们是首先向自己女儿们学的。

如果相互关系处得都很亲近，聊天是五十年代家庭妇女们最美好的时光。在那一种美好时光里，不仅愉快地完成了她们分内的事，而且增强了感情。家境好些的女人，尽量对家境艰难的女人表示怜悯，娓娓地劝说她们化解心中忧愁。她们往往会替后者的命运一声声长叹一把把抹泪，也往往会放下自己手中的活儿，帮后者缝缝补补、拆拆洗洗。此时，她们因自己心中的善而自我感动、自我满足。后者当然也会受感动，也会获得被怜悯的满足。

倘非夏季而是冬季，则家庭妇女们就彼此串门儿。串门儿是她们冬季里的社交方式。自然，往往也都带着针线活儿。常有这样的事——张家的女人，腋下夹着没做成的一卷棉袄片儿或棉裤片儿去李家。如果李家的女人也正做着同样的活儿，立刻让出一半儿炕面。于是两个女人相向而坐，一边各做各的，一边聊家常，聊她们少女时期的往事和家世。倘李家的女人没什么活可做，也会热情地腾出炕面，情愿帮着张家的女人做。

如若张家丈夫的鞋底儿是李家女人帮着纳完的，李家儿女的衣服是张家女人帮着做成的，乃不足为奇的寻常之事。

倘同院女人关系相处得不睦，或某一户的女人与别家的女人关系紧张，那么聊天和串门儿便由本院转移到别的院去了，可叫作交际的"外向型发展"。

于是，五十年代男人们训斥自己的女人或私议别人家女人的一句话往往是"就生了一张嘴两条腿，串遍了街"！

倘在同一条街上也知音难寻，那么她们便向别的街上去寻。

由这一条街到那一条街，每是极方便的事。往往从本院或邻院的什么地方，比如矮墙的豁口处，比如两间房子的夹隙，就可以穿行到前一条街或后一条街的某个院子里。哈尔滨话叫"钻院儿"。

家庭妇女们喜欢聊天和串门儿，实在是人渴望彼此交流的基本心理需求之一项。除了这一项传统的交流方式，她们当年再没有另外的什么交流方式。她们的真性情，通过此方式呈现和舒展。如果连这一种方式也遭硬性的禁止，她们作为女人的生气也就迅速萎靡了。

十一点左右，她们又都回到了各自家里。丈夫虽不在家，儿女们还要吃午饭呢。

下午，她们可小睡一会儿。下午的聊天和串门儿，时不时要看表的，必得在四点半以前结束。六点钟左右，丈夫们下班回家了。他进门片刻，喝杯水，吸支烟，饭菜就上齐在桌上了。出色的妻子，无论做什么饭菜，时间是掐算得极准确的。如果饭桌上有馒头、白米粥，照例首先由丈夫、老人和小儿女分享。若还剩，有她的份儿。不多，自然没她的份儿。

没她的份儿她也早就习惯了。因为她是妻子，是母亲，是儿媳。她自己的意识里，承认自己是家庭中最不重要的成员。吃穿方面，无论与谁比，她自己往后排永远是合情合理的。

七点钟左右，她开始为丈夫、儿女和老人烧洗脚水。如果家里有收音机，丈夫往往一边吸烟一边听什么，等着洗脚水端到脚前。而上学的长子长女，必在埋头写作业。无论夏天还是冬天，八点半后，一般人家准拉窗帘了。夏天男人们吃罢晚饭也喜欢坐在院子里聊一会儿天，或下一盘棋，但绝不会聚到很晚。冬天，若非星期六晚上或星期日，男人们是不太串门儿的。九点，十之八九的人家皆熄灯。有的人家睡得更早，往往八点多就熄灯。没电视的年代有一个好处，那就是无论大人孩子，睡眠都较充足。五十年代，并非家家户户都有收音机。可以说大多数平民家庭并没有。谁家有，也是老旧的。只能听一两个台。记得我家住的那条街上，有人家买了一台八十几元的国产名牌收音机，几乎一时轰动整条街……

当丈夫和儿女们发出鼾声，家庭妇女的一天终于结束了。她们周而复始，一年又一年，过着内容完全相似的日子。直至发白了，脸皱了，在不知不觉中老了。

她们当然也是爱美的。她们往头上抹的叫头油；往脸上擦的叫雪花膏；润手的叫蛤蜊油——两片蛤蜊壳扣装的某种油脂，八分钱。而这三样，对她们而言是奢侈品。加起来一元钱左右。如此廉价的东西，有的女人一辈子也没用过几次。

平素她们洗发用碱水，洗脸用肥皂，手上的皮肤干裂了，涂点儿豆油。过春节了，才舍得预先买块香皂用。

她们也很少穿新衣服。新衣服毕竟是会有一两件的。比如结婚时穿过的，但婚后不久可能就叠起来压在箱底儿了。有人家的箱底儿，甚至压着她当年穿过的旗袍。某个日子，往往是夏季的好天晒箱底儿的时候，她会一高兴心血来潮地穿上，在院子里招摇一番。那旗袍当然已瘦了，穿着不合体了。同院的女人们就围拢了观赏、赞叹，或遗憾。

除了结婚时拥有的新衣服，据我估计，她们中的大多数，婚后又为自己做过五六套新衣服，就算多了。说是五六套，其实不可能同时做，往往新衣服前年做的，新裤子去年做的，今年打算为自己做双新鞋。终于凑齐上下一套，留待特殊的日子特殊的心情下穿。

新的衣服，无非是用平纹布或斜纹布做成的。平纹布三角多一尺，斜纹布五角多一尺。她们中大多数，终生在衣着方面的消费，细算下来，二三百元罢了。她们中某人猝死，往往没一套新衣服入殓，现做一套平纹或斜纹的送终。

她们当然是爱名誉的。贤妻、良母、孝媳便是她们的至高无上的名誉追求。家庭妇女真的能在此三方面被公认为榜样，那么她会成为全院乃至整条街上极受尊敬的女人。倘三方面她做到了，那么她在邻里关系方面也肯定是能谦善忍的。即或刁蛮泼悍的女人，对她也不敢过分地冒犯，怕引起公怒。家庭妇女中也有侠肝义胆的女子，她们在一个院子里乃至整条街上主持民间正义，抑强扶弱，专替受欺辱的女人打抱不平。

家是她们每个人的展窗。一位家庭妇女究竟是怎样的女人，别人一迈入她的家门心中便有数了。持家有方的女人，无论她家的屋子大小，家具齐全或简陋，都是一眼就看得出的，是清贫抵消不了的。丈夫、儿女、老人是她们的广告。她们懂得这一点，所以，尽一切能力使家庭的每一成员都穿得体面些。如果说顾不上考虑到谁，那么顾不上的往往只能是她们自己。而要尽到以上义务，对于她们已实非易事。五十年代，平民之家几乎是舍不得花钱买衣穿的，全靠她们一双手做。

　　一职业妇女如果嫉妒心强，人们就都会说她"像家庭妇女"。

　　然而我想说，五十年代，在中国，嫉妒之心最有限的，也许恰恰是家庭妇女。更确切地说，恰恰是平民阶层的家庭妇女。这样说，并不意味着宣扬她们似乎天生地最接近着女性的美德，而是强调她们并不能直接参与到社会中去进行名利的竞争；同时值得女人嫉妒的现象又几乎皆存在于她们短窄的视野以外。无论男人或女人，根本不可能由自己不知晓的现象生发出嫉妒之心。置身于她们那么一种群体封闭的生活形态，决定了她们对别的女人实在没什么可嫉妒的。

　　但毕竟也会有嫉妒的时候吧？

　　是的。

　　家庭妇女们最嫉妒、真嫉妒的——谁家的丈夫对妻子比自己的丈夫对自己好。因为这不但是她们视野以内的事，而且是直接触动她们女人感想的事。毫无疑问，其实也是无论任何时代的女性都很在乎的事。只不过，因为她们是家庭妇女，仅能通过丈夫对自己的态度意识到几分自己存在的重要性，故比任何时代的女性尤其在乎这一点。

她们中有人常常公开展示一瓶雪花膏、一瓶头油、几尺布料，炫耀说是自己丈夫给自己买的。

也有人动辄便说："在我们家里，我可是和他吃一样的饭菜！我不和他吃一样的他不高兴！"

言外之意是丈夫心疼她到了极点。

其实都未必是真事。

大多数女人并不在乎自己和丈夫吃的是不是一样的饭菜，但是极其在乎自己的丈夫连一瓶头油、一瓶雪花膏都不曾给自己买过。她算算丈夫的收入和家庭的花费，暗自承认其要求虽属正当但未免铺张，心里却总是希望丈夫某一天给予她那一份儿惊喜。而丈夫们又似乎偏偏不予考虑……

于是，她某一天兴许会当众宣布："俺家那口子，说要给俺买一双皮鞋呢！"

家庭妇女们的这一种虚荣，有时简直像比宠的小女孩儿。

五十年代的家庭妇女们，绝大多数是勤俭型的。许多人家床上或炕上，永远放着针线筐儿。几乎家家有袜底板儿，袜底板儿上往往套着没补完的袜子。几乎家家的面板另有一种功用，反过来贴袼褙。纳一双鞋底儿要贴十几层袼褙。解释起来实在啰唆，省略。至于带着针线没缝完补丁没做成的衣服，那便是一眼可见。她们没有八小时以外，她们总在不停地做这做那。永远也做不完，而且永远也做不烦似的。

家庭妇女们没什么个人祈求。她们的祈求体现在丈夫、老人和孩子身上。老人宽厚而长寿，丈夫体贴而本分，孩子听话而健康——几乎是她们的全部幸运和幸福。

她们最怕的是丈夫经常对自己吼而又经常被邻居们听到。

被丈夫打了是她们最觉丢脸之事。

五十年代的家庭妇女心中很少动离婚之念。她们能忍的程度令今人无话可说。

她们其实并不怎么地望子成龙。儿女长大后能有份工作她们就颇感欣慰。而五十年代正是城市青壮年劳动者短缺的时代。所以她们看着儿女一天天长大，对将来是较乐观的。而这乐观一进入六十年代便被粉碎……

我亲近她们甚于亲近以后任何时代的女性。因为她们皆是我的同代人的母亲。我一向对她们怀有深厚的敬意，因为她们那一代女性的含辛茹苦任劳任怨。我也非常同情她们，因为她们作为妻子和母亲，付出太多，享获太少——更因为她们没有生在今天女性也有机会大有作为、大展宏图的时代。

五十年代的职业女性，其风貌与五十年代的家庭妇女们相比，仿佛根本不是同一时代的女性。这不仅是由"职业"二字所决定的，更是由"解放"二字所决定的。"职业"只能使女性发生经济独立的变化，以及由此影响的消费水平物质生活质量的变化。而全中国的解放这一改天换地的大事件，却使当年的职业女性以崭新的前所未有的姿态证明着自己不可轻视的社会作用。

二十世纪五十年代的少女和"大姑娘"

二十世纪五十年代的女孩儿，一入中学，母亲们就会经常教诲她："不小了啊，该有点儿大姑娘样儿了！"

当然，她们还根本不能算是"大姑娘"，只不过不再被视为"小姑娘"了。

于是，母亲们的经常教诲，对那些比"小姑娘"大、比"大姑娘"小的少女的心理发生了重要的暗示作用。她们便开始要求自己像"大姑娘样儿"了。

少女们已不再跳格子跳皮筋。那是被视为"小姑娘"玩儿的项目。她们尤其较少跳皮筋了。因为跳皮筋是夏季玩儿的项目。夏季她们多穿裙子，跳皮筋有时需撩起裙子。皮筋举多高，一条腿要踢到多高。她们已自觉不雅。而母亲们倘见她们仍玩着，就会训斥。自己的母亲不训斥，别人家的母亲也会议论："那么大个姑娘了，还撩裙子高踢腿的，真没羞。也不知她妈管过没有！"

我一直认为，跳皮筋对于少女们，是极有益于健康和健美的玩法。她们当年跳皮筋时灵敏的身姿，至今仍印在我的脑海里。她们母亲当年训斥她们的情形，也一直是我回忆中有趣的片段。

倘她们不属于学习成绩优秀的学生，父母们自然也是遗憾的，但绝不至于像今天的父母们一样着急上火，惶惶然不可终日起来。因为当年上学是为了识字。既已是中学生了，便一辈子不可能再是文盲了，父母们也就觉得对她们尽到了义务，满足于这一点了。大多数的她们，自己也满足于这一点。不就你是优等生，我不是吗？但你能读，我也一样能读；你能写，我也一样能写呀！中学毕业之后，不都是要参加工作的吗？不都是要学三年徒吗？学徒期间不都是只有十八元的工资吗？以后不都是要凭工龄凭实际工作表现长级吗？……

的确，五十年代的她们中，只有极少极少数，非立志要升高中考大学不可。普遍的她们，自己并无很强烈的愿望。普遍的家长，也只打算供她们读到初中毕业。当年初中毕业生的就业机会较多，这使她们对自己前边的人生没有什么太严峻的忧虑。

五十年代的少女的心怀，普遍如一盆清水般净静。说是一盆，而非一池，比喻的是她们心怀范围的有限。净静得当代人既不能说多么好也不能说多么不好。

她们不寂寞，也许因为她们之间有足够装满心怀的友情。一名少女当年伤心了，暗暗哭泣了，往往由于她们之间的友情发生误解了，出现裂痕了。

我小时候，不止一次在别人家里见过这样的情形：

一个少女一回家就哭。

她母亲问她怎么了。她说："她妈（或她爸）打她了！"

那么那个"她"，自然便是她的知心姐妹。

"她"在"她"家里挨打挨骂，她会难过得一回到自己家就哭起来，每一回忆，心为之感动。

不知今天的少女之间，是否还存在着那么样一种不是姐妹胜似姐妹的友情？那真是一种醇香如亲情的友情呢。

五十年代少女之间的此种友情，验证了一条人性的逻辑——对于心灵而言，有空旷，就有本能的填补。无好坏之分。

五十年代的中国，社会现象过于单调，因而世风相对较为纯朴。

打扮一个五十年代的少女是极其简单的———尺红或绿的毛线头绳儿；一件"布拉吉"——连衣裙；一双黑布鞋，足够了。只要"布拉吉"和黑布鞋是洗过了才穿上的，即使旧，也还是能使她们变得清清爽爽、灵灵秀秀的。有双白袜子穿更好，没有，也好。总之，当年那一种简朴到极点的少女的美，真是美极了美极了。

五十年代，她们中学毕业以后，就被视为名副其实的"大姑娘"了。在早婚的年代，女性的少女期是短暂的。短暂得几乎可以说稍纵即逝。五十年代仍是早婚的年代。到了十八九岁，无论工作与否，如果自己不急于考虑婚事，父母们也会按捺不住地张张罗罗地为她们东找婆家西找婆家。倘二十三岁以后居然还没嫁出去，那么就将被视为"老姑娘"了。而一个家庭若有一个"老姑娘"，那么父母愁死了，唯恐她被剩在家里。所以"大姑娘"也意味着是一段短暂的年华。从结婚那天起就是"小媳妇"了。从"大姑娘"到"小媳妇"，短则三四年，长则五六载。五十年代，二十多岁的"小媳妇"，即使在城市也比比皆是。

所幸她们对工作并不怎么挑拣。一般是份工作便高高兴兴去上班。工资是全国平等的。脑体之间基本无差别，机关与行业之间基本无差别，行业与行业之间基本无差别，男女之间基本无差别。在此种种基本无差别的前提之下，对工作条件工作环境工作性质不满意的她们，虽也羡慕这些方面比她们幸运的别人，但一般不至于羡慕到怨天尤人自暴自弃的程度。

上班的她们，普遍还买不起自行车。如果单位远，她们每天需六点多钟就离家。从居民区走到有马路的地方，才能挤坐上几站公共汽车。为了不迟到，她们常将工作服穿回家，第二天穿着工作服离家。那样就省下在厂里换工作服的时间了。

五十年代，青年女性因有工作而自豪，所以穿行业服走在路上觉得挺神气。如果那行业体面，那厂是大厂，有名，则她们穿着工作服走在路上，不仅觉得神气，简直还往往觉得美气。她们穿那样的工作服，能吸引较高的"回头率"。向她们投以热烈目光的，当然都是小伙子。

她们中当护士的，无论冬夏，常喜欢将雪白的护士帽戴在头上。医院是被刮目相看的行业。戴了雪白护士帽的她们，自然也被刮目相看。那时她们就尤其显出"大姑娘"的矜持来。

餐饮行业也戴白帽子，与护士在医院里戴的白帽子区别不大。故有在小饭馆工作的她们，也戴了白帽子招摇过市，内心里乐于被路人看成大医院的护士。所谓"过把瘾"，但不"死"。

当年有小伙子冲着一顶白帽子而苦苦追求小饭馆服务员的事，因而成了相声、小品和小说、戏剧中的喜剧情节。

她们上班时，邻家没有大儿女的母亲一出门碰上了她们，投在她们身上的目光是很复杂很微妙的。那一种目光告诉她们，对方心里在想——盼到哪一天我自己的女儿也开始上班挣钱呢？她们每月十八元二十几元的工资，对一个平民之家的经济补充非同小可。那时她们嘴上礼貌地问着好，内心里体会到极大的优越感。

如果是星期六，她们也会在厂里换下工作服回家。倘还是夏季，她们往往穿一件"布拉吉"。因为她们自己最清楚，"布拉吉"尤能显示出她们成熟又苗条的"大姑娘"的美好身段。也因为她们明白，一旦做了"小媳妇"，再穿"布拉吉"的机会便少了。"小媳妇"们一般是不公开穿"布拉吉"的。

于是许多母亲的目光，都会追随她们的身影久望，互相询问她们是哪条街上、哪个院里、哪一户人家的"大姑娘"。如果她的容貌比较漂亮，那么她的家便出名了。

女人们每每会情不自禁地这么说："瞧人家那大姑娘长得喜人劲儿的！"

五十年代的父母，尤其工人家庭的父母，一般认为自己的女婿年轻、健康、英俊、人品好就是女儿的福，当然也是自己的福。健康和人品好是首条。其次是英俊。至于是工人还是小干部，那倒无所谓。当然，如果前四条"达标"，居然还是位小科长，父母会替女儿高兴得心花怒放。

"大姑娘"们下班一回到家里，放下饭盒就帮母亲们做这做那。她们一般不会因为自己也是挣工资的人了便在家里摆什么资格，要求什么特殊待遇。

她们明白，自己生活在家里的日子不会太久了。这使她们比从前更体恤她们永远操劳着的母亲们了。回想自己是小姑娘是少女时，竟不怎么懂得体恤母亲替家庭分忧，她们每每心生愧疚，同时心生对她们的家的眷眷依恋。虽然它可能很清贫，很拥挤，很杂乱。那一种眷眷依恋又每每使她们的心情特别惆怅。"大姑娘"们这时望着生出白发了的母亲的目光，是非常之温柔的。

"女儿是娘的贴心袄"——这句话主要指的是"大姑娘"了的女儿们。

吃完饭，"大姑娘"和母亲争抢着洗碗。

"不用你，屋里歇着吧！"

"妈，进屋歇着，就让我来吧！我还能替你几次呢？"

这每每是母女二人在厨房里悄悄地对话。

当母亲的听了，心里一阵热。她感动得想哭。她这时心里边觉得，她将女儿从一个小姑娘拉扯成一个"大姑娘"，所付出的一切操劳都是值得的。她的心满足得快要化了。

"大姑娘"洗罢碗，收拾干净了厨房，进屋又拿起了毛线活儿或针线活儿。如果家是两间屋，"大姑娘"准和母亲待在同一间屋。或对坐，或并坐，或"大姑娘"手里运针走线，母亲陪着一递一接地说话儿，或母女俩手中各有各的活儿……

少年时期的我，常在别人家见到这样的母女亲情图。

"大姑娘"有工资了，她可以用自己的工资买毛线了。她心里有种筹划，那就是要在"出门"前，给父亲织件毛衣，给母亲也织件毛衣，再给弟弟织件毛背心，给妹妹织条毛围巾什么的。"出门"前的"大姑娘"，心里装着每一个家庭成员。她要留下念心儿，延续她对这个生于斯长于斯的家的亲情。

"大姑娘"某一天终于是新娘了。男方家里会送她一套料子做的新衣，一般是"哗叽"的。那将是她以后二三十年内最好的一套衣服。

当然还少不了一双皮鞋。那几乎肯定是"大姑娘"生平穿的第一双皮鞋。手表、自行车、缝纫机是当年代表一个家庭物质水平的"硬件"。新婚夫妻极少有同时备齐三大件的，往往由"大姑娘"随自己的心愿任选其中的一件或两件。

五十年代"大姑娘"的娴静，还与较多地占有她们业余时间的编织与针线活儿有关。那些仿佛是她们的"书"。爱读书会使男人变得娴静，正如编织和针线活儿会使"大姑娘"变得娴静。

五十年代的"大姑娘"，普遍而言，也都较腼腆。

腼腆包含有羞涩的意思在内，但又不仅是羞涩。羞涩形容的是内在的心态，腼腆形容的是外态。羞涩是一个发生性的、进行性的词。因为人不可能无缘无故地羞涩起来。

但五十年代的"大姑娘"们，却往往会无缘无故地腼腆起来。

比如同院住了多年，邻居关系很好，她们到我家借东西，或春节拜年，也会显出非常腼腆的样子。而我父亲常年在外地工作，我哥哥是中学生，我是少年，我家简直没有能算得上"男人"的人，她们为什么也腼腆呢？

正由于我家只有小男人，我母亲又特别好客，对"大姑娘"

们一向特别亲热，一向特别为她们所敬，故不但同院的，而且连邻院的、一条街上的，乃至前街后街的"大姑娘"们，相当一个时期内，都愿结伴儿往我家聚。有时会在窗前聚七八人之多。就着屋里的灯光，各自手里皆钩着织着，你一句我一句地聊天。悄悄地聊，偶尔发出一阵哧哧的轻笑。邻居们都说，我家简直成了"大姑娘之家"了。我母亲也常望着她们说："我要有这么多大姑娘可美死了！"

正是那么一种情形，使我这个少年的眼，有机会观察很多"大姑娘"。

连我母亲和她们说话，她们也显出腼腆的样子。

同院有个比我大的男孩子心思不良。按今天说法，可叫作"问题少年"。

有一次他问我："你看她们中哪个漂亮？"

我就指着其中一个说："她最漂亮。"

他怂恿我："那你敢走到她跟前去对她说'我爱你'吗？你若敢，我给你两个玻璃球儿！"

于是，我逞强地走到那一个"大姑娘"跟前大声说："我爱你！"

不惟那一个"大姑娘"，所有的"大姑娘"全都倏地一齐红了脸，全都瞪着我呆住了。片刻，这几个伏在那几个身上，一齐笑得前仰后合。

那是我生平第一次见"大姑娘"们笑开怀。她们一个个忍住笑，复一齐瞪着我，脸仍红着，都显出一种很美的腼腆。我母亲因那件事狠狠训了我一通，不许我以后再跟那"问题少年"接触……五十年代"大姑娘"们的娴静和腼腆，单就男性对女性的眼光而言，从我这儿讲，在我记忆里永远是优雅的、美的。姑娘大了，如果只"蹦迪"蹦得好，却从不知娴静何意，如果一味现代，从未羞涩过，从未腼腆过，细想想，也够俗得烦人了……

二十世纪六十年代的中国女性

二十世纪六十年代前三年，是中国的灾荒之年，也是中国人的饥饿之年，更是逢此三年的绝大多数中国女性每忆心悸的艰苦岁月。从母亲怀中的女婴到老妪，几乎都难幸免。

我们这里既说的是绝大多数，因而强调了例外者们的存在。某些成年人虽然在那三年里自己不曾挨过饿，但还是知道别人在挨饿的情况的。只有极少数六十年代的少男少女在那三年里并没挨过饿，以至于长大后，听许多同龄人或上一代人回忆起"三年困难时期"的苦日子，自己浑然不知。仿佛非中国人，乃外国人。

他们是极少数的高干子女。当年的空军战士，曾节省下自己每月发的饼干和巧克力，送往他们曾寄宿的小学或中学。"难怪学校里当年发过饼干和巧克力！"他们往往是在这样的联想下，才能证明那三年在自己的年龄中也确曾是度过的。

所谓"三年困难时期"，我们如今都知道的，并不仅是自然因素造成的，也是政治因素造成的。中国和苏联决裂了兄弟国家之间的友好关系，于是导致苏联板起面孔讨债，中国显示出强硬的志气偿还。

那三年内，司局级以上干部，每月发"优待券"，可凭券买到白糖、茶、烟、奶粉之类。老百姓在那三年里见不到奶粉。凭出生证明供应给婴儿的是"代乳粉"，一种接近奶粉的婴乳品。那证明不仅要证明婴儿的出生，还要证明母亲奶水的不足。倘不证明后一点，也是不卖的。春节前，每户人家供应几两茶叶。白糖每月每人二两，吸烟的男人每月供应一条劣质烟。

城市人口中，对男劳动力的粮食最高定量是三十六斤半（搬运工、伐木工、煤矿工享此优待）。一般工人三十二斤。脑力劳动者三十斤。家庭妇女们和初中生高中生们一样定量——二十八斤半。后来，在哈尔滨市，粮食不能保证定量供应了，每人每月减少三斤粮食，以霉质的地瓜干等量代之。连霉质的地瓜干都作为城市人的口粮供应了，足见已将农民的口粮收缴到了什么程度。许多学生腹中空空地上学。许多学校因而取消了课间操。学生和教师饿昏在课堂的事是经常发生的。"天府之国"的农民大批大批地逃往外省寻求活路……陕甘宁的农民大批大批地"闯中原"或"走西口"……事实上，饥饿从一九五八年起，在有些省份就蔓延着了，也并未能全国齐刷刷地结束于一九六三年底。在有的省份，直至一九六五年一九六六年才略见缓机。而一九六六年中期就开始了"文化大革命"……

那些年，全中国直接饿死或间接死于饥饿、营养不良、野菜中毒的人数，想必是难以统计确凿的。当然，主要是连起码口粮定量都丧失了的农村人口。

那些年，城市里的许多中年母亲，迅速地白头了，明显地苍老了。

作为妻子，她们必得保障丈夫们不至于被饿倒。丈夫们一饿倒，家庭也就没了基本收入。作为母亲，她们必得保障儿女们维持在半饥半饱的状态，因这是她们的起码责任。如果还有公婆，如果她是个孝顺媳妇，岂忍看着老人挨饿？

但每一个家庭成员的口粮都是定量的。巧妇难为无米之炊，她们往往也只有自己吃得比定量更少。

倘有丰富的副食，以上定量并不至于使人挨饿。

但那些年里几乎没有任何意义上的副食。连蔬菜也是按票证供应的。

六十年代的前几年，中国城市里的绝大多数母亲们亦即中年母亲们，总体值得评说之处是母性的坚忍和毫不顾惜自身的家庭责任感。如果她们自己不吃饭也能将就着活，她们中许多人肯定会根本一口饭都不吃；如果她们身上的肉割下一条来半个月就会长合，她们中许多人肯定会每隔半个月从身上割下一条肉来给全家人炖汤。

除以上两点，实难再由她们评说出什么折射时代精神的风貌特征。

那么咄咄逼人的饥饿时代里，她们身上还能显示出别种女性异彩吗？

那些年参加工作了的"大姑娘"，大多数比较自觉地推迟婚龄。因为结婚成了很不现实之事。大多数小伙子那些年没心思结婚。整天饿得心慌眼花的，哪儿有结婚的心思呢？念头一闪，便自行地打消了。而小伙子们的消极，正中"大姑娘"们下怀。其实她们都不愿在艰苦岁月里嫁出门去。一嫁出门，工资也就带走了。她们微薄的工资，对于她们的家越发显得重要了。毕竟，在黑市上，花高价还是有可能买到粮食或粮票的。若买粮票，她们的工资也等于十几斤粮食啊！一个家庭每月多十几斤粮食少十几斤粮食，区别是很大的。何况，因为她们参加了工作，每月口粮比母亲高三斤半，比小弟弟小妹妹高六七斤甚至十来斤，自己每顿少吃，家人不是可以多吃几口吗？

那些年，是中国城市结婚率最低的几年。二十四五岁了仍不考虑婚事的"大姑娘"多了，不足为奇了。与五十年代初期至中期相比，她们接近着是"老姑娘"了。

饥饿比宣传号召起了更大的晚婚作用。

但在农村里恰恰相反。

为了拯救家庭，"大姑娘"或者甘愿牺牲自卖自身，或被无奈的父母暗卖。因为她们没有工资，土地荒芜，工分也没了意义，只有自身还能换点儿吃的。又加中国农民传统的重男轻女的封建思想仍十分严重，卖了女儿，起码家里少了一口"白吃"。保命的重点，是倾斜于儿子的。当然，也有父母，愿望是好的。考虑得极为现实——女儿让一个男人领走，只要他能养活她一条命，总比饿死在家里强。"大姑娘"白白被人领走了，接着，二姑娘、三姑娘也眼睁睁被人领走。只有儿子，要死，也得和自己死在一起。因为只要留住儿子，只要儿子不死，就有能传宗接代那一天……

城市里的少女们、半大姑娘们，亦即初中生们、高中生们，比起农村的少女们、半大姑娘们来，落不到那么悲惨的命运，似乎该算是苦难岁月中的幸运。

但她们中的许多在身体正待发育着的年龄，由于极度的营养缺乏而中止了发育。如果将今天小学六年级的学生和六十年代前三年的初一、初二学生混编在一起，并且都来一个向后转，那么可能较难分出哪些是今天的小学六年级学生，哪些是从前的初一、初二学生。如果将六十年代前三年的高中生与今天的初中生混编在一起，那么会比较明显地看出，后者发育的良好程度远胜前者。

良好中的忧虑，倒是营养过剩现象。

许多六十年代的初中生、高中生，身体发育在不该中止的年龄中止以后，就永远地矮小了。排除个别遗传因素，共同的原因是"三年困难时期"营养不良。

一进入六十年代，中国城市女性人口的年龄比例发生了显而易见的变化。过去是家庭妇女多，后来是学生多。过去，街头巷尾发生件什么事，哪怕仅仅是出现了个卖彩线的小贩，满街急匆匆聚去的是中青年母亲们的身影，后来，如果正巧是学生们放学的时候，被吸引的往往是许多女学生了。

过去，早晨七点多钟、下午五点多钟，女人们的目光迎送的是上下班的丈夫们，而后来迎送的是上下学的儿女们。成群结队的中小学生从街上经过，情形往往颇为壮观。

六十年代的中学女生与五十年代的中学女生相比，头脑中对于上学的思想大为不同了。她们已不满足于将来的自己仅仅不是文盲。她们已开始明白，学历的高低，不但关系到自己将来的婚恋和人生的质量，而且足以直接扭转自己的命运。

绝大多数初中女生的志向是升高中。她们上中学不久，便开始了解到市里有哪几所中学是重点中学，而自己就读的中学之教育水平大致属于几等。在课堂上，老师们每每备感荣耀地告诉学生，本班本校的上一届或上几届学生中，有多少考取重点高中。那些使老师谈起来很骄傲的学生中的女生，便渐渐成了她们心中的榜样。

绝大多数高中女生的志向当然是升大学或大专。那些重点高中的女生尤其如此。她们对于全国的名牌大学耳熟能详。"三六一十八，清华北大哈工大"，这是六十年代初开始在哈尔滨初高中生们之间流行的话，代表着他们和她们的学习理想。"三六一十八"，当年指哈尔滨的四所重点中学——三中、六中、一中、十八中。中学生考入此四所中学的高中，意味着离踏进全国名牌大学只有一步之遥了。我的哥哥原在哈二十九中读初中，初中毕业后被保送到一中，前街和后街的"大姑娘"们都对他另眼相看起来。

一九六三年我升入中学，哥哥考入大学，前街后街为之轰动。连派出所所长和社区的干部都纷纷到家里祝贺。中华人民共和国成立以来，我们那一居民社区几千户人家中，还没出现过大学生。他到外地上大学前，预先定亲的媒人终日不断。许多"大姑娘"和她们的父母，认为我哥哥将来必是工程师无疑，都愿早结良缘，等上四五年也心甘情愿……

六十年代的"大姑娘"们——她们已不怎么乐于被视为"大姑娘"了，人们已开始顺应她们自己的意识称她们为"女青年"了——无论是学生还是参加了工作的她们，依然是娴静的。

但与五十年代相比，她们已外静内不静，态静心不静。是的，她们不再如五十年代的"大姑娘"们一样娴静得头脑空旷心思简单了。一九六三年后，饥饿的黑翳从城市里渐退，人们又能吃饱肚子了。"女青年"们择婿的标准在吃饱了肚子以后开始悄悄形成。"蓝制服，白大褂，枪杆子，舵把子"，这是当年"女青年"们之间流行的顺口溜。如果嫁给有大学文化的男人无望，这是她们退而求其次的择婿标准。"蓝制服"指公安干警。社会的许多方面，都对"执行无产阶级专政"的男人们礼让三分，故他们在"女青年"们心目中地位颇高。

"白大褂"指医生。中国百姓看病是件麻烦事，有时甚至是件叫天天不应、叫地地不灵的事。嫁给医生，或只不过是在医院工作的男人，全家人包括亲戚朋友都会受益匪浅。

"枪杆子"指排长以上现役军人。军官月薪高些。成了军人家属，不但生活有保障，不但光荣，还会受些优待。但嫁给军人有一点不中她们的心意，那就是将忍受婚后长久的分居生活的苦闷。而随军不但须经部队批准，又有可能离开城市。离开城市是她们所不情愿的。故"枪杆子"在国家那儿虽然排在第一重要的位置，在她们心目中却只能屈尊第三。

"舵把子"指司机。无论开卡车的还是给官员开小车的，总之自己和自己的家人能沾点儿方便。

看来，归根结底，女性自我意识的觉醒，不是由任何其他的条件和因素所决定的，首先是由工业的发展所决定的。工业的发展带来了广泛的城市就业机会，广泛的就业机会增加了许多家庭的收入，收入提高了的家庭有能力承担儿女们的学费。而较普遍的文化教育，使普遍的男人和女人的意识受改变的过程与阶段是有区别的——它使男人开始关心自身以外的事情，它使女人开始思想与自身相联系的事情。好比展开一幅画在男人们眼前，使男人知道世界比自己所了解的广大得多；而展开一幅画在女人们的头脑中，使女人知道女人的命运比自己所以为的丰富得多。那幅画原先就存在于女人的头脑中，只不过它卷着，还捆着，非靠时代的咒语而不能展开。只有极特殊的女性，能凭自己的觉醒先于时代的默许而展开它。她们在任何时代都是具有叛逆精神的女性……

五十年代中后期的许多"小媳妇"，在六十年代的前几年，不但早已是母亲，而且可能已是两三个儿女的母亲了。

那时"计划生育"还没实行。

她们的某些母亲，在十来年内，尤其在饥饿威胁每一个家庭的三年内，已被老年扯拽得趔趔趄趄，过早地去世了……

她们可算是共和国的第二代母亲，她们生下的是共和国的次子次女们。

由于她们本身已是有些文化的母亲，她们对女儿们的企盼，比她们的母亲在她们小时候对她们的企盼高得多。她们每每因还没上学的儿女居然也会写她们教过的某些字非常惊喜。而她们的母亲们，当年往往只因她们的脸蛋漂亮小嘴儿乖甜笑逐颜开……

尽管，共和国的许多次女幼小时吃过"代乳粉"，但智力却比第一代们开发得早，接受文化的年龄也比第一代们小。普遍的她们，学龄前就已经培养起了学习的兴趣。甚至，连她们的入学年龄，也比第一代们提前了一二岁……

……

一九七八年至一九八八年的中国女性

在世界美术史上，通过女性和书的关系体现某种美感的名画是不多的。即使那些最伟大的大师，创作的目光一专注向女性，也往往首先被她们的肉体的美所吸引。不惟画家们如此，连雕塑家们也如此。罗丹和毕加索，都对女性肉体的美说过许多情不自禁、如醉如痴的话，但都没有为我们留下将女性和书统一在一起的雕塑或绘画。

而我一直觉得——一位静静地看着书的女性，如果她本身是美的，毫无疑问，那样子的她，则就更美了。如果她本身是欠美的，毫无疑问，那样子会使她增添美感。

我一直觉得有四类女性形象是动人的——托腮凝思着的少女；读着书的青年女性；哺乳着的成熟女性；编织着的老妇人。我想说的是，入画的托腮凝思的少女我见过；哺乳着的成熟的女性我见过；编织着的老妇人我也见过。但是入画的读着书的青年女性，我只见过两幅。一幅画的是一位公爵夫人，在豪华的房间内静静地仿佛聚精会神地读一部《圣经》——如果《圣经》也算是书的一种的话。

另一幅是俄国画家画的——一位少妇坐在小窗前一把旧椅上，聚精会神地读一部差不多与《圣经》等厚的书。她一只细长的手指正打算抚过一页……

女性，尤其青年女性，与书一同入画、入摄影，"变为"雕塑——在我看来，其艺术的魅力，仿佛便具有了某种超凡脱俗的圣洁意味。我记得有这样一幅画——一位面容清秀的姑娘，身着白色连衣裙，手捧一册刊物看得忘我。她的身后是街头报刊亭。那一册刊物似乎是《知识》。那一幅画的题目似乎是《知识就是力量》。它一经问世，便被许多报刊转载。如果能够统计一下，我们将会更加确信不疑——它可能是当年转载量最高的一幅画。起码是之一。

当年，许多三十多岁的中国男人和女人，一看到这幅画时竟泪光闪闪。尤其那些被时代蹉跎了岁月，永远再没有机会以正式大学生的身份跨入大学校门的男人和女人，面对《知识就是力量》无不百感交集。

"老青年""后知青"，当年的高中生们，从十七八岁到二十七八岁、三十余岁的一切城市里的男女，凡求知若渴的无不参与到同一种竞争中——升学。

当年的升学竞争并不像今天的升学竞争这么激烈。或者反过来说，以今天比之当年，今天的升学竞争不但显得尤为激烈，而且简直可以说达到了惨烈的程度。

当年的考题容易，分数线定得低，高考恢复后的前两届，分明地带有体恤性和关怀性。

在大学的课堂上，在女大学生之间，当一名十八九岁的年龄最小的女大学生和她的二十八九岁的可能已经做了妻子的女同学坐在一起时，时代在尊重文化知识方面曾经一度发生的断裂就呈现出来了。

当年，女性要求和向往自身知识化的强烈冲动，远胜过今天的时装、减肥、美容、出国旅游对她们的吸引。

一方面是由于当年还没有那些，甚至可以说主要是由于当年还没有那些；另一方面不得不承认，中国女性力图通过知识化来完善自身的可贵意识开始觉醒。而这一点，对于全世界的女性来说，其实都是最不容易的选择。因为孜孜苦读考上大学并以优秀的成绩毕业，远比埋头苦干挣上一大笔钱通过整容术将自己的脸整得端正些还需要执着的精神。而当年又恰恰是那些被耽误了十年的大龄大学生，尤其他们中的女性，其苦读之执着精神特别令人钦佩。四五年后曾有报纸做过调查，她们的毕业成绩是令她们的许多老师深为满意甚至深为叹服的。

不能以正式大学生的身份进入大学校门的她们，转而毫不气馁地成了夜大、电大、职工大学里学习态度最具自觉性的"女生"。

从恢复高考到八十年代的最初二三年，中国当代女性，主要指中青年女性，给我留下的最深刻的印象，可用七个字来概括——学习、学习、再学习。

在城市里，你几乎可以到处看到她们捧读的身影和姿态。有的是在读刊物上发表的最新小说。这倒并不怎么特别值得喝彩。因为支撑文学延续至今的主要读者群，几乎一向是女性。如果某一天连女性也不看小说了，全世界十之八九的出版社就该倒闭了。好比如果某一天连男人也不看足球赛不看拳击赛了，那么足球运动和拳击运动就该寿终正寝了。但当年你也会不经意间发现她们手捧另外一些纯知识性书籍全神贯注地读着的身影和姿态。比如物理、化学、高等数学、历史、文学史以及哲学史，等等。或在公共汽车站，或在拥挤的公共汽车上，或在商店的采购队列中。她们的惜时如金令人怦然心动。她们大抵是些上夜大、电大或职工大学的女性。若你发现她们是在公共汽车站或公共汽车上，那么往往是下班的时间。她们的小包儿里装着一个面包一罐头瓶水，往往直接赶去上课。若你发现她们是在商店的采购队列中，那么那一天往往是星期日，她们又往往是在"放学"回家的路上顺便买些东西。

当年我曾见到过一次这样的情形——那一天下着蒙蒙细雨，在前门二十二路公共汽车起点站，有一位三十岁左右的女子没带伞而捧着一册几何书看。她怕雨淋湿了书，将书捧在前边一个人的伞底下，任凭自己被细雨淋着而又似乎浑然不觉。她的衣服分明已经快湿透了，头发上聚着一层非常细微的雨珠儿。我排在她身后，也没带伞。但我穿着风衣，并不在乎雨淋。我身后是一位老者，他撑着伞。他尽量将伞举过我头顶，撑向前边。那么一来，不但他自己被淋着，伞上淌下来的雨滴也落在了我肩上。我回头正欲开口提出"抗议"，瞬间明白了，他是想用自己的伞替那位女子遮住雨。我立刻闪身将他让到了我前边。那样，他自己不会再被雨淋着，也能将那位女子罩在伞下了。他对我说谢谢时，我内心里却被他的善意感动着，不知该说什么好，只有笑笑。我很希望那位女子回转身，发现有一位老者在她背后为她撑伞遮雨。然而她没有。那老者一直默默将伞向她斜举着，仿佛是她的一位老仆，所做纯属义务。直至一辆公共汽车开来，我们都上了车。那女子站在车上，仍一手握栏杆，一手持书，全神贯注地看。车上，许多人的目光不时投向她。人们的目光中饱含着敬意。那是对于女性自强不息之精神的敬意。

车到师范大学那一站，乘务员提醒她："那位女同志，别用功了，该下车了！"

虽然她不曾开过口，却连乘务员都猜到了，她一准该在那一站下车。

她这才想起还没买票，急将书夹在腋下，打算从小挎包里往外掏钱……

而乘务员说："算啦算啦，快下去吧！别耽误你上课，也别耽误司机开车……"

在车上许多人善意的笑声中，她匆匆下了车，身影汇入拥进师范大学校门的人流中。

当年，晚六点半至七点之间，某些开设"业大"的大学的校门口，其人流匆匆拥入的情形如同上夜班的工人人群。他们和她们，九点半以后才能离开大学回家。第二天当然要照常上班。所以"业大"又简直可以叫作"夜大"。当年的许多中国城市，包括北京、上海、天津这样的大城市，九点半以后会绝对地寂静下来。斯时如果有许多骑着自行车的身影从马路上鱼贯而过，那么肯定是些早已不再年轻的"业大"生……

如果以为当年的中国女性那一种求知若渴，纯粹是对知识的毫无功利心的追求，也非实事求是的看法。

人对于知识的追求，大致可归结为两类——一类由于兴趣，一类由于需要。

当年的中国女性，几乎皆是由于需要而追求知识。更确切地说，是追求文凭。

文凭可以助她们较为顺利地谋到符合自己理想的职业。

这一点与现在是一样的，与以后也必是一样的。

但那职业的理想与否，于当年的她们而言，其实又只不过是由职业性质所决定的，在工资收入方面其实并不能体现出什么差异来。当年中国仍处在工资无差别的年代，也没有什么外资企业或商业集团频频地向她们招手并释放强大的吸引力。故她们追求文凭的原始动力，又几乎可以说与钱无关。

昨天的与钱无关也罢，今天的与钱密切相关也罢，只不过是时代特征下知识或学历价值的区别，只不过是这种区别体现在两个时代的女性身上所折射的不同意识内容，二者之间并不存在着可褒或贬之分。进言之，在中国今天这样一个特征鲜明的商业时代，无论男人还是女人，追求知识或学历以谋求高薪职业，不但并不亵渎知识或学历本身，而且完全符合着时代一贯的法则。只有极少数的人才能达到逆商业时代法则而进取的单纯的知识追求的境界。这样的人不但历来极少，而且将越来越少，所以是不可以他们为榜样而苛评大多数人顺应时代法则的天经地义的现实态度的……

当年除了以上那些女性，工厂的青年女工们也在补习文化知识。有的工厂明文要求青年女工们进行初中文化考核，通过考核者才发给正式"上岗"证。所以当年找齐一套从初一到初三的课本不但是不易的，而且是幸运的。当年一套初中的旧课本在地摊上标以高价。当年某些家庭里有这样的情况——上初中的弟弟妹妹做哥哥姐姐的家庭补习教师，甚至儿女做父母的家庭补习教师。

当年许多城市里的中青年女性都体会到一种时间上的紧迫感。

无论是追求学历的女性，还是应付文化补习的女工，见了面，或在电话里所交谈的内容，往往都离不开"考试"二字。有些人是为了和别人不一样而考。有些人是为了能和别人一样而考。无论是男人或女人，其实每个人的潜意识里，都存在着企图高于别人的念头。当年的时代说：那么，你知识化起来吧！每个人的潜意识里，又都存在着不甘低于别人的自强。当年的时代说：那么，你知识化起来吧！知识和学历，成为时代抛给人的一种标志。这标志甚至影响着当年嫁龄女性的择偶观。"给你介绍一位男朋友吧，他可是位大学毕业生呢！"倘"他"其余条件不是很差，十之八九的嫁龄女性是乐于一见的。正如今天有人对她们说："给你介绍一位男朋友吧，他可是位大款呢！"——而她们中许多人眼神会为之顿亮一样。大学毕业这一条，遂成为当年中国嫁龄女性最高择偶标准的项目之一。认为自身条件优越的她们，甚至公开声明非大学毕业生不嫁。当然，今天之中国的许多待嫁女性，择偶要求中往往也是列入这一项标准的。但在当年，那是最高的标准之一。在今天，却差不多是最起码的、最低的标准了。当年，这一最高标准往往是前提。无此前提，某些原则如铁的女性，见都不见。今天，这一标准往往只不过是"参考分"。如果其余硬性标准合格，这一标准宁愿主动放弃，根本不再予以考虑。当年，其余的标准无非是相貌、健康情况、家庭负担情况、性情，等等。除了学历一条，与五十年代的标准几乎完全相同。

今天，其余的标准因人而异，天差地别——所异所差所别，往往由男人财力决定。财力往往被视为前提。前提满意之下，余项都显得无足轻重了。

当年的标准，尤其当年的前提，只维系到一九八五年左右，便在时代的一次次"解构"中完结了。

国门开放，许多有钱的或似乎有钱的港人、台胞、华侨、外国人一批批纷至沓来。

于是一批批年轻貌美的中国姑娘挽其臂而去。

当年大宾馆大饭店的漂亮女服务员，如今做了境内中国男人之妻的，想来不会超过十之一二。致使后来那些大宾馆大饭店，因漂亮女服务员们的势不可挡地"流失"而烦而恼，再后来干脆一改初衷，不专招漂亮的了，只要看得过去的就录用了。

年轻的中国知识女性们，在那些宾馆和饭店的女服务员们面前，心理曾何等的优越何等的高傲啊！但时代在让她们尝到点儿甜头之后，似乎又开始恶意地嘲笑她们了！

连宾馆和饭店的女服务员们都时来运转，梦想成真，摇身一变成为尊贵其身的娇妻美妾，那些不但拥有了大学文凭，外语流利，并且也漂亮的女性，岂肯坐失良机，蹉跎其后，而不捷足先登？

于是，知识和学历相对于当年的中国男人，其优越感在钱的耀眼光辉下一败涂地。

相对于女性，在佳丽的美貌前黯然失色。

当年，大学毕业生刚参加工作的工资还只不过五十几元，硕士毕业生的工资还只不过七十几元。这比没有学历的同龄人的月工资已经高出一二十元了。但对比于境外的男人们，其工资只不过十几美元（按当年的汇率算）啊！

于是，由学历泛起的时代泡沫，也很快灭落下去了，正如政治的时代泡沫灭落下去一样。

从二十世纪八十年代后半叶至九十年代前几年，中国年轻女性的涉外婚姻率直线攀升。尽管其间丑剧、闹剧、悲剧时时披露报端，但孤注一掷者、破釜沉舟者、铤而走险者，源源后继。

这一种现象有什么不对头的吗？

许多中国人当年是这么想的。

尤其某些刚刚用勤奋换来了学历，在女性面前的自我感觉刚刚好起来的待婚男人，内心里感到无比失落。

仅仅几年前，还有女性公开声明非大学生不嫁，不承想才几年后，某些年轻漂亮的女性却往往这么说了："哼！穷大学毕业生有什么了不起？硕士又有什么了不起？让他们一边儿稍息去，等我实在找不着中意的了再考虑他们！"

仅仅几年前，各地的形形色色的年轻的男性骗子，还一而再、再而三地冒充大学毕业生骗取青年女性的芳心——不承想才几年后，他们却开始冒充境外的富商子弟了。

某些拥有了高等学历但天生不怎么好看的女性，内心里当然更是愤愤不平于此一种时代现象的不良。岂止不良，在她们想来，简直丑陋！简直可憎！

当年我也是对此一种时代现象持激烈批评态度的中国男人之一。

但是如今细细想来，此一种时代现象，实在是一种从古至今的极其正常的现象。

因为，无论男人女人，总是希望通过最容易的方式达到某种目的。

因为，无论男人女人，改变自身命运，过上比别人好得多的生活，从来都只是憧憬。

因为，尤其是女人，在一个商业时代的大门迎面敞开之际，对于物质生活的虚荣追求，自古强烈于男人。例外的女性是有的，但她们在数量上绝对代表不了普遍。

因为，女人要过上比别人好得多的生活，最容易的方式只有一种，而且是最古老最传统的一种——通过嫁给一个能给予她们那一种生活的男人的方式。

这方式虽古老，但绝对没有过时。目前仍在全世界许多国家里被许多女性继续沿袭着。

通过最容易的方式达到某种目的——这不但是人性的特点，也是许多兽类、禽类乃至虫类的本能特点。

以上方式符合人性的这一特点，尤其符合女性之人性的这一特点。

八十年代后半叶，中国某些女人以她们比男人敏感的神经，触觉到了时代的兴奋的中枢区。它反射给她们的信号——欲望时代的集贸商场即将大开张，你有什么可交易的？容貌即资本，青春即股票。它并且暗示她们——二者之和，远远大于一个女人头脑中所可能容纳的全部知识的价值。就像三角形的任意两边之和大于第三边一样。

那时，社会行业还没有发展到今天这么丰富多彩的程度。即使有才干的知识女性，倘要凭其才干和知识获得比普遍的女性较多的收入，仍几乎是痴心妄想之事。

于是她们的目光自然而然地由国内转向国外。在国外，对才干和知识的尊重毫不含糊地体现为金钱的结算方式，并且是以美元兑换价值的。而那时在中国，通过金钱对才干和知识进行结算的方式，仍是一种扭捏的、暧昧的、遮遮掩掩甚至偷偷摸摸进行的方式，仿佛有悖于全体中国人对才干和知识的常规思想观念。谁若获得了数千元的奖金，肯定引起嫉妒。几万元的奖金，会成为轰动性的新闻。那时在中国，只有"走穴"的歌星例外。

有才干有知识的女性尚活得这么憋屈，企图潇洒也潇洒不起来，那些没才干没知识甚至一无所长，却有容貌资本有一大把青春股票的女性，又怎会自甘资本闲置股票贬值呢？而她们，在中国，历来对于物质生活质量的向往是最强烈的。这是人类社会中一个关于女性的公开的秘密。

于是，以上两种截然不同的中国女性，那时都渴望着同一种男人出现在她们的命运里，即能带她们离开中国大陆的男人。不管他是香港人还是台湾人，不管他是哪一国家的，不管他是年老的还是年轻人，不管要求她以妻的身份妾的身份情人的身份女儿的身份或秘书或雇员的身份，包括女佣的身份——总之什么身份都不计较，只要能带她出去，她便如愿以偿。

于是形形色色的境外男人，成了"超度"她们的命中贵人。

今天，我们回顾八十年代，完全可以得出这样的结论——似乎从中期开始，它对折为"两页"。而你不能说它是"两页"，因为它并未从中线那儿被裁剪开；你也不能说它是"一页"，因为

"两个半页"上所记载的内容竟是那么不同。

常规的历史进程中，一般不会产生这样的时代现象。

此时代现象说明，历史的进程一旦加快，几乎每五年便有大的区别。而普遍的人们，也仿佛每差五岁便如隔代了。所谓道既变，人亦既变。道变速，人亦变速。

八十年代的前半叶，某些中国女性求知若渴的自强不息使中国男人们为之肃然。

八十年代的后半叶，某些中国女性交易自身的迫不及待使中国男人们为之愕然。

尽管，这两类中国女性加起来，在数量上也还是少数，但经她们所体现的中国女性的时代意识的特征，毕竟使八十年代前后"两页"着上了极为浓重的色彩，以至于使其他的色彩显得淡化了，难以成为特征了。

最后值得总结的是，八十年代后期交易自身之目的达到了的女性，如今朝她们扫视过去，其实真正获得幸福的相当有限。她们中不少人，结果甚至相当不幸。有些女性甚至于今无国、无家、无夫、无子、无业、无产，除了跌价的容貌资本和贬值的青春股票，实际上几乎一无所获。证明她们当年的交易自身并不能算是成功之举。

女人通过嫁给某类男人的古老方式达到改变命运过另外一种生活之目的，虽比较符合女性的人性特点，虽不必加以苛求地批判，但也不值得格外予以肯定。

因为，那方式所符合的乃是女性的人性中太古老的特点。无论以多么"现代"的盒子包装了，仍是古老的。它在女性的意识里越强烈，女性在现代中越现代不起来。

因为，无论那目标表面看起来多么能满足自己的虚荣心，多么能引起别人的羡慕，本质上仍是初级的——是以依附男人为目标前提的……

二十世纪九十年代的中国女性

某些中国女性"外销"自己的"新洋务运动"，自二十世纪八十年代中期始，年年如火如荼，直到一九九三年后才式微渐止。她们的年龄普遍在三十五岁以下，年龄最小者十六七岁。因才十六七岁想方设法更改年龄以求达到合法移民岁数的事屡闻不鲜；因已三十四五岁想方设法更改年龄以求接近于更容易"外销"自己之岁数的事也屡闻不鲜。那些年内，由中国女性推波助澜的"新移民潮"，冲击亚洲、欧洲、澳洲许多国家。即使那些国家的华人移民数量剧增，也使国内许多城市的家庭夫妻离异子女双亲残缺。有知识的凭学历去闯，有才能的凭才能去闯，有技长的凭技长去闯；无知识无才能无技长可言的，则仅凭容貌和青春资本去闯；连容貌和青春两项也够不上资本的，凭一往无前的盲目的勇气。

"洋插队"一词便是概括这一现象而产生的。"洋"字与"插队"二字相结合，包含了一切的苦辣酸麻。当然，她们当中也确有不少人，在异国真的尝到了爱情的"甜"、事业有成的"甜"、家庭美满的"甜"、人生幸福的"甜"。这些"甜"，也当然地原本就不该被国界和国籍阻隔着。在一方国土内获得不到，去别国寻找亦确是天经地义之事。欧洲国家彼此邻近，欧洲的男人们早就这么着了。后来欧洲的女人们也开始这样着了。其动因和目的与中国女性十分一致。中国女性仿佛企图用她们的行动证明——世界并不算太大，国与国都离得很近。

一九九三年以后，中国之经济迅猛腾飞，令世界"拍案惊奇"，刮目相看。但"腾飞"之中，今天看来，泡沫的成分极其鲜明。

但是经济的泡沫现象，在短期内向有头脑的人提供的发达之机反而尤其多。许多人其实只需要抓住一次机遇便可永久地改变自身命运。不管那机会是否在泡沫里。泡沫经济的"游戏"之所以对一个国家有危害，甚至有危险，是针对大多数人的长久利益而言的。当泡沫灭落，大多数人不但往往只空抓了两手湿，而且极可能连曾经拥有过的利益也丧失了。但泡沫又可以掩盖起"游戏"的诸种规则，使之变得似有似无，时隐时现，于是无规则的机会随着泡沫上下翻涌眼花缭乱，似乎比比皆是。而有头脑的人适时抓到它比在"游戏"规则极为分明的情况下抓到它更容易。

于是"洋插队"的中国男人和女人们，面对异国的"游戏"规则插而不入时，便转身回首，望向祖国的一大堆又一大堆的泡沫了。他们和她们，在异国学懂了积累了在中国学不到积累不成的经验。那种种的经验对于她们尤其是有用的，也是宝贵的。正是那种种经验告诉她们，中国的机会也多得值得回来一显身手。于是，攒下了些外汇的同时带着经验，没攒下外汇的同时带着半个外国身份，匆匆地又登上归国的航班。

一九九三年以后，这样一些"洋插队"过的女性，在中国的大城市里，既有相当出色的表现和表演，也有相当具"特色"的表现和表演。后一种表现和表演，每每伴随着坑蒙拐骗，每每自身也带有泡沫性。

一九九三年以后，中国的经济罪案中，女主犯或女同案犯渐多起来。倘仅以北京为例，我的司法界朋友告诉我——当年三分之一左右的经济罪案中，有"洋插队"过的女性充当了这样或那样的角色。

尽管如此，另一个无可争议的事实——不少"洋插队"过的女性，以她们较为特殊的女性身份，在各大城市中营造了一道道当代都市女性的亮丽的风景线。

外企的第一代、第二代"中方雇员"的"花名册"上，留下过她们的芳名。

最早的一批"白领丽人"中，加入过她们的身影。

她们中涌现过第一代、第二代女经理、女总裁、女外商代理人、女经纪人、女策划人。

对于今天时装、美容、化妆、健身、保健，乃至许多文化行业的发展，她们曾起到过功不可没的作用。她们一方面是这些行业引领消费潮流的女性，另一方面可能同时是宣传者、广告者、始作俑者。

与她们的能力、经济和风采一竞高下的，是那些并不曾"洋插队"过的女性。后者对机会的企盼期比较长，准备期也比较长，因为身在本国环境中，机会一旦来临，自然出手更及时些。所以，二者相比，后者的事业，往往是自己的。自己之上，并不再有老板。而前者的事业，则往往不是自己的。虽然优越着，背后还有老板。虽然挣的是外汇，但总归不过是佣金。

这样两类中国女性，当年曾使许许多多的中国男人惊呼"阴盛阳衰"，惊呼到处都是"女强人"。某些男人在哀叹自己"疲软"的同时，不禁对某些女人的能力和神通佩服得五体投地、顶礼膜拜。

其实，世界依然是一个男权主宰的世界。中国也尤其是这样。某些女人尽管手眼触天能力广大神通非凡，但事业的成功，往往还是离不开某些权力背景更牢靠、能力更广大、神通更非凡的男人的呵护与关照。

我们说一九九三年以后中国经济呈现鲜明的泡沫成分，并不意味着否定一九九三年以后中国经济发展的一切实绩。泡沫的成分不是全部成分。实绩也是不可低估的。

有统计表明，一九九三年以后，国外投资大幅度上升，外企与合资企业的数量猛增，乡镇企业如雨后春笋，新行业不断涌现……所有这些，都为中国女性证明个人能力和才干的表现与表演，提供了前所未有的驱动条件。

从普遍性的规律上讲，男人们都不得不承认，女性是影响男人成为什么样的人的第一位导师。

那么，谁是影响女性成为什么样的人的导师？

是时代。

时代不但是，而且是影响女性成为什么样的人的最后一位负责"结业"的导师。

在时代的教导之下，男性文化从前对女性的影响和要求，倘与时代冲突，那么大多数女性都会亲和时代，并配合时代共同颠覆男性文化从前对女性之人性的强加。

二十世纪九十年代的中老年女性，目光望向比自己年轻得多的"新生代"女性，又是羡慕，又是佩服，又是隔阂种种，又是看不顺眼。

然而"新生代"们如鱼得水。她们的前代女性，首先成为她们的竞争对手。前者在竞争中往往由于对时代的不适应处于劣势。大获全胜的她们，接着便以挑战的姿态向男人们示威。

一切时髦的事物，首先受到"新生代"女性的欢呼。

一切夜生活的场所，皆可见她们及时行乐的身影。

一切新行业，都惊喜于她们跃跃欲试充满热忱的加盟。

"靠节俭能富起来吗？得靠机遇！"——这是她们的致富观。无疑是很正确的。叮时代从前没给过女性什么机会，因而她们前代的女性大多数是节俭型的。她们的致富观，分明包含着对前代女性的嘲讽。

在许多种场合下，你会发现某些年纪轻轻的女性，与形形色色的、年纪往往可做她们父亲的男人，神神秘秘而又一本正经地共商大计，策划一笔投资数额达几千万甚至几亿的项目。如果以为这只不过是异想天开，那就大错特错了。后来成为事实的例子举不胜举。

林语堂曾这样解释他为什么最喜欢同女子讲话——"她们能看一切的矛盾、浅薄、浮华，我很信赖她们的直觉和生存的本能——她们的所谓'第六感'。在她们的重情感轻理智的表面之下，她们能攫住现实，而且比男人更接近人生，我很尊重这个。她们懂得人生，而男人却只知理论。"

我之所以引用林语堂这段话，乃因其中有几点对女性的肯定，借以评说九十年代的一些女性，尤其"新生代"女性，也是相当准确的。

第一，直觉。

九十年代许多年轻女性的直觉，尤其知识化了的"新生代"女性的直觉，所接收的是时代中枢神经发射的信号。是大直觉。

这种大直觉相对于她们的意义，往往敏感于男人们数倍。倒是男人们反而常常显得很滞后，很迟钝。它成全她们在经济活动中稳操胜券，以至于某些男人每向她们请教。他们信赖她们的直觉，往往受益匪浅。

第二，生存的本能。

因为她们对生存质量的标准和要求提高了，故她们的本能充满强烈的欲望意味。而欲望驱使她们最大限度地发挥她们的能量。这使她们比以往任何时代的女性都不安于现状。

第三，能攫住现实。

九十年代的女性，尤其知识化了的"新生代"的女性，几乎一概是彻底的现实主义者。传统理念从她们头脑中消失的速度，远比从男人们头脑中消失的速度要快得多。由于她们眼到、心到、手到，直攫现实，所以她们又几乎一概是目的主义者。这在男人们看来，也许太不可爱。她们自己也是明白这一点的。但她们自有她们的理由——在许多方面成功了的男人们又有哪一个不是彻底的目的主义者？凭什么女人就不能有目的？凭什么女人就不能为了那目的之达到而足智多谋？她们也自有另一套使她们变得仿佛依然可爱的方式方法，那就是引导男人们及时行乐。从表面现象看，往往似乎是男人们在向女人们提供行乐的条件和机会，因为他们买单。而实际上，从最终的效果看，是女性在陪男人们。这时她们就尽量表现她们的天真、纯情、柔弱，心无任何功利之念和头脑的极其简单。她们知道普遍的男人们喜欢她们这样。她们善于在某时暂且隐藏了目的投男人们之所好……

第四，接近人生，懂得人生。

普遍的她们对人生之理解，与数年前相比已大为不同，甚至可以说大为进步。数年前，在她们中许多人看来，"傍大款"便是最容易的接近最理想人生的捷径。而懂得女人如何受权贵或富有男人长期宠爱的经验，也就算懂得人生了。但是后来她们悟到了，那不过是杨贵妃式女人的人生。有武则天一比，杨贵妃只不过是一个可悲可怜的女性罢了。她们倒宁肯从男人那儿少要点儿宠爱，多讨些实惠。尤其，当她们与男人的关系无望成为夫妻时，她们给予男人的每一分温柔，都要求男人们加倍地偿还以实惠。她们无不希望拥有完全受自己权力控制的纯粹个人的一番事业。当然这事业主要指经济方面的。她们对这一种事业的渴求，强烈于对一位好丈夫的渴求。因为道理是明摆着的，一个站立在完全受自己权力控制的经济基础上的女人，只要其貌不甚俗，其性情不甚劣，招募一位好丈夫实在并不困难。

当然，这样的女人究竟是否真的便算接近人生、懂得人生，大可商榷。我们要指出的仅仅是，九十年代有许多女性持此种人生观。这毕竟比九十年代以前争先恐后自售其容其身要争气得多。

而我想说，九十年代的女性，尤其知识化了的、大城市里的"新生代"女性，尤其她们中特别年轻特别漂亮的，其实大抵是非常理智的女性。她们像一切时代的一切女性一样，有情感的需要，但是并不怎么在乎失去。渴望爱的抚慰，但是也颇善于玩味无爱的寂寞。她们有寂寞之时，但绝对并不苦闷。她们有流泪之时，但主要因为失意而很少由于内疚。她们为交际付出的时间和精力往往多于恋爱。在她们那儿两者常常是这样掂量的——交际产生交情，而广泛的男女交情比专一的爱情更有助于自己事业的成功。所以使男人常常搞不大清他和她之间的关系究竟是爱情还是交情。情人节亲自送给她们一束玫瑰，男人便可得到她们的一次甜吻。

在她们的生日请她们到大饭店去"撮"一顿，她们望着那男人的目光便会始终含情脉脉。而男人若在她意想不到的情况之下送她名贵的首饰，她们很可能会扑入他的怀里惊喜地说："啊，我的至爱!"——就像首饰广告里的情形那样。而她们越是变得极端地信赖手段追求目的不重情感，则越在一些琐碎的、鸡毛蒜皮的细节方面夸张地表演出注重情感的模样。

她们以上的种种行径又简直可以说都是身不由己的。因为人与人之间的可信任度已大面积地从中国人九十年代的生活中流失了。行业虽然空前地多了，每个人证明自己存在价值的空间反而似乎越来越小越来越拥塞了。呈现在社会许多方面的竞争是那么激烈，有时甚至是那么世态炎凉冷酷无情，女性不得不施展最高的人生技巧才能做成她们想做的事情。

毋庸讳言，九十年代的中国"新生代"女性，表面看来头脑似乎史无前例地简单了，而实际上史无前例地精明、史无前例地富有心机了。所谓"内方外圆"，从前时代的普遍的中国女性，即使外方，即使表面上见棱见角，其内心也往往是"圆"的，女人天性为主的成分居多。所以从前，最不服气男人的女人，也往往最终在与男人的较量和竞争中败北，被男人降服。而男人利用了制胜的，又往往是女人天性中的某些弱点。当然，个例总是有的，比如武则天、吕后、慈禧、凤姐……正因为是个例，所以从前的女人们即使心中暗暗钦佩也不敢公开地表示；所以从前的男人们一再地通过文学和戏剧历数她们的阴险歹毒。相比于从前时代的中国女性，尤其是遵循传统德行成为典范的女性，九十年代的"新生代"女性，具有鲜明的反传统、反礼教、反淑女型典范的时代倾向。这意味着是她们以"代"的整体姿态对一向由男人们

"安排"社会秩序、"安排"女性命运的现实挑战。这种挑战是初级阶段的，是无数个体成功欲望的本能汇聚在一起所呈现的，其个体"战术"也是初级阶段的、简单的、相似的，无非以男人之道还治男人之身，反过来利用男人与女人打交道时的天性弱点罢了。她们中许多人因而做成功了一些事情。许多人也为成功付出了必然的代价。那代价使她们年纪轻轻的心中便充满了沧桑感，使她们表面看来正朝气蓬勃着、精神抖擞着、姿态生动着，而实际上已陷入疲惫，已经从心理上过早地老了……

于是她们中派生出了女"独身族"。

她们成功了或失意了、受伤了以后，从社会大校场上抽身便走。这意味着一种人生"战略"上的转移或撤退。倘为成功者，带着伤痕大隐于市体会功成身退的自慰。毫无家族权力背景的女性徒手打天下并且获得某种成功而又居然不曾受过伤，在九十年代的中国，这样的事是不多的。倘为失意者，则一边自疗伤口一边总结教训，另有一番滋味在心头。失意本身即伤痕，而且大抵又是由男人造成的。这一类女性不仅内心更加"方"了，而且其外也不复再"圆"。那曾"圆"过的外形变得模糊了，晕状了，边线若有若无了。如果说晕是月的框子，那么以守为攻是她们心理的框子。她们的心理在那一框子内其实并不万念俱灰，而是处于高度的"战备"状态。倘她们又东山再起拥有了一定的实力，她们往往对男人具有报复性。即使并不如此，也往往对男人不屑一顾，常常予以轻蔑。当然，也有人陷于较长久的自哀自怜不能自拔。更有人并不急流勇退，以独身"女强人"的姿态为自己标定一个比一个高的目标鼓励自己实现一次比一次大的野心。在这种无休止的过程中企图忘记自己是女性，仿佛变成了中性人。

女"独身族"们几乎没有不自言独身潇洒独身也美好的。

然而我知道，女性一旦成熟为女人，独身肯定在实际上是不自然的、不美好的。

独身只在一种情况下可称为理智的选择，那就是相对于形式上的糟糕的婚姻。

这一种相对性，决定了无论对于男人还是女人，独身的选择起点是较低的。

她们也知道这一点。

知道而偏说独身的潇洒和独身的美好，足见她们是多么言不由衷，又是多么内心苦楚。

让我们祝愿她们都能早日有情人终成眷属，告别她们本性上其实都并不愿恪守的"独身主义"。

九十年代以来的一些女大学生，第一崇拜财富；第二崇拜权力；第三崇拜明星；第四崇拜女性的性魅力；第五，如果自己具有或自以为具有，极端地自我崇拜……因人而异，还可以列出另外的许多条。但前四条无疑已包含了她们最主要的崇拜内容，无非顺序的先后不尽相同。

她们中毕业后分配在电台、电视台、报刊等单位，以她们的喜好一改九十年代以前的中国综合文化的老面孔。电台、电视台的节目审查制度依然相当严格，她们的喜好每每受阻。但是今天看来，她们已凭她们的喜好占领了全国大多数报刊的半壁江山。如果说中国的大文化内容空前丰富了，风格空前绚丽了，包装特别多彩了，那么有她们的一份功劳。如果说九十年代以后的中国大文化酸味儿多了，嗲味儿多了，娇味儿多了，未免太甜了、太软了、太媚了、太性感了，那么也是她们苦心营造的结果。

说到九十年代以后中国大文化的性感，肯定有人急欲反驳。其参照又肯定是西方大文化——的确，我们还远没裸到他们那么到处可见的程度。

不过我以为，女性肉体的彻底的裸，要么美；要么妖；要么媚；要么邪。因为彻底，性的意味公然了，一眼望去，想象夭折于全部的展现之前，面对其"性"反而没了太多所"感"。

这就好比男人可以比较自然地面对穿得较少的女人，却实难比较自然地面对穿得非常透的女人。

……

有些经营报刊的女编者，似乎很精通"透"的学问。连她们所撰之稿所编之稿所拟定之标题，每每也"透"出女性荷尔蒙的并不见得芬芳的气息。

这一种"透"的学问，从报刊上也借用到了舞台上。由封面由文字到演出服，不露，但是极"透"；不裸，但是意在性感的用心一目了然。

对财富的崇拜，对权力的崇拜，对明星的崇拜，对女性之性魅力的崇拜，在九十年代的大文化中泛着一阵阵浮华迷醉的绚丽多彩的泡沫。至今仍在泛着，大有一举将中国文化基本的朴素品质淹没掉的趋势。名车美女，豪宅美女，华服美女，珠宝美女，珍馐美女，美酒美女，商业加性感，性感助商业，几乎无处不在、无孔不入地侵略着人们日常生活中的每一根视觉神经。

与此现象相对应的，乃是目前几千万工人的下岗。

倘我们的目光投向他们中的女性，九十年代的女性话题不免就顿时显得沉重起来。

但即使她们，我认为，也体现出与以往时代极为不同的进步特征来。

一九五八年也有一大批妇女经动员迈出了家门。那是当年工业发展的需要。当年的一条口号——妇女姐妹们，我们也有两只手，不要围着锅台转，投入到火热的社会主义建设中去！

而仅仅两年后，她们又被成批地撵回家里。有人在那两年中被树为先进典型，有人在那两年中因工致残，有人在那两年里实际上并没挣到多少工资（许多工厂一直信誓旦旦地欠着她们的工资）……但一被宣布解除工人资格（当年不用"解雇"一词，认为那是资本家一脚踢开工人时用的词），几乎普遍无话可说，温温顺顺地默默地就回家了。所欠工资，倘补给，就庆幸万分。不给，委屈一个时期，也就算了。致残者中，很少有从此月月领到抚恤金的。说她们非正式工人，不能享受那一条待遇，她们也就放弃理争了。

而九十年代的下岗女工们之权利意识，则提高多了。普遍的她们，最初总想讨个公平的说法。她们开始懂得，即使和国家之间，也是可以大小猫三五只地算算究竟谁欠谁的。账是允许一笔勾销的，道理却非摆清楚不可。摆不清楚，什么厂长、局长以及更大的官儿，日子也许就不太消停。

或许，有人会反对我的观点，认为这恰恰证明着她们的觉悟太低，认为她们还应该像五十年代的妇女们那样才可爱。

但是试问，如果没有她们今天这种起码的权利意识的提高，国家的责任意识又怎么会提高？"公仆"们的责任意识又怎么会提高？起码，公民们权利意识的提高，对于国家及其"公仆"责任意识的加强，是有促进作用的。

据我看来，九十年代下岗女工们的觉悟，不是太低，而是很高。高得很可贵，亦很可爱。尤其她们中许多人下岗后另谋职业埋头苦干之精神，实在值得全社会钦佩和尊敬。她们以她们的可贵和可爱，保障了社会的安定。

在时代的发展中，往往会付出许多方面的重大牺牲。有时那牺牲意味着直接是数以千万计的人的起码社会保障。

九十年代的下岗女工们，既能意识到时代这一规律的无奈性，又能顽强地与时代这一冷酷的规律做竭尽全力的较量。对于她们中的许多人而言，乃人生的最后一搏。为了家庭，为了儿女，为了自己晚年的存活，她们毫无退路，只有一搏。而她们又几乎到了原本可以不再搏，可以轻松卸却许多女性责任的年龄。

她们使九十年代的女性话题，具有了一种异常凝重的、悲壮的色彩。

与此凝重的、悲壮的色彩相比，九十年代的卖淫话题显示出了本时代的大的尴尬性。这是"中国综合征"的临床特征。

当然，许多国家都有妓女。妓女的存在，又似乎并不影响那些国家的强盛。

但，许多国家都不约而同地承认——妓女现象乃社会的疮疤。

……

社会看她们的存在如疮疤，她们却很可能通过形形色色的各行各业的或粗鄙或表面斯文的男人看这社会本身如一片疮疤，而视自己如疮疤上自然真实的蘑。

五六十年代的中国女性，如花房里的花，你可以指着——细说端详。因为指得过来。七八十年代的中国女性，如花园里的花，你可以登坡一望而将绿肥红瘦梅傲菊灼尽收眼底。

五六十年代的中国女性，如花房里的花，你可以指着——细说端详。因为指得过来。七八十年代的中国女性，如花园里的花，你可以登坡一望而将绿肥红瘦梅傲菊灼尽收眼底。

因为你的视野即使不够宽阔，她们的烂漫也闹不到国人的目光以外去。所谓"浓绿万枝红一点，动人春色不须多"。

九十年代的中国女性，抛开那些消极面来看则便如野生植物自然生长区内的花木了。其千姿百态之芳菲，其散紫翻红之妍媚，其深开浅放之错落，其着意四季之孤格异彩，简直不复是国人所能指能望得过来的，更不消说置喙妄论了。所谓"春风不解禁杨花，蒙蒙乱扑行人面"。

因为你的视野即使不够宽阔，她们的烂漫也闹不到国人的目光以外去。所谓"浓绿万枝红一点，动人春色不须多"。

九十年代的中国女性，抛开那些消极面来看则便如野生植物自然生长区内的花木了。其千姿百态之芳菲，其散紫翻红之妍媚，其深开浅放之错落，其着意四季之孤格异彩，简直不复是国人所能指能望得过来的，更不消说置喙妄论了。所谓"春风不解禁杨花，蒙蒙乱扑行人面"。

而这正是时代进步的标志。

一个时代的进步，首先从男人们都开始做什么显示着，其次从女人都打算怎么活显示着。

时代的进步常常带着野性。这野性体现在男人们头脑中每每是思想的冲撞，体现在女人们头脑中每每是观念的自由。

转身回顾，有从前的哪一个时代，女性的观念比现在更少束缚更自由吗？

九十年代，一批精神面貌崭新而且风采异呈的中国女性，在政治、经济、文化、艺术、教育、科研、法律和社会公益社会福利等方面所作的杰出贡献，以及自我价值方面有目共睹的实现——综合中国女性在五千余年的国史中的作为相匹比，有过之而无不及也……

关于女人的絮语

在人的一切关系之中，再也没有比夫妻更互相影响的了。上至富豪贵族，下至庶民百姓，夫妻关系一旦既成事实，举案齐眉也罢，同床异梦也罢，都可从一个的身上，嗅出另一个的气味。好比一对儿壁虎，哪怕它们死了，将它们的尾巴研成齑粉，点燃之后，那奇妙的火焰也是互相牵引的——旧时走江湖的杂耍艺人，就是常靠这一小奥秘哗众取宠的。

或说爱是纯粹的"自我"感情的投入证明，乍听似乎不无道理，咀而嚼之，便会觉得相当片面了。因任何所谓纯粹的"自我"，只不过是纯粹的本能。爱并不纯粹是"性"，故不纯粹是本能。"造爱"和爱，是不可相提并论的。殊不知连蛔虫也"造爱"，否则小蛔虫从何自来？但外科医生倘从人腹剖出两条绞缠在一起的雌雄蛔虫，是不大会叹曰"好一对恩爱夫妻"的……

"自我"难以"纯粹"，遑论爱耶？

极少有这样的现象——被一切头脑正常不持偏见的人所鄙视所憎恶的恶人或小人，妻子对他们的"自我"感情的投入和证明不受丝毫动摇，坚如磐石地始终服从她们的"自我"。秦桧的太太没和秦桧闹过离婚，不说明她的"自我"如何如何，只说明客观上她和秦桧是臭味相投的一对东西。甚至不能用"情人眼里出西施"来理解他们的关系。艾娃爱希特勒，也并非她的纯粹"自我"的执着，而是当时几乎全体的德国人的"自我"出了毛病。对于德国人，希特勒一半是神，是"民族英雄"。艾娃对希特勒的感情投入证明，受出了毛病的德国人的"自我"之影响，判断失误。若当时几乎全体德国人也对希特勒恨得咬牙切齿，艾娃未见得便肯陪他死。艾娃之死，从心理学角度分析，更体现着一类极特殊的女人，心理上对于扮演悲剧角色的追求和向往。因为悲剧通常是迷人的、有魅力的。在这一点上，艾娃之死，和虞姬之死是循着差不多的女人心理轨迹的。而项羽和希特勒既有共同之处却又不属同一类男人。所以《霸王别姬》成为中国京剧的传统剧目。而艾娃之殉希特勒，起码至今还看不大出也会流芳千古的前途。当然这都是太极端的例子。不过想强调——就一般而言，普遍的女人，不但希望她们的丈夫值得她们的"自我"信赖，其实也在乎他们是不是值得朋友、同事、左邻右舍和人人都置身其中的或多或少的一部分群众信赖……就说"文革"吧，到了后期，且不论"四人帮"，单只谈那些追随"四人帮"亦步亦趋干了坏事的男人的妻子，包括他们的儿女，哪怕稍微与人民的心相通那么一丁点儿，便没有不替他们感到惶恐的。

　　只有非常势利的女人，选择丈夫的时候，只看他们是否而"仕"，而"服官政"，而"指使"，对他们的品行、德行、节操、人格不予必要的考虑。当然这样的女人古今中外从来都是有的。正如仅仅着眼于钱财而嫁的女人古今中外从来都是有的。也许现在是多起来了，但多也多不到哪里去。因为古今中外，女人对男人之爱，比男人对女人之爱，尤其包括着品行、德行、节操、人格的内容。内容丰富得多，复杂得多，也全面得多。

一个女人所爱的男人，是她的镜子。

好女人所爱的男人，如果她未被他的虚伪他的假面所欺骗，必是在品行、德行、节操、人格方面恪守光明磊落之准则的好男人。

但人在社会中总是不断变化着的。置身于权力场名利场，或离权力场名利场太近的社会格局中男人，从三十多岁到五十多岁，其变化之巨大，犹如"百慕大"三角洲的气候。四十多岁时的变化，常不但令他们的妻子也令别的男人无奈。差不多可以说是不以任何别人的愿望为转移，只取决于他们的"自我"，有的朝良好的方面变，令人刮目相看，敬意油然而生；有的不可阻止地朝恶劣方面变，令人轻蔑和唾弃。

好女人是这样的女人——当她们的丈夫因受着权力欲和名利欲的诱惑，开始朝恶劣方面变的时候，能够并且善于更加起到一所特殊的学校的作用，能够并且善于从品行、德行、节操、人格诸方面，义不容辞地担当起老师的责任，重识并且重塑她们的丈夫，努力使他们恢复当初她们所爱的"那一个"男人的本色。

古希腊的两位哲人曾进行过下面一番对话：

什么比金子还好？

璧玉。

什么比璧玉还好？

智慧。

什么比智慧还好？

女人。

什么比女人还好？

没有了。

绝非所有的女人都够得上如此这般的赞美。好女人是够得上的。对男人们来说，好女人是"学校"，坏女人也是"学校"。多欲亏义，多忧害智，多惧害勇。欲而不知止，失其所以欲；有而不知足，失其所以有。人欲盛，则无刚。刚则不屈于欲。好女人是懂得这样一些人生智慧的女人。谗口交加，市中可信有虎；众奸鼓衅，聚蚊可以成雷。好女人是尤其懂得这一道理的女人。男人在这样的好女人的谆谆告诫之下，更能明白自己在什么时候做什么，怎样做；什么时候不做什么，何以不做。比如在"众奸鼓衅，聚蚊可以成雷"的时候，明白不能怕，不能媚，不能自己也学蚊之嗡，随帮唱影。既在品行、德行、节操、人格诸方面恪守了起码的做人的原则，也维护了好女人的名誉，如果她便是他的妻子的话。所谓唇齿相依，夫妻共勉。

不好的女人肯定不懂那些人生智慧也不懂那些道理。——谁谁又提拔当处长了，你看你！——四十来岁了，也没捞到个一官半职，你对得起老婆孩子吗？还有脸回家吃饭！——谁谁下来了，这次你该有希望上了吧？什么什么？不想？你不想老娘还想呢！

接着兴许就是一通摔盘子摔碗。

男人们一回到家，受的便是她们的"挤对"，还要忍看她们的脸子。打算恪守做人准则的，也会感到羞恼、沮丧。终于动摇。终于在她们的泼威之下，甚至为了替她们达到她们之目的，以自己的品行、德行、节操、人格到权力场名利场上去投资，去赌博，去开发，去下注，不惜拍卖自己。

不好的女人满意且满足的时候，她们似乎不知道，代价是很大的。因为那代价不是别的，而是她们的整个丈夫，甚至也许是她们的整个家庭。失身取官位，爵禄仅为耻。这样的例子，古今中外，是不少的。这样的女人，不是很有点儿可悲吗？这样的男人，不是更可悲吗？

当然，另一种情况也是有的。丈夫们不务正业，不求上进，游手好闲，吊儿郎当，甚至干脆就堕落为酒鬼、赌棍、混子、痞子，任你诲之不倦，他仍恶习不改，离婚顾忌多多，过下去也难，使当妻子的进了家门就头疼，见了丈夫就心烦，如果连她们的宣泄的权利都剥夺了，生活对她们也就没半点儿公道了！

他们丝毫也不值得我们予以同情。值得同情的倒是他们的妻子。我们的同情其实对她们无济于事。因为我们顶替不了她们，去和她们的丈夫过日子……

依我之见，替她们想来想去，还是离了的好。没有丈夫的生活，也比有那样的丈夫强百倍。

坏女人是各种各样的。这篇短文单论的是其中一种——利欲熏心型。她们可能挺正经，并不乱搞男女关系；也可能挺有家庭责任感，把家庭这口钟撞得挺勤。但是她们对权力和名利的追逐，同她们对名牌系列化妆品的消费心理是一样的。而她们自己并没有或缺少跻身于权力场名利场亲自搏杀的机会。为了达到她们之目的，只有怂恿她们的丈夫去搏杀，间接实现和满足她们自己的权力欲名利欲。她们的丈夫在她们的精心调教下，大抵具有不顾一切的侵略性。

社会学家将这一类女人贬为"教唆犯"。我觉得还是视她们为"学校"准确，或理解为"训练班""教导营"什么的。四十岁左右的男人，不是失足的少年，竟能被"教唆"而"犯"，根源还在他们自己。内因是主要的、先决的。本身素质问题。何况，一个好品行、有德行、有节操、有人格可言的男人，通常情况下，是不大会和她们结成伴侣的。即或犯下了选择的错误，他们也会当机立断，与之分手。因为好男人是根本难以忍受她们的。普遍的规律恐怕是只有这样的时时觊觎权力和名利，时时准备瞄准机会、采取一切手段进行搏杀的男人，才和她们似乎有命定的缘分。相辅相成，"相得益彰"。从这一点上说，她们不失为他们的"贤内助"。出谋划策，运筹帷幄，上串下联，耳提面命，授以钻营、拍马、沽名钓誉、朝秦暮楚、巧妙投靠、"杀回马枪"、"使断魂剑"种种招数。甚至亲自上阵实践所谓"夫人外交"。唯恐他们拍卖品行、德行、节操、人格尚有顾忌，并不彻底。她们经常对他们说的是诸如下面的话：

这年头，还讲什么人格呀？有奶便是娘！

正直？正直多少钱一斤？谁买？咱们卖！

你不忍出卖？那你就爬不上去！他不下来你怎么上去！

错过了眼前当处长的时机，你等于断送了你以后当局长的前程！

一句话，悠悠万事，唯权力为大。为了达到而"仕"、而"服官政"、而"指使"之目的，做人的一概一概、一切一切，照她们说来，都是子虚乌有、不足论道的。

于是，在一切大大小小的权力场、名利场上，便涌现形形色色的有欲无刚的男人，勇于搏杀的男人，见利忘义见小利而忘大义的男人，争权夺势争小小之权夺弹丸之势而不顾一切而寡廉鲜耻而任何手段无所不用其极的男人……于是便有了权力场、名利场上的种种勾当龌龊行径卑劣现象……

毋庸置疑，这一切绝不仅只发生于四十来岁的男人的身上，也发生于五十多岁六十来岁以及某些长者尊者身上，也是相当触目惊心相当缭乱缤纷的。不过，发生于四十来岁的男人们身上心理上的大冲击、大动荡、大倾斜、大紊乱，甚至——大恶变，是人们从前所没关注到的，是值得社会学家重视和研究的新现象。这一现象通常伴随着社会的时代的大事件而呈现出来，所以就有格外值得重视和研究的价值。否则，投其所好，正中下怀，必误党、误国、误民、误具体的事业……

　　但我这篇短文，纯纯粹粹地，是为某些女人而写的。归根结底，某些男人所误的，是他们的妻子们，如果她们不是坏的"学校"的话。君不闻，小人戚戚，其妻泣泣吗？更多的女人，谁不愿意自己的丈夫是男人中的"丈夫"呢？……

女性共同拥有什么？

常有报刊、电台、电视台的记者（多为女性记者）正式或非正式地向我提问：你认为二十世纪九十年代的女性与以往各时代的女性相比有哪些区别？

我总是被问得发怔，一时不知怎么回答。被问的次数多了，也就不免想想了。

我以为，在今天，在中国，"当代女性"四个字越来越是模糊不清的，甚至每每显得暧昧的概括。以至于如果我们不是较具体地就各类不同的女性，比如工人女性、农民女性、白领女性、中小知识阶层女性、演艺界女性、科技型女性、党政官员型女性等——去分别谈论她们，则我们几乎不可避免地陷入懵懂的尴尬。因为她们之间的种种当代现状分野实在是太大了，笼统摆放一起，是根本无法相提并论的。除了性别，她们之中的任何一类，几乎无法在其他诸方面代表同性的姐妹们。

但是尽管如此，我们依然不能否认这样一个事实，自改革开放以来，尤其九十年代以来，总体而言，当代女性与以往年代的女性相比，区别是明显的，这体现在以下诸方面：妇女受高等教育的机会多了，人数也大大增加了；随着商业时代的特征越来越明显，相当一部分青年女性，开始从事如服装模特、公关小姐、美容师、女节目主持人、外国商务代办等职业；女性越来越受到法律的充分关怀和保护，法律自卫意识普遍提高；女性的爱美之心空前生动积极，她们已不但为"悦己者容"，而且为"悦己"而"容"了；在各行各业中，女人们不但与女人们，也与男人们进行着有时是相当激烈的才干竞争；女性文化空前活跃，男性世界的方方面面，越来越经常地开始被置于女性文化的评论乃至批评和批判视野了……

而最主要的区别是女性对婚姻质量的要求普遍提高了，不再甘于"嫁鸡随鸡，嫁狗随狗"。"离婚"二字，以往的年代，惯是男人威胁妻子的话，现在她们听了往往不再惧怕了。"离就离！"——一句话就把丈夫们顶得哑口无言。男人在家庭生活中是女人的"天"的历史地位，应该承认基本上被女人们颠覆塌了，并且绝对不可能再重建起来了。以往的时代，一个不幸的忍气吞声受丈夫欺压的妻子，最能获得她的姐妹们的同情。现在，她们施予同情时态度相当保留，因为忍气吞声自然被认为是不争的。"怒其不争"每每取代"哀其不幸"，因为但凡一争，那不幸在今天已经很容易解脱的了。

虽然九十年代的女性与以往时代的女性相比，使我们不难发现具有了以上种种区别。但是冷静分析，我们则又不得不作出这样的结论——某些区别，更体现在甚至仅体现在大都市女性身上；某些区别，更体现在甚至仅体现在大都市中高收入的女性身上。这个时代的女性风景线，尽管色彩亮丽，但只不过是极少一部分女性营造给时代看的，或反过来说，只不过是时代为极少一部分女性营造的。

对于九十年代的女性，我有两点大的困惑：其一，一部分受过高等教育的所谓知识女性，以及在物质和精神两方面都非常优越的女性，对于大多数姐妹们的困境命运，几乎可以说是漠不关心的；其二，某些穷困山区的姐妹，为了与"买卖婚姻"抗争甚至能豁出性命，而在大都市里，一些知识化了的、经济绝对独立了的她们，却往往直销自己于男人不遗余力。

九十年代，中国女性，除了性别共同拥有什么？我觉得这个问题，其实更应由女性思索，而且更应由女性回答……

女人们，悠着点儿

在一次茶话会上，一位法国的将军问伊丽莎白·泰勒："你知道吗？法国妇女因为受你的影响，一年用于服饰和化妆品上的钱，比法国整个军费预算还要多上一倍。"

"我一点儿也不觉得惊奇，将军。"泰勒回答说，"因为她们所征服的，却要超过整个法国军队的何止十倍！"目前有几位男士到家里做客，各自诉说他们的妻子用于服饰和化妆品方面的支出猛增，皆面呈忧色，愁眉不展。我不知怎么安慰他们才好，于是讲了上面一则逸闻。其中一位男士听后愤愤叫道："我可不希望我的妻子，除了我还要去征服许多男人！"

另一个嘟哝："如果全世界的妇人在买服饰和化妆品的时候，都悠着点儿，我们这个世界该省出多么巨大的一笔钱啊！倘用于科研，用于医学，用于教育，用于文化艺术，用于救助贫困落后地区的……"

第三个长长叹了口气，委屈之至又悒悒不乐地说："岂止服饰和化妆品两项啊，只要她们的钱包不瘪，还定期烫发式，定期进美容院，怕胖的去体型训练班，已经胖了的喝减肥茶，吃减肥药，不漂亮的要靠花钱变得漂亮点儿，够漂亮的要靠花钱企图求得养颜之术芳容常驻，要靠高档服装衬托气质……"

"还是从前好，女人当妻子了，自己先就盼望有一台缝纫机。想穿什么样式的衣服，扯几尺布自己剪裁，自己做就是了！……"

"从前还只有雪花膏，那当年很便宜是不是？买五六毛钱的就够用几个月了！……" "现在怎么哪儿都买不到雪花膏了呢？……" "据说缝纫机的生产量也大大下降了！十个女人中，有几个还会踩缝纫机的？……" 于是诸友人都有些怀旧起来，逐条摆谈从前的好处……

我坐在一旁，插不上话，内心里不禁暗暗地想——站在男人的立场，从前固然有从前的好处，但一个无可争议的事实乃是——从前的女人们，似乎普遍地比不上今天的女人们风韵百种……

世界上的有些事，确实是互为悖论的。从这一端去思想，得出这样的结论；从那一端去思想，得出那样的结论。这样的结论有道理，那样的结论也不无根据。两方面的结论，好比人的左脸和右脸，组合在一起，就是世界的面孔了。世界的面孔是经不起仔细端详的。

正如女人的消费问题——未尝不是对人类物质文明的一大贡献呢！商业因为女人的存在而更加繁荣，更加繁荣的商业赚女人的钱。从女人的钱包里赚去的钱，也是叫作"剩余价值"，也是叫作"商业利润"的。而且是极庞大的"剩余价值"和巨额利润。商业有了庞大的"剩余价值"和巨额利润，才舍得大方地投出一部分，资助研究、医学、教育、文化艺术，救助贫困落后的地区……

如果说生生死死是人类故事的基本情节之一，那么生产和消费也是人类故事的基本情节之一。男人女人，归根结底，都是夹在这两大周而复始的循环情节中存活着的，不同仅仅在于角色的区别。大角色小角色，都要由生到死，从本质而论，首先都是一个消费的人，其次才是一个生产和创造着的人……

　　何况，与某些男人比起来，女人们的消费又算什么呢？有了些钱的男人们不是随着就想拥有一辆车吗？有了一辆"夏利"不是总巴望着换成"桑塔纳"甚至"尼桑"甚至"奔驰"吗？……一辆高级轿车又顶得上多少套时装多少化妆品呢？够一个女人穿一辈子用一辈子了吧？

　　不过，我作为一个男人、一个丈夫，还是经常负责任地告诉妻子——不要太轻信某些化妆品广告。我至今就没真的见过一脸黑的、皱纹多的、皮肤粗糙的女人因消费了多少什么牌的化妆品而变得脸白了、皱纹少了、皮肤细腻了。我坚定地认为一切化妆品都根本不能达到这样的效果。一切化妆品之于女人的脸，大概好比桌布枕套之于桌子枕头的关系。妻子撤去桌布拆洗枕套的时候，常使我联想到女人们若洗尽了脂粉铅华的脸。我也经常很有责任感地告诫妻子——不要到一些所谓"贵族商厦"去买衣服——最好的衣服是最合体也是最大方素雅的。我这么认为。我们还不是那种足可以高高兴兴地让商业去赚百分之九十以上利润的人家……

　　我的妻子赞同我的观点。

　　倘我——再有个女儿是不可能的了——有了儿媳妇的话，我是打算送她一台缝纫机的。并且要使她明白——一个女人穿自己剪裁缝制的服装，乃是多大的乐趣啊！并且还要使她明白——化妆品广告绝不可以轻信，但有些报刊上的美容经验，却不妨实践之。不和商品推销连在一起的经验，才更可能是真经验。

中国是泱泱大国，女人有好几亿，少个把为商业做利润贡献的女人，并不至于影响国内生产总值……

男人眼里的女人

少年变成了青年，于是他开始学着以男人的身份接触女人。如果他心中在少年时期深深印下过美好女人的倩影，那么他必然会以她为标准，去欣赏另外一些女人的美点或者发现另外一些女人的缺点……

这青年后来自然变成了中年男人。

若问他亲爱哪一代女人，他往往困惑不能答；但若问他亲爱哪一类女人，那么几乎每一个中年男人都能畅所欲言娓娓道来。结果，问他的人一定会听出，他亲爱的那些女人的种种美点，又几乎总是源于他的记忆的印象，比较多地具有着过去时的某类女人的风情……

年龄上比姐姐大一些比阿姨小一些，这基本上是少年所一向亲爱的女人的"特征"。而青年永远谈论现在的女人。中年人眼里看着现在的，心里印着昨天的。老年人看着现在的较漠然，心里缅怀着从前的，亦即少年和青年时代亲爱过的女人。或者，截然相反，温情脉脉地谈论着从前亲爱过的女人，内心里却比青年还热烈地渴望着亲爱现在的尤其是年轻的女人。少年希望他所亲爱的女人是姐姐而又不是亲姐姐。青年想象他所亲爱所倾慕的女性是妻子，但有时候又像调皮的妹妹。因为扮演"护花使者"的角色，是几乎每一个青年幸福的责任，或是责任感带来的幸福。

中年人希望他所亲爱所倾慕的女性永远是他的情人，这希望每超过他想做她丈夫的心愿。因为他也许做丈夫做得疲惫了，还没领教过做男情人的另一种累。

苏联有一部电影表现过这一种累，片名是《秋天的马拉松》。

美国有一部电影表现了这一种累所必然同时带来的尴尬，片名是《红衣女郎》。在某一个夜晚，那大情人仓皇逃避红衣女郎的合法丈夫的猝归，躲到了阳台上，他从阳台窗外看见人家夫妻拥抱、长吻……他煞费苦心得到的却仅仅是一近芳容，局促之下连红衣女郎的手还没来得及握一下……而那非阳台，是十三层楼的、仅一尺宽的、供擦窗人踏脚的水泥探出"台"……而擦窗人总是要系安全带的——他自然没料到他陷于的危险境地，身上自然也没什么安全带……而他在那一个夜晚成了救险对象，成了新闻人物……而在他的家里，他的儿子指着电视惊呼："妈妈快看，那是爸爸！"他的妻子："噢，上帝！他站到那么高的地方去干什么?！"美国还有一部电影片名是《致命的诱惑》。与其说那是一部惊悚片，毋宁说是一部主要针对拈花惹草的男人们的教化片。归根结底，男人眼里所欣赏的女人，或多或少，总难免具有他少年时感情所亲近的女人的美点。

所以，男人在少年时被什么样的女人吸引，长大了便满世界去找相似的女人。如果一个少年经常在灯红酒绿纸醉金迷的环境中亲近女人，那么他长大了以后仍会经常去那样的地方结识女人，并且往往会错误地认为，值得追求的女人当然最应该在那样的地方。

我知道，有一些少年，由于家庭的暴富，由于父母本身素质的俗劣，的确是经常光顾灯红酒绿纸醉金迷的地方的。我替这些少年感到难过……

美人与美人计

在李安看来,《色·戒》分明是张爱玲一部才华毕现的小说。张爱玲当然是才女型作家。李安的成就也是毋庸置疑的。但是在我看来,《色·戒》也不过就是讲述了一个特殊历史时期的美人计的故事而已。"计"是出奇制胜的方法。

据我所知,美人计不在孙子的兵法韬略思想范畴。苦肉计也不在。因为这两种计,古今中外,在政治、军事和商业集团势力的较量中,被用得实在很滥了。孙子那么严肃的军事思想家,大约是不屑将之纳入他的兵法中的。

苦肉计的典型例子太多了,不必赘举。

单说美人计[①],《三国演义》中的王允,为了除掉篡位野心勃勃的董卓,便成功地用过的。计中美人是貂蝉。貂蝉的思想俘虏对象是吕布。

战国时期,吴越相争,越国败,越王勾践还一度成了吴王夫差的奴仆。勾践侥幸获释归越,卧薪尝胆,日夜策划兴国报仇。

---

① 此处应为"连环计",见毛宗岗评本《三国演义》第八回"王司徒巧使连环计 董太师大闹凤仪亭"。

谋士范蠡，为他出美人计。美人计自然是由美人来进行，成败赖于美人一身。担使命的美人，难免将深入虎穴，独赴龙潭，得有种豁出身家性命的美媚英雄之气概。越国选送给吴王的美女是西施。西施不辱使命，这是史上留下的美人计的一成功范例……

中国之文学、戏剧，从古代起便与西方区别很大。

一谈到心理学，中国人异口同声会说弗洛伊德。实际上，在弗氏以前两三十年的时候，西方文学家、戏剧家便对复杂的人类心理，尤其女性心理，极有研究和表现的兴趣了。

莎乐美的故事证明了这一点。美狄亚的故事也证明了这一点。还有《卡门》，还有《哈姆雷特》《奥赛罗》……不论故事中的男女，都具有心理分析的价值。

心理状态之呈现，一向是西方文学和戏剧的主要艺术特征、艺术追求之一。而对于中国文学和戏剧，心理描写、心理表现则是二十世纪三四十年代起才补的一课。

比如貂蝉，她对吕布一见钟情，这是不言而喻的。吕布虽为董卓义子，但毕竟还没做什么恶事；且英俊骁勇，帅气十足，年轻又酷，貂蝉后来真爱上了他是顺理成章的。正因为如此，吕布被曹操杀了之后，貂蝉并没回到义父王司徒身边去。有说她出家了的，有说她远走高飞隐姓埋名于民间的。总之，此后"人间蒸发"了……

同样是这个故事，西方人更要看的，也许是貂蝉内心色与戒的矛盾冲突。并且，肯定想要知道，吕布被杀后，她心里究竟是怎么想的……

尤其西施，按照民间说法，她与范蠡范大夫更是一见钟情的一对。范大夫目睹了西施的美貌之后，是万分后悔自己所出美人计的。但计是自己出的，再后悔也晚了，没有任何正当的理由出尔反尔了。结果，只得将自己亲自进行培训、综合素质大为提高的美人，由自己送往吴国……

民间也有说，越国反灭吴国之后，越王勾践也一心要霸占西施的，但范蠡与西施双双逃离越国，有情人终成眷属。

但想那吴王夫差，本是荒淫成性的，西施落在他手里好几载，不知被怎样随心所欲地玩弄个够。那范大夫是何等心性敏感之人，西施又是何等情愫细腻之女子；她做夫差榻上人儿的经历，会在与范大夫的关系中投下怎样的阴影呢？

西方文学及影视、戏剧受现代文艺思潮影响，对于"心理状态"的人比"社会状态"的人有更大的表现冲动，乃是由来已久之事了。

李安导演受西方文艺思潮影响，也是自然而然的。他的《饮食男女》《推手》《断背山》，都显示出了擅长在故事情节的推动中揭示人物深层心理困境以及挣扎的才华。

然一个问题——倘吴、越两国非同族古国，而依然是当今世界上的两个国家，那么，是越国人的李安导演拍了一部电影，大胆而暴露地呈现了越女西施不同寻常的性经历，越国人看了，恐怕也会不舒服的吧？

这其实不是别的什么问题，仅仅是一个接受心理学的问题而已。李安导演追求某种人性真相的微妙呈现，却忽略了在接受心理学方面肯定将面对的歧见。《色·戒》这一部电影在中国大陆引起的涟漪，基本上如此……

论林黛玉的不"醋"

一部《红楼梦》，造就了几代评"红"家和"红"学家。无论就四大古典名著来谈论它也好，还是就十大古典名著来谈论它也好，它都是担得起那个"大"字的。无论过去、现在还是将来，它的名著地位都是巩固如磐不可动摇的。而且，在所有中国小说中，它是至今拥有读者最多的一部。

我一向认为某些文学作品是有性别的。

相对于男性气质显著的《三国演义》和《水浒传》，《红楼梦》乃是一部女性气质缠绵浓厚得溶解不开的小说，如奶酪，如糯米糕，如雨季锁峰绕崖的雾。即使我们读者的阅读心理似水，也是不能将它那一种缠绵浓厚的女性气质稀释的。而且，即使将其置于世界文学之廊进行比较，恐怕也找不出第二部由男人写的，却那么女性气质显著的长篇小说。日本的《源氏物语》与之相比，只能算是中性的小说。古今中外最优秀的女性作家们写的所谓"女性小说"，也都不及《红楼梦》的气质更女性化。

贾宝玉虽然是男主人公，但除了他生就的男儿身这一点，其心理、性情和思维方式，也都未免太女性化。设若宝玉是今人，做了变性手术，那么无论以男人的眼还是女人的眼来看他，将肯定比女人更女人吧？

"文如其人"这句话，用以衡量古今中外许多作家，是不见得之事。但是想来，体现在曹雪芹身上，当是特别一致的吧？

分明地，雪芹也太女性化了。

女性化的男人较之女人，更有女人意味。正如反过来，女人倘一旦为侠，或竟为寇，往往比男人更具侠士风范，或比男寇更多几分匪气。

每十个《红楼梦》的一般读者中，总该有七八个是女人，而且是婚前女人吧？

《红楼梦》是一部缠啊绵啊、温情脉脉又结局凄凉伤感的爱情百科书。起码对女人们差不多是这样。它被评"红"家和"红"学家们赋予的种种社会学的认识价值，恰在社会的演进过程中越来越小。好比一件家具，首先剥落的是后来刷上的漆，不管那是多么高级的漆。它越古旧，则越难以再按照漆匠们的意愿改变光彩；而越是显露出木料质地的原本纹理，则越发的古色古香。

不过我们不必谈开去了。

尽管它已被那么多人从那么多角度一再地评说过了，但似乎仍是一个不尽的话题。

本文只谈一点，就是林黛玉的不"醋"。

黛玉的"醋"，是早已有了定论的了。一部《红楼梦》，几乎章章回回都写到黛玉的"醋"。黛玉的"醋"，又总是因宝哥哥而新旧交替滋生。

但黛玉竟也有过一次不"醋"的时候，或进一步说，那一次本该令她"醋"意发作的事，她反而不"醋"。倏忽又"醋"了起来，照例是为着宝钗。而宝钗委实和那一件本该令她"醋"意发作的事毫无关系……

在第三十六回，写到了这样一件事：

凤姐向王夫人请示，往后怎么分配丫鬟使女们的月份钱，自然地议到了袭人。从贾母到王夫人到薛姨妈到凤姐，都是特别赏识袭人的。凡涉及下人之间的利益，也都明里暗里地偏向着她。王夫人甚至说她"比我的宝玉强十倍"。于是王夫人做主，给袭人涨了"工资"，而且一涨就涨了一倍多，由以前的每月一两银子，增加到每月二两一吊钱。王夫人还强调——"以后凡事有赵姨娘、周姨娘的，也有袭人的"。接着凤姐还提议，干脆给袭人"就开了脸，明放在他（宝玉）屋里岂不好"？那么一来，袭人便等于是宝玉的婚前之妾了。大面上自然不能以妾待之，但实际上便是那么回事了。果而依了凤姐，袭人的地位名分就相当于平儿了，而且是大观园的"上级领导"们内定的。但王夫人毕竟考虑得更为周到，只恐袭人反而不再敢以"老太太房里的大丫鬟"的资格时不时地约束一下宝玉的放纵言行了，主张"如今且浑着，等再过二三年再说"。

紧接着，书中写道——"不想林黛玉因遇着史湘云约他来与袭人道喜"。

意思很明白，史湘云要向袭人道喜，并约黛玉一同前往道喜。而黛玉则欣然前往。

道的什么喜呢——恭贺袭人涨了"工资"了。涨"工资"则意味着地位名分的提高。什么地位什么名分什么待遇啊。

虽然袭人并未就被即日"开了脸"；虽然王夫人主张对袭人的正式"任命"先不明确，"且浑着"为好，但"上级领导"们所

但黛玉竟也有过一次不"醋"的时候，或进一步说，那一次本该令她"醋"意发作的事，她反而不"醋"。倏忽又"醋"了起来，照例是为着宝钗。而宝钗委实和那一件本该令她"醋"意发作的事毫无关系……

议，是没避开着黛玉的。黛玉明明是"在现场"的。没避，大约是因为还不曾实际掌握黛玉与宝玉之间的恋爱情报。但一向想得多想得细的黛玉，当然是应该预测得到，从此袭人与宝玉的关系，是将发生微妙之变化的。

什么样的变化呢？——宝公子在明媒正娶之前，已暂且不便公开地拥有着一个性实习对象了。只要宝公子想那回子事，袭人肯定是不但乐于奉献，而且她必须尽那样的义务。一倍多的"工资"不是白涨的。如果说平素有点少心无肠的史湘云并不思考这么多，一向小心眼惯了的林黛玉也根本没多想，似乎令人不解。小心眼不就是凡事往别人并不多想的细处去多想吗？怎么竟也欣然相陪了前往，一块儿去道喜呢？史、黛两个到了宝玉处，"正见宝玉穿了银红纱衫子，随便睡着在床上，宝钗坐在身旁做针线，旁边放着蝇帚子"。

"林黛玉见了这个景儿，连忙把身子一藏，手捂着嘴不敢笑出来……"湘云毕竟厚道，怕黛玉"醋"起来，又取笑宝钗，急找个借口扯她走了。而"黛玉心下明白，冷笑了两声"……

看林黛玉，那会儿又是何等敏感！

然哉，黛玉的"醋"和敏感，是专对着宝钗的。至于袭人，无论与宝玉关系怎样，她都是不"醋"的。《红楼梦》全书，无一笔哪怕仅仅点到过黛玉对袭人"醋"。宝钗也不曾"醋"袭人。非但不"醋"，还心怀着多种的好感。

于是局面成了这样——与宝哥哥最形影不离、朝夕相处者，非别个，袭人也；呵暖呵寒、侍起侍眠者，亦袭人也；陪聊伴谈，推心置腹，甚而最经常亲使性子娇作嗔者，还是袭人。就连袭人的名字，都是宝公子给起的。"花袭人"——这名字起的，就足以证明她是很受宝玉爱悦的人儿。事实上也正是那样。钗、黛二位姑娘因了宝玉心照不宣地争情夺意之战还没拉开序幕之前，人家宝公子已与花袭人初试了云雨情了。那可是林黛玉进了贾府以后，已与宝哥哥相互吸引着了的事。说明了什么呢？爱不是最自私的一种儿女情吗？怎么这最自私里边，竟容了袭人的一份偏得呢？尤其在最希望和要求百分之百占有的黛玉这一方，不是太显得异乎寻常的大量了吗？

也许，在黛玉的头脑中，思想和王夫人们是一致的——袭人毕竟是服侍宝哥哥的，又一向服侍得好，爱竹及笋，所以不"醋"。

也许，那黛玉情窦初开，对爱的需求，更主要地痴迷于一个"情"字。百分之百的占有愿望，也更集中地体现于一个"情"字。恰在"情"字上，自信袭人绝对不能对自己构成威胁。至于性方面，反而忽略。故即使袭人对宝玉由侍起侍眠发展到奉体于枕席，也是不甚在意的。虽然，她和宝哥哥两个偷看《西厢记》，也曾羞得脸儿绯红，显然对性事也是心有向往的。

也许……

但无论有多少也许，这么一个"也许"，怕是怎么绕也绕不开的，便是在林黛玉的观念之中，对于男人包括她所爱的宝哥哥纳妾甚而婚前拥有性实习对象这种事，是与当时的普通女子们一样持认可态度的。并且，她头脑中也许还存在着相当根深蒂固的等级意识。她的认可态度，是由当时贵族们的生活形态决定的，无须析究。她头脑中的等级意识，虽也无须析究，却很值得一评。而且，是历来的"红"学家、评"红"家们不曾评到的。

分明，在她眼里，袭人左不过就是个丫鬟，是个下人。故袭人对宝玉怎样，宝玉对袭人怎样，左不过是下人与主子、主子与下人的一种关系罢了。即使那一种关系发展到了在肉体方面的不清不白暧暧昧昧，也还是一种主子与下人的关系。无论宝玉娶了她自己，或宝钗，或竟娶了她俩以外的哪一个，袭人迟早注定了都将是宝玉的妾，这一点，大观园上上下下的人心里都是有数的。黛玉也不可能在这一点上竟多么迟钝。但即使做了妾，也还是由下人"提升"了的一个妾啊！

所以，宝钗之容袭人，体现着一种上人对下人的怀柔，一种"统战"，一种团结，一种变不利为有利的思想方法。而黛玉之容袭人，则体现着一种上人对下人的不屑，一种漠视，一种不在一个层面上不值得一"醋"的上人姿态。

故可以想象，设若宝玉果而娶了黛玉，袭人即使为妾，那日子也肯定是不怎么好过的，也肯定是不如平儿的。凤姐对平儿也是"醋"的，但毕竟视平儿为心腹。黛玉对袭人，则也许连凤姐对平儿那样也做不到。她可能干脆连袭人是妾的角色也不考虑，依旧地只将袭人当使唤丫鬟对待。

黛玉确乎是令人同情的。自从她的父亲死后，她在大观园里的处境，也确乎近似着寄人篱下了。她的清高决定了她在下人中绝不笼络心腹。她幽闭的性情决定了她内心是异常孤独的。只有宝玉是她在大观园里的精神依托，也只有宝玉配是她未来人生的依托。起码以她的标准来衡量是那样的。而宝钗，另一个与她处在同一等级坐标线上，但人气比她旺得多的小女子，会轻而易举理所当然地将她的宝哥哥夺了去。

宝钗是由于其等级的先天优势才令黛玉终日忐忑不安心理敏感神经常常处于紧张状态。

袭人是由于其等级的先天不足才绝不能构成对黛玉的人生着

落的直接破坏。

宝玉则由于其等级的"标识"才成了钗、黛的必夺之人。在钗，意味着锦上添花；在黛，意味着雪中送炭。设若宝玉非大观园中这一个宝玉，而是大观园外那一个甄宝玉，钗、黛还是会如此那般地去爱的。只要那甄宝玉也是贾母的一个孙……

黛玉悲剧的最大原因其实在于——她的视野被局限于大观园；而在大观园里的等级线上，只有一个贾宝玉。在她自己的等级观念中，也只有一个贾宝玉。

归根结底，爱情和世上的其他万物一样，它的真相是分等级的。几乎关系爱情的一切悲剧，归根结底又无不发生于那真相咄咄逼人地呈现了的时候……

第六章

立体中国人

做立体的中国人

一

二十几年前，倘有人问我，在中国，对文学以及与之紧密相关的姊妹艺术的恰如其分的鉴赏群体在哪里？我会毫不犹豫地回答：在大学。

十几年前我开始怀疑自己的这一结论。尽管那时我被邀到大学里去做讲座，受欢迎的程度和二十几年前并无区别，然而我与学子们的对话内容却很是不同了——二十几年前学子们问我的是文学本身，进言之是作品本身的问题。我能感觉到他们对于作品本身的兴趣远大于对作者本身，而这是文学的幸运，也是中文教学的幸运；十几年前他们开始问我文坛的事情——比如文坛上的相互攻讦、辱骂，各种各样的官司，蜚短流长以及隐私和绯闻。广泛散布这些是某些媒体的拿手好戏。我与他们能就具体作品交流的话题已然很少。出版业和传媒帮衬着的并往往有作者亲自加盟的炒作在大学里颇获成功。某些学子读的，往往便是那些，而我们都清楚，那些并不见得有什么特别之处。

现在，倘有人像我十几年前那么认为，虽然我不会与之争辩什么，但我却清楚地知道那不是真相。或反过来说，对文学以及与之紧密相关的姊妹艺术的恰如其分的鉴赏群体，它未必仍在大学里。

那么，它在哪儿呢？

对文学以及与之紧密相关的姊妹艺术的恰如其分的鉴赏群体，它当然依旧存在着。正如在世界任何国家一样，在二十一世纪初，它不在任何一个相对确定的地方。它自身也是没法呈现于任何人前的。它分散在千人万人中。它的数量已大大地缩小，如使它的分散变成聚拢，乃是一件不容易的事。它是确乎存在的。而且，也许更加纯粹了。

他们可能是这样一些人——受过高等教育，同时，在社会这一个大熔炉里，受到过人生的冶炼。文化的起码素养加上对人生、对时代的准确悟性，使他们较能够恰如其分地对文学、电影、电视剧、话剧乃至一首歌曲、一幅画或一幅摄影作品，得出确是自己的，非人云亦云的，非盲目从众的，又基本符合实际的结论。

当然，他们也可能由于这样那样，根本没迈入过大学的门槛。那么，他们的鉴赏能力，则几乎便证明着人在文艺方面的自修能力和天赋能力了。

人在文艺方面的鉴赏能力，检验着人的综合能力。

卡特竞选美国总统获胜的当晚，卡特夫人随夫上台演讲。由于激动，她高跟鞋的后跟扭断了，卡特夫人扑倒在台上。斯时除了中国等少数几个国家（当年我们的电视机还未普及），全世界十几亿人都在观看那一实况。

卡特夫人站起后，从容走至麦克风前说："先生们、女士们，我是为你们的竞选热忱而倾倒的。"

能在那时说出那样一句话的女性，肯定是一位具有较高的文艺鉴赏能力的女性。

迄今为止，法国历史上唯一的一位海军女中将，当年曾是文学硕士。对于法国海军和对于那一位女中将，文学鉴赏能力高也肯定非属偶然。

丘吉尔在"二战"中的历史作用是举世公认的，他后来获得了诺贝尔文学奖。细想想，这二者之间的关系是深刻的。

是的，我固执地认为，对文艺的鉴赏能力，不仅仅是兴趣有无的问题。这一点在每一个人的人生中所能说明的，肯定比"兴趣"二字大得多。它不仅决定人在自己的社会位置和领域做到了什么地步，而且，决定人是怎样做的。

二

前不久我所在大学的同学们举办了一次"歌唱比赛"——二十七名学生唱了二十七首歌，只有一名才入学的女生唱了一首民歌，其他二十六名学生唱的皆是流行歌曲。而且，无一例外的是我为你心口疼你为我伤心那一类。

我对流行歌曲其实早已抛弃偏见。我想指出的仅仅是这一校园现象告诉了我们什么？

告诉我们——一代新人原来是在多么单一而又单薄的文化背景之下成长的。他们从小学到中学，在那一文化背景之下"自然"成长，也许从来不觉得缺乏什么。他们以相当高的考分进入大学，似乎依然仅仅亲和那一文化背景。但，他们身上真的并不缺乏什么吗？欲使他们明白缺失的究竟是什么，已然不是易事。甚而，也许会使我这样的人令他们嫌恶吧？

到目前为止，我的学生们对我是尊敬而又真诚的。他们正开始珍惜我和他们的关系。这是我的欣慰。

三

大学里汉字书写得好的学生竟那么少。这一普遍现象令我愕异。

在我的选修生中，汉字书写得好的男生多于女生。

从农村出来的学生，反而汉字都书写得比较好。他们中有人写得一手秀丽的字。

这是耐人寻味的。

我的同事告诉我——他甚至极为郑重地要求他的研究生在电脑打印的毕业论文上，必须将亲笔签名写得像点儿样子。

我特别喜欢我班里的男生——他们能写出在我看来相当好的诗、散文、小品文等。

近十年来，我对大学的考察结果是，理科类大学的学生对于文学的兴趣反而比较有真性情。因为他们跨出校门的择业方向是相对明确的，所以他们丰富自身的愿望也显得由衷；师范类大学的学生对文学的兴趣亦然，因为他们毕业后大多数是要做教师的。他们不用别人告诉自己也明白——将来往讲台上一站，知识储备究竟丰厚还是单薄，几堂课讲下来便在学生那儿见分晓了；对文学的兴趣特别勉强，甚而觉得成为中文系学子简直是沮丧之事的学生，反而恰恰在中文系学生中为数不少。

又，这么觉得的女生多于男生。

热爱文学的男生在中文系学生中仍大有人在。

但在女生中，往多了说，十之一二而已。是的，往多了说，十之八九"身在曹营心在汉"，学的是中文，爱的是英文。倘大学里允许自由调系，我不知中文系面临的是怎样的一种局面。倘没有考试的硬性前提，我不知他们有人还进入不进入中文课堂。

<h1 style="text-align:center">四</h1>

中文系学子的择业选择应该说还是相当广泛的。但归纳起来，去向最多的四个途径依次是留校任教，做政府机关公务员，做大公司老总文秘，或是做报刊编辑、记者及电台、电视台工作者。

留校任教仍是中文系学子心向往之的，但竞争越来越激烈，而且，起码要有硕士学位资格，硕士只是一种起码资格。在竞争中处于弱势，这是中文系学子们内心都清楚的。公务员人生，属于仕途之路。他们对于仕途之路上所需要的旷日持久的耐心和其他重要因素望而却步。做大公司老总的文秘，仍是某些中文系女生所青睐的职业。但老总们选择的并不仅仅是文才，所以她们中大多数也只有暗自徒唤奈何。能进入电台、电视台工作，她们当然求之不得。但非一般人容易进去的单位，她们对此点不无自知之明。那么，几乎只剩下了报刊编辑、记者这一种较为可能的选择了。而事实上，那也是最大量地吸纳中文系毕业生的业界。但，另一个不争的事实乃是，报刊编辑、记者早已不像十几年前那样，仍是足以使人欣然而就的职业。尤其是"娱记"这一职业，早已不被大学学子们看好，也早已不被他们的家长们看好。岂止不看好而已，大实话是，已经有那么点儿令他们鄙视。这乃因为"娱记"们将这一原本还不至于令人嫌恶的职业，在近十年间，自行地搞到了有那么点儿让人鄙视的地步。尽管，他们和她们中，有人其实是很敬业很优秀的。但他们和她们要以自己的敬业与优秀改变"娱记"这一职业已然扭曲了的公众形象，又谈何容易。

这么一分析，中文系学子们对择业的无所适从、彷徨和迷惘，真的是不无极现实之原因的……

五

"学中文有什么用？"

这乃是中文系教学必须面对，也必须对学子们予以正面回答的问题。可以对"有什么用"作多种多样的回答，但不可以不回答。

我原以为这只不过是一个当代问题，后来一翻历史，不对了——早在二十世纪二十年代，清华大学文科班的"闻一多"们，便面临过这个问题的困扰，并被嘲笑为将来注定了悔之晚矣的人。可是若无当年的一批中文才俊，哪有后来丰富多彩的新文学及文化现象供我们今人津津受用呢？

中文对于中国的意义自不待言。

中文对于具体的每一个中国人的意义，却还没有谁很好地说一说。

学历并不等于文化的资质。没文化却几乎等于没思想品位，情感品位也不可能谈得上有多高。这类没思想品位也没情感品位的中国人我已见得太多，虽然他们很可能有着较高的学历。所以我每每面对这样的局面暗自惊诧——一个有较高学历的人谈起事情来不得要领，以其昏昏，使人昏昏。他们的文化的全部资质，也就仅仅体现在说他们的专业，或时下很流行的黄色的"段子"方面了。

一个人自幼热爱文学，并准备将来从业于与文学相关的职业且无怨无悔，自然也就不必向其解释"学中文有什么用"。但目前各大学中文系的学生，绝非都是这样的学子，甚而大多数不是……

六

那么他们怎么会成了中文系学子呢？

因为——自己理科的成绩在竞争中处于劣势，而只能在高中分班时归入文科；在高考时自信不足，而明智地选择了中文，尽管此前的中文感性基础几近于白纸一张；高考的失利，被不情愿地调配到了中文系，这使他们感到屈辱。他们虽是文科考生，但原本报的志愿是英文系或"对外经济"什么的……那么，一个事实是中文系的生源的中文潜质，是极其参差不齐的。对有的学生简直可以稍加点拨而任由自修，对有的学生却只能进行中学语文般的教学。

七

不讲文学，中文系还是个什么系？

八

中文系的教学，自身值得反省处多多。长期以来，忽视实际写作水平的提高，便是最值得反省的一点。若中文系的学子读了四年中文，实际的写作水平提高很小，那么不能不承认，是中文系教学的遗憾。不管他们将来的择业与写作有无关系，都是遗憾。

九

在全部的大学教育中，除了中文，还有哪一个科系的教学，能更直接地联系到人生？

中文系的教学，不应该仅仅是关于中文的"知识"的教学。中文系教学理应是相对于人性的"鲜蜂王浆"。在对文学作有品位的赏析的同时，它还是相对于情感的教学，相对于心灵的教学，相对于人生理念范畴的教学。总而言之，既是一种能力的教学，也是一种关于人性质量的教学。

十

所以，中文系不仅是局限于一个系的教学。它实在是应该成为一切大学之一切科系的必修学业。

中文系当然没有必要被强调到一所大学的重点科系的程度，但中文系的教学，确乎直接关系到一所大学培养的一批批究竟是些"纸板人"还是"立体人"的事情。

我愿我们未来的中国，"纸板人"少一些，再少一些；"立体人"多一些，再多一些。我愿"纸板人"的特征不成为不良的基因传给他们的下一代。我愿"立体人"的特征在他们的下一代身上，有良好的基因体现。

被两种力量拉扯长大的中国人

倘言普遍之中国人的心情，那么吾认为，在相当长的时期内，普遍之中国人的心情几乎可以由"郁闷"二字来概括。中华人民共和国成立的喜悦、"中国人民从此站起来了"的自豪甫过，就不断"折腾"，很快便使各阶层先后品咂到了"郁闷"的、欲说还休的滋味……

中华人民共和国成立是一次国家性质的根本改变，中国自此走上了社会主义道路。工商改造公私合营是必然的，触及的只是少数人的利益，郁闷也是少数人的感受。

……

大炼钢铁虽然具有闹剧色彩，但当时清醒反对而面对势不可当的局面却无可奈何的某些党内领导人心中实感郁闷。知识分子亦是如此。看得分明却不能道出，而且批评有罪，于是郁闷之极。

"文革"自不必说，那不仅是清醒的、正直的、多少具有独立思想的人空前郁闷的十年，而且是命运险象环生、危机四伏的十年。独立思想稍有流露，必招致迫害，妻离子散、家破人亡。

许许多多过来人，当年感觉"四人帮"之被粉碎、"文革"之终结是"第二次解放"，将这个大事件与中华人民共和国成立相提并论。应该承认，即使放在全世界看，那也是最成功的一次正义行动，没有牺牲，没有流血，顺应民心党心军心，自然举国欢腾。当年那一种全国大喜悦，不但遍及从城市到农村的各个地方，而且持续了三四年之久。

接着是党中央批准知识青年可以返城。

"右派"获得平反。

纠正一切冤假错案。

思想理论界迎来了春天。

科技迎来了春天。

教育迎来了春天。

文艺、文化迎来了春天。

工农业生产迎来了春天。

仿佛是没有冬天的几年。

那是和中华人民共和国成立初期一样让中国人舒心的几年。但是，中国还没做好面临多方面思想解放的各种准备。不但准备不足，而且乏经验可循。文化思想界自我表达的激动，与"拨乱反正"后亟待走上某种正轨的具体国情发生了对冲矛盾。这使大多数中国知识分子再一次郁闷了。

当年政治家们有句话是"一放就乱，一治就死"，说明有些政治人士还不是主观上完全不愿"放"，也不是完全看不明白"放"是大趋势，是改革潮流。但，他们难以估计到后果，也不知该如何"放"，该"放"到什么程度，才既"放"了而又不至于"乱"

了。故换位思考，当年的他们肯定也很郁闷。

接着是工业实行体制改革、优化组合，"甩包袱"、"结束大锅饭"、"砸掉铁饭碗"、工人"下岗"——于是，千千万万的"领导阶级"体味了空前郁闷。

再接着是"股份制"，绝大部分中国工人没钱入股，于是被"制"于股份利益之外了。现在看来，当初的股份制，化公为私的过程中权钱交易现象肯定不少，国有资产、集体资产流失到个人名下也是不争事实。中国工人不但郁闷，进而愤懑了。那是中国当年剧烈的阵痛。

刚刚"分田到户"，最大限度拥有土地使用权的农民们喜悦过后也再次郁闷。种子贵、化肥贵，不用种子、化肥就保证不了收成，用又用不起。而且粮价低，一年辛苦下来，得到的钱甚少。倘若遇到灾年，往往白辛苦一场。收了粮向农民打白条的现象屡禁难止。

全中国都在同情地呼吁——农民们压力太大了，救救农民！

那时的中国农民是厚道极了，也老成惯了。没人当面问，心中的郁闷是从不往外吐的。自然，被当面问的时候极少。偶被问，每有假农民替他们回答——不苦不苦，很幸福。

城市人面临房改了。

不少城市人郁闷了，因为凑不足钱买下本已分到自己名下的房产。现在看来，即使当年借钱买下的，也是买对了，买值了。因为毕竟从此有了大幅增值的一宗私产。

但是，刚参加工作的青年们郁闷了。按从前惯例，单位是要解决住房的，不过时间早晚而已，房屋大小、新旧而已。人们习惯了分房子，从没料到还得买房子。而且刚参加工作的他们也买不起商品房，尽管今天看来当年房价还极低，比现在房价的十分之一还低。

教改了——择校要交赞助费了，学校不包分配了，找工作也颇为不易，学子们大为郁闷。

医改了——虽然单位不是根本不负担医药费了，却并不全面负责了。医改实行在前，医保条例出台滞后，这又使中国人郁闷了。一户人家，一旦有了重病之人、久病之人，医药费问题每使倾家荡产、家徒四壁……

入学托关系，住院托关系，找工作托关系，转单位托关系。托关系成了大多数中国人的生存之道。有关系解危救难，没关系寸步难行。关系不仅是交情，还是人情。并且人情性价比越来越高。几乎每个中国人都不得已地或热衷于花费大量时间和精力用于经营各种复杂而微妙的甚至蝇营狗苟的关系。更精明的一些人，根据局面，不断调整关系。民间的关系经营催生了一笔又一笔人情债，官场的关系经营酿成了一茬又一茬裙带及背景庇护之下的腐败。

矿难接二连三，瞒报也接二连三，被"给予"或索取高额"封口费"成为某些记者的灰色收入。

大型项目争先上马、竣工、剪彩，喜气的表情还未退去，豆腐渣工程让更多人郁闷。

比起饿肚子的年代，人们不愁吃喝了。但不知从何时起，苏丹红、牛肉膏、瘦肉精、染色馒头、硫黄姜出现了，甚至"爆炸西瓜""绝育黄瓜"等闻所未闻的食物也被"发明"出来。解决了温饱的中国人，简直没法逃避郁闷了。

人们郁闷于这个时代，可又不得不郁闷地适应本时代的五花八门的规则。被两种力量拉扯长大的中国人，像极了一张单薄的纸：心灵之扁平状态呈现于脸，而满脸写的只不过一种表情——失我之郁闷。

中国中产阶级，注定艰难

城市平民脆弱：中产如何产生？

构建和谐社会，最终不在于是否形成中产阶级社会。从理论上说，中产阶级社会如果形成，整个社会的贫富结构就变成了枣核形，这也意味着较富裕的人多起来，自然构成了稳定因素。中产阶级社会形成的过程，就是较富裕的人群从少数变成多数的过程，壮大中产阶级只是其中一个途径而已。如果我们在财富分配政策方面失于兼顾、失于体恤、失于相对公平，恐怕国家还没等到枣核形结构时，社会矛盾就已经尖锐万分了。

一则报道说，中国的城市初步形成了中产阶级化，以我的眼睛看，事实并非如此。我们有七亿多城市人口，要达到枣核形的社会结构，中产阶级怎么也得达到百分之六十以上。我们的中产阶级够四亿人吗？我很怀疑。我写《中国社会各阶层分析》谈到的中产阶级，是指从城市平民阶层中上升出来的一个阶层。社会朝前发展，平民共享改革成果的成分越来越大，在此基础上，才可能上升出足够的中产阶级。当年我就提过，中国的城市平民阶层正处于一个相当脆弱的边缘，甚至完全有可能随时跌入贫民阶层。

平民的生活，如果在稳步地，哪怕是小幅度地，但同时又必然是分批地提升着的时候，社会的中产阶级才能开始成长，这是正常的发育。而我们的平民基础越来越脆弱。改革开放这么多年，有的工人的退休金还只有五六百元、六七百元。所以你不应该急于谈如何壮大中产阶级，你首先要把城市平民这个阶层的状态分析清楚，他们在享受改革开放成果方面，几乎可以说是微不足道的。他们的退休金普遍很低，和物价的上涨不能成正比。他们有一点存款，但用那点存款给儿女买房子的话，交首付都不够。即使交了首付，能够可持续还贷的能力也是较差的。何况他们的医疗保障都非常有限，家庭中如果有人罹患重大疾病，仅一次抢救就要花很多钱，于是倾家荡产。一旦有这样一个病人，原来是城市平民的这些家庭可能就会迅速滑入城市贫民阶层。社会保障没有做好，平民阶层中每一个人都有下滑的危机感，即使幸运升为中产阶级的少数人，也根本无法拥有中产阶级本应有的稳定心态。

再譬如说，出身平民的高校大学生，毕业后能找到律师、医生这样的体面工作，在大城市工作上三五年，就仿佛可能纷纷加入中产阶级了。实际上，普遍而言，大学生起薪工资的相对消费能力较十几年前不是上升，而是降低了。一般的工作，月工资收入二千五百元，要是租房子，单位给你补贴吗？没有，租房在北京最便宜也要拿出一千元吧？要吃饭怎么也要花七八百元吧，再加上零花，那就所剩无几了，如果这时你想反哺于父母的话，会很难。在这个状态下，你变成中产阶级的可能性非常微小，而且社会也没有给你提供一种感觉到上升的希望，你这一生的状态就不可能是中产阶级的状态，活得很累、很焦虑。真实的中产阶级在哪儿呢？

中国的中产阶级，不足百分之几。中国最初的资产者是二十世纪八十年代那些骑着摩托背着秤的冒险者、创业者。后来是有学历的，再后来是一些从做买办开始的，替外国人、投资方盖房子、做生意，他们说起话来非常奇怪。一个中国人，当他加入外国国籍回国来替外国人挣钱以后，他会说"你们中国"。而中国的中产阶级，主要是从城市平民中产生的，比如律师、医生，在政府机关，当个处长就是中产阶级了，权力本身带给他一系列福利，这跟西方是不一样的。因此，当你说中国中产阶级的时候，不管它多或者少，不管它是枣核形还是葫芦形，作为一个阶层，它存在着。当你来分析这个阶层的成分的时候，你会看到演艺界有相当一批属于中产阶级，甚至接近于资产阶层，政府官员会有一大批属于中产阶级，包括前辈官员的儿女们，哪怕他们的父母不是很大的官。还有些平民子弟，名牌大学毕业生，通过个人奋斗，衣衫褴褛地闯了出来，但还没闯进资产者的群体。以上，全加在一起，我认为不足百分之几。

普适的中产阶级价值观，我们没有。仅有的这些所谓中产阶级，他们之间的价值观念也很不同，这和西方中产阶级同质化的价值观相比差得甚远。在中国，同样是中产，一个是从平民家庭里通过刻苦读书成为优秀分子的人，一个是官员子弟，通过不合理的制度及种种优势过上中产阶级生活的人，价值观能一样吗？以一个平民子弟的眼光来看，他认为要反腐败，打破特权，加强底层的福利，可是，另一方可能对他的观点非常不屑。同属一个阶层，但共识的稳定价值观并不存在。

我们的大学生群体应该是未来的中产阶级。但目前，这些准中产阶级的价值观如何？恐怕，它可能很不像中产阶级价值观，而更像资产阶级价值观。它和人文的关系不再那么紧密，身上沾染了一种特别的亲和——与资本的亲和。最优秀的平民阶层里产生出来的大学生，当他感到要成为中产阶级非常困难的时候，他可能希望尽快地成为资产阶级。司汤达的《红与黑》里的于连情结，可能在当卜的青年身上会体现得多一些，这绝对不能据此就责备我们的青年。大学生是最容易培养成中产阶级的未来力量，可大学教育却早就变了味。当我们考虑未来几十年中国的问题的时候，政治家头脑中考虑的是政治上会不会出问题，政府部门考虑的是经济上会不会出问题。我个人觉得，更应该考虑文化价值观会不会出问题……

　　关怀、同情、平等、敬畏，这些普适的中产阶级价值观在哪里？……

　　西方中产阶级。人文力量推动进步中产阶级概念是从西方引进的。在西方，资产阶级先于中产阶级产生。资产阶级是一些什么样的人呢？是一些能人，是一些敢于冒经济风险的人，是一些对商机有敏锐反应的人，甚至还可能是一些唯利是图的人，只认金钱原则，不认其他原则的一些人。资产阶级产生之后，客观上带动了经济发展，从而使城市平民相对受惠。哪怕城市平民觉得受了剥削，但是相比从前，实际生活水平还是渐渐提高了。然后，从这些受资产阶级之惠的城市平民里，才逐渐派生出中产阶级。

　　资产阶级靠经济冒险的方式完成了阶层雏形。但是，中产阶级是靠文化知识的提升。最初，中产阶级的成分是城市平民中的

而中国的中产阶级，主要是从城市平民中产生的，比如律师、医生，在政府机关，当个处长就是中产阶级了，权力本身带给他一系列福利，这跟西方是不一样的。因此，当你说中国中产阶级的时候，不管它多或者少，不管它是枣核形还是葫芦形，作为一个阶层，它存在着。

卓越分子和优秀子弟，这些人有着不同于平民阶层和资产阶级的思想。他们对民主非常在意。由于在意民主，就在意社会公正，主要是分配的公正。刚开始，中产阶级可能还是只为本阶层着想，但若当他们更深远地思考后，他们的思想就会兼顾到底层。西方的民主历程不是由资产阶级来推动的，民主意识很强的中产阶级才是主力军。资产阶级要保持稳定的是有利于他们的框架。平民除了暴力，没有任何可能性去推动变革。只有平民中派生出来的优秀知识层——中产阶级，才有这个能力理性地通过思想表达民主、公正、自由的要求，表达普适的同情心、责任感。社会进步了，中产阶级的价值才会实现。社会进步已经不能依赖资产阶级了，资产阶级考虑的利益只是他们自己的利益，他们不管社会是否进步，他们只管自己阶层拥有资产的量化问题；中产阶级主张体恤下层，除了以身作则，还要求政府、国家和资产阶级同时体恤，他们对于人性道德的主张是比较由衷的。因此，整个西方社会的进步，实际上由两种力量推动。一种是资本运行本身的力量，一种就是人文的力量。

人文的力量，它不可能来自草根阶层，草根无法凝聚成一种力量。思想、读书，这更符合中产阶级的状态，资产阶级早期的时候是不太读书的，因此在西方的文学作品里面，常常有那种老贵族会对一个暴发起来的资产阶级说，"瞧这个指甲黑乎乎的家伙"。没错，就是他，曾经指甲黑乎乎的家伙，现在变成了腰缠万贯。创业的这一代资本家，何尝有精力、有心思、有情绪去读书，去关注历史，去思考呢？而这些是中产阶级最接近的。中产阶级的优秀子弟，他们的前人没有给他们留下过多的资产，他们不可能像资产阶级那样去轻易冒险，进入大学后，他们乐于接受人文价值的洗礼，喜欢沉浸在公正平等的理想中。

中国的中产阶级能为底层代言吗？难。中国目前的现实问题是，底层面对严重的贫富差距产生了强烈的愤懑，很容易把情绪发泄向中产阶级。底层和资产者阶层的距离太远，他们想象不到富人的生活，对于他们来说，那是另一个国度里的事情，他们只能从网上偶尔知晓他们结婚花费了多少多少，股票又怎么怎么了。他们与新兴的中产阶级距离更近，对中产阶级的言行更为敏感，比如收一个红包，可能几千元，他们一下子就能看到。正如哲学家所说，使我们郁闷、恼火和不高兴的事情往往是我们的左邻右舍。

中产阶级是要同情弱势的，尽管离底层最近，但是已经不能成为他们中的一员了，顶多是底层的代言人，但时常也做不到，这是一种夹缝中的状态。中国的中产阶级将通过什么来证明自己的正当性或价值呢？中产阶级在西方，是通过做了什么，真的担当了什么，有所牺牲，最后还要有所成果，当这个成果真的被底层分享到了，底层才会认可他们。这是一个很沉重的悲剧过程。民主、自由、平等、博爱以及对于社会进步的责任感，中产阶级要学会担当的太多了。这也是我们社会最应该首先去考虑的。我从不指望中国今天的中产阶级能像西方当年的中产阶级那样作为，在中国，悲观地说，这几乎是不可能的。

然而我深信，几十年后，中国之中产阶级会渐渐醒悟——对底层的同情与代言，乃是本阶级最光荣也最值得欣慰的阶级本色。而底层也终将相信，除了中产阶级，他们没有更值得信赖的阶级良友。底层和中产阶级，实在是唇亡齿寒的关系。这一点对于双方，都是一个社会真相。而即使社会真相，有时也需要几十年来证明。

如此这般中国人

世界上究竟有多少种职业呢？它们又将世人划分成多少种人生形态呢？

谁能说得清楚啊！

然而很久以前的中国人，特别喜欢将世界数字化。开句玩笑，比今天由电脑科技所体现的世界数字化情况早很久的时代，中国人已经大致地将世界数字化了，比如用代表"十天干"和"十二地支"的文字配成六十组专门词，来规定年、月、日的次序；比如三十六颗天罡星，七十二颗地煞星（《水浒传》中的一百零八将，即那些天上的罡煞之星在凡间的化身）；比如二十四节气，这是世界上只有中国人才家喻户晓的节气的细分法。而有些节气极富诗意，惊蛰、清明、谷雨、小满、白露……

数字的意象，也每每体现在汉语言的形容方面和诗词佳句之中，如"九曲黄河""万里长江""一马平川""百年好合"，等等。如"三十功名尘与土，八千里路云和月"；如"有时三点两点雨，到处十枝五枝花"……

很久以前的中国，一向是一个农业大国。其职业的种类是非常有限的，故用"五行八作"来形容。"五""八"概括不了的，于是又有"七十二行""三十六业"的说法。太啰唆，于是也有人干脆一言以蔽之曰"百工"。"百"在中国人的数字意识中是虽有限但意象很大的数，于是，似乎包罗了世间一切职业；自然，也便似乎包罗了许多种人生的状态。

有些民间职业，在中国曾普遍存在。比如"锔缸锔碗"的、修理雨伞的（他们的吆喝声是"扎鼓雨介"）、吹糖人的、捏面人的、弹棉花的、磨刀剪的、走街串巷完全手工制作家具的木匠，等等。比如蒸汽火车时代的验轮工……

现在，中国的最后一辆蒸汽火车早已寿终正寝，开蒸汽火车的司机和司炉以及站台上的验轮工早已改行；现在，家具都是由流水线上生产的材料组装的了，于是游走木匠销声匿迹了。而我，最后一次见吹糖人的艺人，已是二十余年前的事了……

现在，中国早已不是从前的中国。它正由一个农业国变化为现代工业国和现代科技国。但是和全世界一样，由职业而形成的人生状态，依然是社会常规。也和全世界一样，最平凡的人们，往往从事最平凡的职业；而从事特殊职业的人们，也往往有较为特殊的人生经历。无论是这样的中国人，那样的中国人，无论男女老少，精神面貌已和从前大不一样了。

用中国老百姓爱说的一句话说，那就是："普遍的中国人，今天都活得比较有心气了。"

由焦波主编的这一本摄影集，便自然呈现了一些活得分外有"心气"的中国人的人生形态。严格地说，这不仅仅是一本摄影集。摄影集呈现的往往是景物，而这一本，以呈现人生为宗旨。摄影集呈现的往往是美，是摄影的艺术水平；而这一本，追求的却是真，以展露人的心灵层次和精神状态为目的。唯恐难传其真，又以简明文字补白。

这一本摄影集中，有没有美呢？

我以为有的。

比如焦波吧，作为一名摄影家，凡三十年间，为生活在农村的父母拍摄了不计其数的照片，并且举办了摄影展，感动了许许多多中国人的心，使许许多多的中国人都不由得想——作为一个人，我回报了含辛茹苦的父亲母亲怎样的一份孝敬呢？……

这难道不是对人性的美育吗？

比如本集中那个被确诊为癌症患者的女列车广播员，在世最后三个月里，一再思想的却是我能为他人做点儿什么有益之事，于是写下遗嘱，决定捐献自己的角膜……

这难道不是一种人文美德吗？

比如那个"山顶小学"的校长，他身上难道体现的不是一种教育的诗性吗？

还有那些"儿童村"的母亲，她们难道不是将母爱的定义升华了吗？

而这本摄影集中的文字，却并没有如我一样用很感动的笔去写他们和她们。这一本摄影集的文字，只不过记录了他们是一些什么样的中国人，做了一些什么样的事，为什么做。我的感动，是我读了以后看了以后的情不自禁。

我也很敬佩这一本摄影集中自强自立的女人，比如拉萨八角街上的开店女人，比如在城市失业后转向农村去创业的女人……

当然，那将木版年画卖到世界各地的老手工艺人一家，那担任国际摄影比赛少年评委的少年，那些当高楼清洁工的小伙子，那在"非典"疫情严重的日子里牺牲在岗位上的女护士，都是我可爱的同胞，都在我心中引起了相同的敬意。

这一本摄影集中，也呈现了几位中国的著名人物的人生状态——舞蹈家陈爱莲、"双星"鞋业集团的老总汪海、成功的房地产商王石，他们都是我们认识的公众人物。在今天，在中国，汪海、王石那样的实业家，是越来越多了。他们的事业对于中国之改革开放，具有无可置疑的推动意义。

最后，我想作一个比喻，将这一本摄影集比作一本关于许多中国人之人生的"摄影档案"。

而焦波们所做之事，又好比许多中国人之人生的"档案资料员"。

对于加强中国与世界、世界与中国的互动式了解，他们的工作是一种奉献……

2003 年 7 月 14 日于京

两 种 人

这里说的两种人是少数人，却又几乎是我们每一个人。

前一种人，一言以蔽之，是一心想要"怎么样"的人。"怎么样"在此处表意为动词。好比双方摩拳擦掌就要争凶斗狠，一方还不停地叫号："你能把我（或老子）怎么样?!"这是我们常见的一种情形。

后一种人，是不打算"怎么样"的人。相对于前者，每显得动力不足。还以上边的情形为例，即使对方指额戳颐，反应也不激烈，或许还往后退，且声明——"我可没想把你怎么样"。

这时便有第三种人出现，推促后一种人，并怂恿："上！怕什么？别装尿啊!"

而后一种人，反应仍不激烈。他并不怯懦，只不过"懒得"。"懒得"是形容"不作为"的状态，或曰"无为"。"无为"也许是审时度势、韬光养晦的策略，也许干脆就是一种看透，于是不争。不争在这一种人心思里，体现为不进不取。别人尽可以认为他意志消沉了，丧失活力了；其实，也可能是他形成一种与进取相反的人生观了。

二十世纪八十年代，作家谌容曾发表过一篇影响很大的中篇小说《懒得离婚》。

离婚无论对于男人还是女人，那是何等来劲儿之事。即使当事人并不来劲儿，那也总还是十分要劲儿的事。本该来劲儿也往往特要劲儿的事，却也"懒得"了，足见是看得较透了。谌容小说中的主人公，不是由于顾虑什么才懒得离婚，而是因为人生观才懒得离婚。"离了又怎么样呢？"——主人公的朋友回答不了她这一个问题，恐怕所有的人也都是回答不了的。而她自己，看不到离婚或不离婚于她有什么区别。或进一步说，那区别并不足以令她激动，亦不能点燃她内心里的一支什么希望之光、欲念之烛。于是她对"离婚"这一件事宁可放弃主动作为，取一种无为的顺其自然的态度。

是的，我认为，一心想要"怎么样"的人和不打算"怎么样"的人，在我们的周围都是随处可见的。相比而言，前者多一些，后者少一些。前者中，年轻人多一些；后者中，老年人多一些。基本规律如此，却也不乏反规律的现象——某些老者的一生，始终是想要"怎么样"的一生。"怎么样"对应的是目的，或目标。只要一息尚存，那目的，那目标，便几乎是唯一所见。相比于此，别的事往往不在眼里，于是也不在心里。而某些年轻人却想得也开看得也开，宠辱不惊，随遇而安，于是活得超然。年轻而又活得超然的人是少的。少往往也属"另类"。

一心想要"怎么样"，发誓非"怎么样"了而决不罢休，是谓执着。当然也可能是偏执。人和目的、目标的关系太偏执了，就很容易迷失了自我。目的也罢，目标也罢，对于一个偏执的迷失了自我的人，其实不是近了，而是远了。

从来不打算"怎么样"的人，倘还是人生观使然，那么这样的人常是令我们刮目相看的。以下一则外国的小品文，诠释的正是令我们刮目相看之人的人生观。

> 他正在湖畔垂钓，他的朋友来劝他，认为他不应终日虚度光阴，而要抖擞起人生的精神，大有作为。
>
> 他问："那我该做什么呢？"
>
> 他的朋友指点迷津，建议他做这个，做那个，都是有出息，成功了便可高人一等令人美慕的事。
>
> 可这人很难开窍，还问："为什么呢？"
>
> 朋友就耐心地告诉他，那样他的人生就会变得怎么怎么样，比现在好一百倍了……
>
> 他却说："我现在面对水光山色，心无杂欲，欣赏着美景，呼吸着沁我肺腑的优质空气，得以摆脱许多烦恼之事，已觉很好了啊！"

这一种恬淡的人生观未尝不可取，但这一则小品本身难以令人信服，因为它缺少一个前提，即不打算怎么样的人，必得有不打算怎么样的资格。那资格便是一个人不和自己的人生较劲儿似的一定要怎么怎么样，他以及他一家人的生活起码是过得下去的，而且在起码的水平上是可持续的、比较稳定的。白天有三顿饭吃，晚上有个地方睡觉，这自然是起码过得下去的生活，却不是当代人的生活状态，而接近着是原始人的。对于生活水平很原始而又不生活在原始部落的人，老庄哲学是不起作用的，任何宗教劝慰也都是不起作用的。何况只有极少数人是在这个世界上赤条条来去无牵挂的人，绝大多数人是家庭一员，于是不仅对自己，对家庭也负着一份摆脱不了的责任。光是那一种责任，往往便使他们非得怎么怎么样不可。想要不怎么怎么样而根本不能够的人，是令人心疼的。比如芳汀①之卖淫，许三观之卖血；又如今天之农民矿工，大抵是为了一份沉重的家庭责任才充牛当马的。而大学生毕业了，一脚迈出校门非得尽快找到一份工作，乃因倘不，人生便没了着落，反哺家庭的意愿便无从谈起……

一个一心想要怎么怎么样的人，倘他的目的或目标是和改变别人甚至千万人的苦难命运的动机紧密连在一起的，那么他们的执着便有了崇高性。比如甘地，比如林肯，比如中国的抗日英雄们，即使壮志未酬身先死，他们的执着，那也还是会受到后人应有的尊敬的。

另有某些一心想要怎么怎么样的人，他们之目的、目标和动机，纯粹是要实现个人的虚荣心。虚荣心人皆有之，膨胀而专执一念，就变成了狼子野心。野心最初大抵是隐目的、隐目标、隐动机的，是不可告人的，需尽量掩盖的，唯恐被别人看穿的。一旦被别人看穿，是会恼羞成怒怀恨在心的。这样的人是相当可怕的。比如他正处心积虑，一心想要怎么怎么样，偏偏有人多此一举地劝他何必非要怎么怎么样，最终怎么怎么样了又如何——那么简直等于引火烧身了。因为既劝，就意味着看穿了他。他那么善于掩盖却被看穿了，因而恨生。可悲的是相劝者往往被恨着了自己还浑然不知。因为觉得自己是出于善意，不至于被恨。

我曾认识这么一个人，五十余岁，官至厅局级。按说，对于

---

① 芳汀是法国作家雨果的小说《悲惨世界》中的人物，原是一名女工，因为女儿生病（被骗）沦为妓女。

草根阶层出身的人，一无背景，二无靠山，是应该聊以自慰的了。也就是说，有可以不再非要怎么怎么样的资格了。但他却升官的欲望更炽，早就不错眼珠地盯着一把副部级的交椅了，而且自认为非他莫属了。于是呢，加紧表现。每会必到，每到必大发其言，激昂慷慨，专挑上司爱听的话说，说得又是那么肉麻，每令同僚大皱其眉，逐渐集体地心生鄙夷。机会就在眼前，那时的他，其野心已顾不得继续加以隐，暴露无遗也。以往的隐，乃是为了有朝一日蓄势而发。此野心之规律。他认为他到了不该再隐，而需一鼓作气的时候了。

然而最终他还是没坐上那一把副部级的交椅，被一位才四十几岁的同僚坐上了。这一下他急眼了，一心想要怎么怎么样，几乎就要怎么怎么样了，却偏偏没能怎么怎么样，他根本无法接受这样的现实，觉得自己的人生太失败了。于是四处投书，申诉自己最具有担任副部级领导的才干，诋毁对方如何如何不够资格，指责组织部门如何如何有眼无珠，一时间搞得自己和他人的关系横向竖向都很紧张。

他毕竟也有几个朋友，朋友们眼见他走火入魔似的，都不忍袖手旁观，一致决定分头劝劝他。现而今，像他这样的人居然还能有几个对他那么负责的朋友，本该是他谢天谢地的事。然而他却以怨报德，认为朋友们是在合起伙来阻挠他实现人生的最后一个大目标。一位朋友问："你就是当上了'副部'又怎么样啊？"他以结死扣地说："那太不一样了！"又一个朋友苦口婆心地规劝："你千万不要再那么没完没了地闹腾下去了！"他却越发固执："不闹腾我不就这么样了吗？"朋友不解："这么样又怎么了啊！"他说出一番自己的感受："如果我早就甘心这么样了，以前我又何必时时处处那么样？我付出了，要有所得！否则就痛苦……"

仅仅是不听劝，还则罢了，他还做出了令朋友们寒心而又恐惧的事。现而今，谁对现实还没有点儿意见？相劝之间，话题一宽，有的朋友口无遮掩，难免说了些对上级或对现实不满的话，就被他偷偷录下音，接着写成了汇报材料，借以证明自己政治上的忠诚。结果，他的朋友们麻烦就来了。可就是不小的麻烦。某些对现实的牢骚、不满和讽刺，今天由老百姓的口中说出，已不至于引起严厉的追究。但由官场之人的口中说出，铁定是政治性质的问题无疑。于是他那几位朋友，有的写检讨，有的受处分，有的被降了职，有的还失去了工作，被划为"多余者"而"挂起来"了。一时间风声鹤唳，人人自危。

人无完人，那一个四十几岁刚当上副部级干部的人，自然也不是完人。婚外恋，一夜情，确乎是有过的。不知怎么一来，被他暗中调查了解个一清二楚。于是写一封揭发信，寄给了纪委……对方终于被他从副部级的交椅上搞倒了，但他自己却依然没能坐上。

对他的"忠诚"，组织部门是没有评论的。但对他的品格，则拿不大准了。现而今，组织部门提拔干部，除了"忠诚"，也开始重视品格了。

他这一位五十几岁的局长，一心还想要怎么怎么样，到头来非但没能怎么怎么样，反而众叛亲离，人人避之唯恐不及，将自己的人生弄得很不怎么样了……

不久他患了癌症。除了家人，没谁曾去看他。他自知来日无多，某日强撑着，亲笔给上级领导写了最后一封信，重申自己的政治忠诚。字里行间，失落多多。最后提出要求，希望组织念他虽无功劳，还有苦劳，在追悼词中添加一句——"生前曾是副部级干部提拔对象"。

领导阅信后，苦笑而已。征求其家属开追悼会的方式，家属已深感他人际的毁败，表示后事无须单位张罗了……

一个人一心想要怎么怎么样到了如此这般的地步，依我看来，别人就根本不要相劝了，只将这样的一个人当成反面教材就行了。

某次，有学子问我孔孟之道和老庄哲学的不同。我寻思有顷，作如下回答：

孔孟之道，论及人生观的方面，总体而言，无非要教人怎么怎么样而又合情合理地对待人生，大抵是相对于青年人和中年人来说的，是引导人去争取和实现的说教。故青年人和中年人，学一点儿孔孟之道对修养是有益的。而老庄哲学，却主要是教人不怎么怎么样而又合情合理地"放下"和摆脱的哲学，是老年人更容易接受和理解的哲学。

孔子曰："六十而耳顺，七十而从心所欲，不逾矩。"除此之外，几乎没有再讲过老年人该怎么对待人生的问题。他到了老年，也还是主张"克己复礼"，足见自己便是一个非怎么怎么样而不可的人。对于一位老人，"克己复礼"的活法与"从心所欲"的活法是自相矛盾的。孔子到了老年也还是活得很放不下，但是像他那么睿智的一位老人，嘴上虽放不下，内心里却是悟得透的。一生都在诲人不倦地教人怎么怎么样，悟透了也不能说的。由自己口中说出了老庄哲学的意思，岂不是等于自我否定自我颠覆了吗？故仅留下了那么短短的两句话，点到为止。

我们由此可以推测，"耳顺"以后的孔子，头脑里肯定也是会每每生出虚无的思想来的。普天下的老人有共性，孔子、孟子也不例外。他们二位的导师是岁数。岁数一到，对人生的态度，自然就会发生变化。所幸现在流传下来的，主要是他们二位针对青年人和中年人而言的人生观。因为他们的学生都是青年人和中年人。如果他们终日所面对的皆是老年人，就会有他们关于老年人的许多思想也流传下来。果而如此，后来老子和庄子的思想角色，大约也就由他们一揽子充当了。

止由于情况不是那样，老子也罢，庄子也罢，才得以也成为古代思想家。老庄的思想，是告诉人们不怎么怎么样也合乎人生和人性道理的思想。比如在庄子那儿，人和"礼"的关系显然是值得商榷的，"礼"随人性，自然才更符合他的思想。而在老子那儿，则又可能变成这么一个问题——人本天地间一生灵，天不加我于"礼"，地不迫我于"礼"，别人凭什么用"礼"来烦我？他们的"礼"，是他们的社会关系的需要。我自由于那社会关系之外，那"礼"于我何干？

庄子的哲学思想智慧，充满了形而上的思辨，乃是一种相当纯粹的思辨，实用性是较少的，具有少年思想家的特点，浪漫而又质疑多多。

孔孟之道，无论言说社会还是言说人生，都是很现实的。大多数青年人和中年人，不可能不重视人和现实的关系。故孔孟之道在从前的中国成为青年人和中年人的人生教科书实属必然。

老子的思想是"中年后"的思想，古今中外，大多数人到了中年以后，头脑里都会自然而然地生出自己只不过是世上匆匆一过客的思想。老子将人这一种自然而然的思想予以归纳总结，使之在思想逻辑上合情合理了。

"白发渔樵江渚上，惯看秋月春风。一壶浊酒喜相逢，古今多少事，都付笑谈中。"白发渔樵也许从没听说过老子，但与老子在思想上有相通处。何以然？人类的天生悟性使然。

一个人到了中年以后，倘又衣食无忧，却还是一门心思地非要将自己的人生提升到怎么怎么样的程度不可的话，这样的人，其人生的悟性，连白发渔樵也不如了。若说孔孟之道有毒害人心的负面作用，这样的人便是一例了。即使他从没读过什么孔孟的书，那也是一例。因为其毒几千年来遗传在国家的意识形态中，成了一种思想环境——官本位。

孔孟作为思想家都很伟大，但是当今之中国人一定要清楚——他们是封建时代的伟大的思想家……